雄关见证

张清闯　主编

中国言实出版社

图书在版编目（CIP）数据

雄关见证 / 张清闯主编 . -- 北京：中国言实出版
社，2024.1
　ISBN 978-7-5171-4678-0

　Ⅰ . ①雄… Ⅱ . ①张… Ⅲ . ①纪实文学—作品集—中
国—当代 Ⅳ . ① I25

　中国国家版本馆 CIP 数据核字 (2023) 第 212315 号

雄关见证

| 责任编辑 | 郭江妮 |
| 责任校对 | 王建玲 |

出版发行　中国言实出版社
　　　　　　地　　址：北京市朝阳区北苑路 180 号加利大厦 5 号楼 105 室
　　　　　　邮　　编：100101
　　　　　　编辑部：北京市海淀区花园路 6 号院 B 座 6 层
　　　　　　邮　　编：100088
　　　　　　电　　话：64924853（总编室）　64924716（发行部）
　　　　　　网　　址：www.zgyscbs.cn
　　　　　　E-mail：zgyscbs@263.net

经　　销　新华书店
印　　刷　三河市华东印刷有限公司
版　　次　2024 年 1 月第 1 版　2024 年 1 月第 1 次印刷
规　　格　787 毫米 ×1092 毫米　1/16　16 印张
字　　数　258 千字

定　　价　68.00 元
书　　号　ISBN　978-7-5171-4678-0

编委会

主　任：赵益东

副主任：李　燕

编　委：申曜林　张清闯　张万平
　　　　谷　巍　张　靖

主　编：张清闯

永不褪色的记忆

习近平总书记在视察新疆生产建设兵团时强调，兵团人铸就的热爱祖国、无私奉献、艰苦创业、开拓进取的兵团精神，是中国共产党人精神谱系的重要组成部分，要用好这些宝贵财富。70多年前，第一代兵团人挺进戈壁荒滩，拉开了中国历史上规模最大的屯垦戍边序幕，兵团人流淌在血液中的红色基因让兵团精神得以传承和弘扬，兵团文艺事业就是在继承人民军队文艺工作传统的基础上，随着兵团事业的发展壮大而发展起来的，已成为兵团维稳戍边事业的重要组成部分。

新时代呼唤新使命，新使命展现新担当。今年恰逢二师成立70周年，其前身是由王震将军率领的三五九旅干部大队于1947年2月在山东渤海地区组建的教导旅，"根在井冈山，整编渤海湾，转战数万里，屯垦在天山"是二师发展历程的真实写照。这支英雄的部队在解放大西北、进军新疆的征程中，参加过数十次战役战斗，解放了16座城市，赢得了"猛虎劲旅"的美誉，十七团（现21团）被西北野战军授予"攻如猛虎，守如泰山"称号，为新中国的成立建立了不朽功勋。作为一支最早进疆、最早开发绿洲屯垦戍边的部队，二师既是兵团精神的缔造者之一，也是兵团精神的继承者。70多年来，师市广大干部职工战盐碱沙漠、拓亘古荒原，开辟万顷良田，拓展大片绿洲，忠实履行屯垦戍边使命，在反分裂斗争第一线、生态建设的主战场，自觉当好维稳戍边的战士、反恐处突的斗士、改革发展的勇士、保护生态的卫士，为保卫和建设边疆发挥了不可替代的作用。

本书所征集的"二师故事"，秉承真实性原则，其历史事件、人物故事都是真实的，细节情节的设置、推演和描述也是可信的，均不是戏说。

在写法上，作者编者也力求故事小切口、有细节，有一定的故事性、趣味性。所叙故事有的是本人经历的往事；有的是对旁人讲述的记录；有的是一个物件的来历、一段情景的佳话；也有的是一个事件的缘起或结局，字数在 1500 字左右。

在征集过程中，由于作者多是各单位业余新闻工作者或爱好者，其作品多以新闻通讯为职业特色，对故事的写法不甚谙熟，书中作品虽几经修改，但还是留有许多新闻通讯的印痕，表现在多提炼、评说、体现，却少了些细节、讲述、呈现。这与其说是瑕疵，毋宁说是体现了时代的真实、人文的真实，这些恰是最难得的瑰宝。

编者按故事所述的时间区间、跨度和线索，分为"渤海建军""屯垦戍边""难忘岁月""筑梦前行"四个篇章，故事时间跨度超过 70 年。取《雄关见证》为书名，则是喻其见证岁月，勿忘历史，故事犹如在逝去的岁月中回荡的歌声，虽渐行渐远，却依然悠扬悦耳，值得回味珍藏。

本书在故事征集过程中得到各团镇和单位的广泛响应，尤其得到作者们的大力支持，在这里一并致以谢忱。

编者

2023 年 7 月

目 录
CONTENTS

第三章　难忘岁月

第四章　筑梦前行

第一章　渤海建军

"胖子"立功

战书和讲述　张万平整理

"胖子，你的线架上去了吗？"

"报告团长，线架上去了！"胖子一个立正，回答道。

被称作胖子的是原西北野战军二军六师十七团通讯连的通讯兵战书和，问话的是时任十七团团长的金仲藩。

盛夏时节，第二师二十一团（原西北野战军二军六师十七团）在建团四十周年之际，邀请了部分老领导回团参加团庆祝。曾任二十一团（原十七团）第一任团长的金仲藩将军故地重游，战友相逢时就有了上面的一段对答。

架线之事发生在 1948 年 11 月 25 日凌晨。当时，解放战争已进入战略反攻的关键时期，盘踞在西北地区陕西洛东、石羊一线的胡宗南残部第七十六军，感到末日即将来临，但其不甘失败的军长李日基欲负隅顽抗，命部下在永丰镇一带构筑工事，准备垂死挣扎。

从 11 月 24 日晚开始，敌军的冷炮就不时落在我军阵地的前后，零零星星的机枪声也时断时续。冬天的黄土高原夜黑得如同一个巨大的怪兽。沟里，塬上，整个晚上随时都能看到敌军炮弹炸开的火球。

天快亮时，金仲藩准备给前沿阵地二营打电话，询问二营战前的准备情况。一摇电话，怎么没有了声音？于是他急忙问通讯连连长，线是怎么回事？可没有人应答。站在身后的通讯兵战书和说，他们都去一营和三营架线了，现在连里就剩下他和另一名姓王的战士。

当时只有 19 岁的战书和，人长得宽皮大脸，膀粗个高，而且很胖，所以团里人都喜欢称呼"胖子"，很少有人叫他的真名。

金仲藩看了他们一眼，意识到线又被炸断了。由于时间紧急，便命令"胖子"和另一名战士趁着天没亮，立即上去把线架好。于是，"胖子"战书和和另一名战士一人背着两卷线，向着二营方向奔去。

黄土高原上沟壑纵横，二营营部距团部很远，团部与二营之间隔着一条很长很深的大沟。他们顺着沟滑下去后，又顺着沟向前放线。这时天还黑着，敌人大炮找不到目标，胡乱放着冷炮。时不时地还有炮弹在身边不远处炸开，扬起的黄土落到了他们的头上、身上。

在沟里放了一段线后，估计到了二营阵地方位了，他们便向沟上爬去。沟上有一段200多公尺的开阔地，无遮无拦。等上了沟，只见机枪子弹"嗖嗖"地从头顶飞过。

此时，东方已露出鱼肚白。他们一阵急冲锋似地奔跑，把线放到了二营营部。

等试好电话，天色已经大亮了。

为了尽快返回团部，他们俩跃出战壕，向大沟冲去。刚冲出不到二十步，就被敌人发现，接着就是一阵炮弹和机枪子弹向他们俩狂泻下来，过后飞机也来轰炸了。子弹、炮弹溅起的尘土，让他们睁不开眼睛。他们匍匐在地上，根本没法移动。乘着敌人机枪换弹匣的机会，他们俩又爬回战壕，顺着战壕往回返。

战壕很窄，战士们已各就各位进入备战状态，他们只好从战士们的身上爬过去。这时敌人已经瞄准目标向我方阵地开火，炮弹在阵地两边连续爆炸，整个阵地笼罩在呛人的尘土之中。

两人从战壕里跳跃到大沟边后，他迅速钻进了沟里。此时，敌人飞机正在天空盘旋，看到移动目标就扔炸弹。但沟不是直的，飞机也无奈。借着蜿蜒的大沟作掩护，他们顺利地回到了团部。

临近中午，"胖子"去帮助炊事班做饭。炊事班设在团部后边的一个凹地里。谁知火刚生着，水还没有烧开，敌人的几发炮弹就落下来了，几名战士当场牺牲。

原来，炊事班面对前线一方高坡上，有个豁口，敌人看到了做饭的炊烟，便顺着炊烟将炮弹发射过来。

　　这场战役打得很残酷，三天下来，十七团俘虏敌人 1100 多名，并缴获了 20 门大炮、29 挺机枪，但十七团也有 286 名同志在这次战斗中牺牲。国民党七十六军就是在永丰镇这次战役中被全歼的，其军长李日基和两个师长被活捉。

　　庆功大会上，"胖子"战书和荣立了二等功。

　　四十年后，这个团转战到新疆的焉耆垦区西缘，成了今天的二师二十一团。1987 年，团长金仲藩已升任成都军区副政委，来参加二十一团建团四十年团庆。故地重游的老将军，一眼就认出了当年的通讯兵"胖子"战书和，战书和当时已是二十一团加工厂厂长。

　　战友重逢，便出现了开头那一幕。

难忘的记忆

李佩红

1930 年 2 月，徐荣华出生于山东省宁津县尤集村。头一天刚过完元宵节，这个有着十几口人的大家庭便喜得贵子，全家人喜气洋洋。

徐荣华是这个家庭的长子，他的出生给生活基本自给自足的农民家庭带来了新的希望。徐荣华在全家人的爱护下度过平静快乐的幼年。1937 年，徐荣华高高兴兴地背着书包上学了，可好景不长，日本侵略者的铁蹄无情地踏向他的家乡。七七事变后的一个月，溃败的国民党军南撤，日本鬼子从北往南压过来，占领了宁津县城，徐荣华的家乡成了沦陷区，百姓顿时陷入了水深火热之中。

有一天，奶奶哭诉着："现在兵荒马乱，日子过不下去了，以后家里还不知会遭什么难？"奶奶叫着表姐和徐荣华姐姐的小名："俊啊、令啊！不是奶奶心狠不留你们，可眼下不知会出什么事，你们现在就过门吧。"奶奶一番话说哭了全家人。接着前去通知两个姐姐的婆家，下午套上大车，一不做嫁衣，二不坐花轿，当天就把两个姐姐送进婆家门。

那年，表姐 16 岁，徐荣华的姐姐刚满 15 岁。大家庭的日子过不下去了，随即分家，徐荣华家分到一处宅院和 6 亩地。从此，徐荣华和父母小弟四人生活，可 6 亩地根本无法养活四口人。第二年春，徐荣华的父亲只好去东北做工，9 岁的徐荣华辍学在家干活种地。父亲走时，家里仅剩 30 斤粮食。粮食很快吃完，母亲陆续把家里的桌椅板凳、棉衣夹衣等能换粮食的东西全部卖掉。徐荣华和他娘天天挖蒲公英、荠菜、苜蓿、扫帚苗等野菜，捋榆树叶、槐树叶、柳树叶，只要能够下咽的东西全部拿回来。好不容易苦熬到谷子成熟，才救了他们娘仁的命。

　　国民党撤退之后，中国共产党领导的地下党组织深入宁津县，积极开展抗日宣传，组织群众进行抗日斗争。当地共产党组织一方面建立政权，组织武装，在当地坚持敌后抗日斗争。还组织各村群众建立农民抗日救国会、妇女抗日救国会、抗日救国儿童团。徐荣华参加了抗日救国儿童团。本村40多名适龄儿童，组织了一个连，选举徐荣华为连长。自1937年冬季至1940年上半年，经常召集开会，接受抗日救国的宣传教育，学唱抗日歌曲，站岗放哨，进行操练等活动。

　　一天，天不亮日本鬼子就进了村，将徐荣华的叔叔抗日军人徐登军抓住，还有另外两名抗日军人都被枪杀在村西头。一次抗日区小队住尤集村，日本鬼子从村东头和村西头同时包抄过来，在抵抗过程中，有两名战士牺牲。可恶的日本人将他俩的肚子剖开，肠子拖了满地，惨不忍睹。一次鬼子在尤集村扫荡，村北小白家有一队抗日游击队迎击，游击队撤退后，鬼子进村报复，杀死青壮年9人。鬼子扫荡尤集村，村中日夜烧起火堆，烧的都是门板，搞得家家无门。鬼子宰杀耕牛烤食，将徐万奎爷爷推至饮水井中，再投砖下石取乐，砸得万奎爷爷头破血流。徐荣华的父亲被抓去，三天后乘机跑回。有的村民被抓后带到据点关押，索钱赎人。为了赎回亲人，大家卖宅子、卖地，倾家荡产，家庭生活陷入困境。日本鬼子还奸淫妇女，坏事做尽。

　　1939年6月的一天，日本鬼子听说尤集村驻有抗日游击队，又来扫荡。街道上的人都惊慌万分，东奔西逃，徐荣华和外逃的人群跑出村外。这时东边来的鬼子已进了村，枪声四起，紧接着从西边来的鬼子也进了村，顿时全村枪声大作，西边来的鬼子对着跑的人群开火，子弹从头顶身边嗖嗖飞过。在奔跑的过程中，徐荣华的下嘴唇被一个东西狠狠擦过，随即他口吐鲜血，前衣襟上滴了好多血，同伴焦急地说："荣华，你伤着了。"当时也顾不上什么了，徐荣华只能捂着嘴跟大家一起跑到远处。这次鬼子扫荡，打死两名抗日军人。

　　1940年夏，日本鬼子压缩抗日武装的活动空间，强占百姓土地，逼迫村民日夜为他们挖壕沟、建碉堡、修公路、伐木头，环绕宁津县区域边缘挖3米深、5米宽的壕沟，称封锁沟。在壕沟内沿，每隔3里修一堡楼、院落，住一个班的汉奸队防守，隔断了尤集县边缘地区与外界的联系。日本人在徐荣华的村里修建两处据点，一处鬼子住、一处汉奸住，毁掉堡垒周围大量庄稼。这一据点300米内大小树木全部被砍光，500米之内的土地不准耕种。做了一个20米高的木制塔楼，日本人在顶端站岗。汉奸住处也修了一个大院20余间房屋，四周挖壕沟，吊桥出入。村民如果上屋顶、放鞭炮、敲锣打鼓，碉堡上的日本鬼子就直接开枪射击。"维持会"专门负责向周围各村派劳工、派粮款，在人民生活极端艰难困苦的情况下，按每亩土地五斤粮、两角钱，敛了一遍又一遍。

1941年冬，所派每家一斤棉花、四两黄铜。老百姓本就缺衣少穿，被逼得走投无路。农村哪有铜，老百姓只好将铜钱、铜烟袋锅、衣柜上的锁鼻子都缴出。缴不出钱物的老百姓便被抓到据点去拷打、吊打，寒冬腊月天被赶到屋顶上脱光衣服受冻，只见人冻得站立不稳，生不如死。每次遭劫，徐荣华心里都会埋下一颗复仇的种子。

村里人见此景，又气又恨，义愤填膺，敢怒不敢言。徐荣华的父亲告诉他："当亡国奴，中国人还能活下去吗？要记住，要报仇！""记住了。"徐荣华用力地点点头回答。

日本鬼子的侵略行径罄竹难书，回忆起这段历史，至今徐荣华老人依然痛心憋气。他无比动情地说，中国泱泱之大国，中华民族之优秀民族，被日寇凌辱得国不是国，民不是民。国之耻、民之耻，善良的人们呀，永远不要忘记。

革命家庭

张靖

刘忠玉曾是山东渤海军区教导旅的一位老兵，在老人的记忆中，当年组建山东渤海军区教导旅时，有 80% 的战士都是山东宁津人。

只要一提起自己的家乡和家庭，老人的自豪感便油然而生。

原来，刘忠玉出生在一个革命家庭里。刘忠玉从小就对革命熟稔于心。他身边的大哥、三姐、三姐夫、表叔全是当地的地下党，二哥也是民兵。而父亲则是村长。父亲之所以当村长，就是因为家中有太多的亲戚都参加了地下党组织，而作为村长，父亲一则可以利用身份掩护地下党组织，二则也可以为党做更多的事情。

生长在这样的环境中，刘忠玉自然也不甘人后。

1944 年，年仅 8 岁的刘忠玉就参加了当地的儿童团。可千万别小看这些年幼的孩子。作为儿童团成员的他，小小年纪便开始为村子站岗放哨，为地下党输送各种情报。

当日本鬼子侵略山东时，小小年纪的刘忠玉便目睹着日本侵略者的种种暴行。

一天，几十个日本鬼子和汉奸杀气腾腾地来到村里。一到村里，他们恶狠狠地让父亲把全村人召集在一起。原来，他们想利用老百姓来找出地下党和八路军。

让老百姓举报地下党，这不是痴人说梦吗？

可日本鬼子根本不管！为了达到目的，他们不择手段，逼着村民们互相揭发指证，让他们说出谁是地下党和八路军，不揭发就对百姓进行残害。可村民们怎肯出卖自己的亲人？没办法，鬼子见威逼不好，便把矛头指向当村长的父亲，由他来进行辨别和指证。可刘忠玉的父亲坚决不肯指认，于是便说："虽然有时候八路军经过，可村子里根本就没有任何人加入共产党！"

这种话日本鬼子哪里肯信，于是端着刺刀直接对着父亲。此时，母亲正领着年幼的刘忠玉在场，眼巴巴地看着丈夫在刺刀面前临危不惧。

如果说出地下党他们就要牺牲，如果不说刺刀便会随时刺向父亲。就在这紧要关头，周边突然响起了枪声，紧接着一阵噼里啪啦的响声，顿时把没有任何防备的鬼子吓破了胆，以为八路军来了。此次来村的鬼子人数并不多，吓得立即扭头就跑。

原来，隐藏在村里的地下党，见父亲有危险，伺机采取营救措施，除了零星的枪声外，噼里啪啦的响声并非枪响，而是他们在油桶里放的一串鞭炮。可即便如此，还是把鬼子吓得魂飞魄散，以为中了八路军的埋伏。

面对敌人的威逼利诱，镇定自若的父亲大义凛然、无所畏惧，却让柔弱的母亲受了极大的惊吓，从此她一病不起，当年便去世了。

日本鬼子投降后，山东宁津也迅速得到了解放，成了解放区。而刘忠玉的家就成了当地的"堡垒户"，所谓的"堡垒户"是指专门掩护地下党组织的地方，为地下党提供活动、休息、开会的场所，也是全村最安全的地方。借助于村长的身份，父亲经常秘密掩护地下党组织开展各种活动。而此时，刘忠玉的哥哥、姐姐、亲戚的地下党身份也都随之公开。

1947年，全国内战形势发生了巨大的变化，在共产党的领导下，战役也由从前的防御战变成了进攻战，眼看全国解放指日可待，此时作为革命家庭一分子的刘忠玉毅然决定报名参军。他目睹着自己的亲人在锄奸、诱敌过程中在当地作出的贡献。然而，此时国民党组织的还乡团，依旧贼心不死，经常回来进行疯狂报复。

为了解放全中国，为了彻底让家乡人民真正过上好日子，于是年仅12岁的刘忠玉，毫不犹豫地跟着共产党的队伍走了。

两唱空城计

胡岚

一说起安邑战争，渤海老兵雒炳辉的眼神就变得神采奕奕。

那是一场激烈的战斗，运城解放后敌军极度恐慌，连夜向临汾方向鼠窜。战争从夜晚开始，两军混战，常常分不清敌我，有时甚至还会误伤自己人。但是无论怎么打，战士们的士气却越来越高涨。

一提到战斗，雒炳辉便说起了让他终生难忘的一件事。

事情发生在汾河边上。在追击敌人的过程中，十六团一营三连副班长傅炳申同志收容了7个伤病员。时值隆冬季节，汾河两岸一片冰天雪地。刺骨的北风像利刃似地从河面吹来，给赶路的伤病员增加了不小困难。此时，傅炳申找了个避风的地方，安顿伤病员们稍作休息，准备过河继续追赶部队。

眼看太阳就要落山了，只见落日隐隐地浮在天边，风吹在身上更冷了。经过突击，他们终于赶到了汾河边上一个叫三家店的地方。很快隐约听到从汾河北边传来枪炮声。于是大家不约而同地说：我们旅的部队在北岸同敌人接上火了。为了安全，伤病员们赶紧收拾行装，准备渡过河去，赶上主力部队。

就在傅炳申带领7个伤病员打算动身的时候，突然从河对岸跑过来几十个人，见他们慌慌张张的样子，傅炳申由此判断，这是一股被我军打垮的散兵。怎么办？眼睁睁地看着敌人从眼皮子底下逃跑吗？不行！打吧，手下7个人都是伤病员，全部家当仅有两支火枪、十几颗手榴弹。可如果同敌人死打硬拼，他们是经不起折损的。眼下敌我力量相差悬殊，时间不允许傅炳申多想，于是他灵机一动：只能给敌人摆个"迷魂阵"，出其不意地突袭敌人，造成敌人心理上的紧张、焦虑，首先从精神上压垮他们，迫使敌人就范。

想到这里，傅炳申镇定地对大家说：看来，咱们得演一出"空城计"了。咱们八个人，两支火枪，十几颗土炸弹难道还活捉不了几十个敌人吗？他让七个伤病员迅速隐蔽在河沿的陡坡下，做好战斗准备，见机行事，策应他收拾敌人。

听着敌人的脚步声越来越近，傅炳申耐着性子算准最佳时机。因为他知道，要给敌人一个措手不及，如果时机把握不好，便会凶多吉少。

终于，敌人脚步疲沓地涌到河边了，只见傅炳申突然从河岸上"呼"地站出来，他一副大摇大摆的样子，站在敌人面前，用威严而轻松的口吻对敌人喊话："弟兄们！我们早就在这儿恭候你们了，缴枪吧！河这边全是我们的人……"

此时，跑得心惊胆战的溃兵，冷不防地见到傅炳申高大魁梧的身躯，看他从容不迫的样子，威风凛凛的神气，还以为已经落进了包围圈。几十个敌人不由得乖乖举起了双手，将两挺机枪、六支步枪交给了傅炳申。傅炳申一抬手，七个伤病员一跃而出，把敌人连人带枪押上河岸。这时敌人才明白过来：哪有什么重兵啊！他们面前除了高个子的傅炳申，其余七个都是伤病员，不是胳膊吊着绑带，就是脚上一瘸一拐的，因为胆怯，他们只能糊里糊涂地做了俘虏。

就在大家还沉浸在缴敌的喜悦中时，不远处又出现了黄压压的一片人群。情况紧急，敌人追过来了。眼看敌人要过河了，已经来不及再周密地考虑作战部署。傅炳申当机立断，指挥一个伤病员把俘虏押到一个山丘后面隐蔽好后，又将其余六个伤病员编成三个战斗组，沿河占领有利地形，一溜儿摆开。而他亲自带领一个组，扛上一挺机枪，守住敌人必经的滩头阵地。

一切部署妥当后，傅炳申动员大家说："同志们！我们刚才摆了一个迷魂阵，演了一出'空城计'，打了一个漂亮仗。眼下敌人又送上一块大肥肉，咱们也就用不着客气了。"说完，大家按他们的指挥迅速隐蔽在河沿上等待敌人。

　　等敌人蜂拥到河这边十几米的地方，傅炳申带着一个端机枪的战士从前沿阵地上"呼"地跃上沟坎，像铁塔似的立在堤坎上，举起机枪威严地堵住敌人的逃路。而仓皇溃逃的敌人，顿时被这突如其来的天降神兵吓傻了，一个个像木桩似的钉在原地不敢动了。只见傅炳申把手往腰里一插，把那颗露在外面的手榴弹在手里晃悠了一下，随手往后一拨拉，一副要开火的样子。就听见他洪亮又严肃的声音："弟兄们！你们已被包围了。你们前面一个连刚刚被我们缴了枪，你们是缴枪，还是要较量较量呀？"

　　一时间，敌人不明他们的来路，又不摸虚实，吓蒙了。这时敌军右侧"哒哒哒"地响起了机枪声，子弹从敌人头顶上"嗖嗖"地飞过去。突然响起的枪声，让敌人更加惊慌，霎时在敌营中引起了一阵新的混乱。

　　"三营！"傅炳申向右前方一挥手，厉声制止道："不许放枪！"他的声音、姿态，庄重、威严，仿佛在敌人的右翼，似乎真的有个三营似的。傅炳申见敌人军心动摇，乘机下令："弟兄们放下武器！听我的口令，向后一转，齐步一走！"就这样，敌人乖乖地缴枪投降了。这时五个伤病员一齐跃出战壕，飞快地卸下敌人武器上的枪机。在傅炳申的指挥下，敌人背上空枪，被押上河岸。等他们看清这支队伍的实力时，已经是七个伤病员手下的俘虏了。

　　傅炳申派人把先前的几十个俘虏押来，他和7名伤病员站在高高的汾河岸上，数着俘虏：一共334人。伤病员们望着傅炳申高兴地说："这一场兵不血刃的战斗，打得真漂亮！"

　　此时，雒炳辉的讲述充满了对战友的崇敬和怀念。战士们勇敢、机智的往事历历在目。可一切都过去了，那些在战场上英勇奋战的战友们，都已成为时光中的永恒，成为他今生忆念的一部分。后来的陕西永丰镇战役非常惨烈，敌我双方伤亡惨重，雒炳辉说："当时他们连一百多人，只剩下18人。"

　　"我现在过的生活，很多战友都没有机会见过，我很知足。"雒炳辉轻声地说。

我永远是个兵

杨铁军

91 岁的杨海泉，曾是中国人民解放军第一野战军一兵团二军步兵第六师十六团一营二连一排的战士。如今，精神矍铄的他在二师二十一团安享晚年。杨海泉平时喜欢穿旧军装，几十年来，那褪色的军装陪他走过风雨路，记述着他在西北边疆拼搏奉献的历历往事。

1949 年 9 月，遵照中央军委命令，第一野战军一兵团司令员王震率第二军、第六军进军青海，解放西宁。当年，26 岁的杨海泉随军西征。时值国民党西北军政长官马步芳兵败兰州，为防止其残余部队西窜新疆，中央军委命令"一野"加快追剿步伐。第六师所属十六团、十七团、十八团三个团的官兵在青海省循化县抢渡黄河，当地的回族老乡自愿献出羊皮筏子，帮助解放军尽快渡河。

当一只羊皮筏子载着 10 名战士，待漂到河中央时，"掌舵"的回族老乡清了清嗓子，即兴唱道："羊皮筏子赛'军舰'，渡过大军十多万！"另一位老乡接着唱："为咱灭了马家军，百姓心里好欢喜！"虽说唱来唱去，总是这么几句，但杨海泉和其他战士一个个忍不住都跟着唱起来。高亢、响亮的歌声在湍急的水面上回荡着。

可别小看这小小的羊皮筏子，整整两天，十六团的 1200 名官兵全部渡过黄河，紧接着开始翻越白雪皑皑的祁连山。就在翻山时，杨海泉发现自己的布鞋不知何时磨破了，露出了脚趾头，雪水的寒冷直接浸入骨髓，可他始终坚持着，随部队一路行军。由于高山缺氧，气候变化无常，很多战士被活活冻死在路上。

1949 年 12 月，六师官兵进驻焉耆县。十六团团部就驻扎在现在的二师二十七团附近,而杨海泉所在的连队驻扎在一座喇嘛庙里。

1950年4月,二连战士放下枪拿起了锄头开垦种地。浇地的时候,杨海泉和战友们挥舞着坎土曼,双脚泡在冰凉的雪水里任雪水漫灌。当地流传着一句顺口溜:"吐鲁番的葡萄,哈密的瓜,焉耆的蚊子一把抓。"到了夏天,太阳将要落山的时候,正是蚊子最凶的时候。在地里开荒,杨海泉每天都被蚊子咬得浑身发痒,无处躲藏。嗡嗡的声音响彻耳畔,只要往脸上狠拍一下,手心上顿时沾满了血迹。可千万别小看这些蚊子,没想到它们竟成了历经枪林弹雨后战士们所遇到的最无法阻挡的"顽敌"。

由于开荒地离喇嘛庙较远,连队的战士们在戈壁荒滩上挖起了地窝子。杨海泉的任务是到3公里外的地方割芨芨草,给地窝子造房顶。经过两天的努力,地窝子挖好了,战士们终于有了一个新"家"。后来,连长问战士们住地窝子什么感觉,杨海泉响亮地回答:"好啊!冬暖夏凉,胜过天堂!"

1951年秋天,六师抓住土地封冻前的有利时机,大搞农田水利建设。十六团千余官兵修建解放一渠,为大规模开垦、灌溉土地创造条件。杨海泉身处几米深的渠道里,每天用箩筐挑土,加班加点地干活。

不久,王震将军专程从迪化(今乌鲁木齐市)前来视察工程完成情况,给六师官兵鼓舞士气:"同志们,生产一线也是战场!在艰苦的条件下,你们开荒造田搞建设,干的也是保卫伟大祖国的工作,这是一项光荣而艰巨的任务。你们辛苦了!在生活上有什么要求?"

这时,有位小战士"啪"地一个立正,向王震将军敬了个军礼,操着浓重的四川口音说:"报告首长!天冷了,我想要一双'孩子'(鞋子)穿,要不要得?你看,我的脚趾拇(脚趾)都露出头喽。"在场的官兵听了哈哈大笑。

"这想法不错,我宣布,鞋子的事一定会尽快解决,每个战士都有!"王震将军答道。

听到回答,工地上的战士们顿时一片欢腾。

第二天,杨海泉和战友们就领到了崭新的球鞋。在那个艰苦卓绝的年代里,一双崭新的球鞋给战士们带来的幸福感是难以用语言形容的。至今，杨海泉也不明白，这些鞋子是从哪儿运来的，速度那么快，怎么说到就到呢？

1952年深秋，十六团成立了养羊场。杨海泉和战友李德明、陆振州组成了"牧羊班"，负责全团1000多只羊的放牧工作。为了不让国家的财产遭受损失，他们背着钢枪，用来对付狼和各种意想不到的突发情况。

同时，两匹马驮着锅碗瓢盆，随"牧羊班"一起向十七团方向的荒原进发。尽管天气寒冷，杨海泉和战友还是做好了露天宿营的准备。放牧第一天，杨海泉在荒地里挖好灶台，燃起野草，给战友们做了一顿"丰盛"的晚餐：一人一个苞谷面窝头，碗里飘着几片白菜叶的菜汤。

"咱们就这么点苞谷面了，我看得省着点吃了！"半个月后，李德明说。

那时，十六团战士人均口粮每月不足30斤，多一两也没有，战士们每天根本吃不饱肚子。月底的时候，放了一天羊的战士们，每人只能喝两碗苞谷面糊糊。两天后，瘦弱的李德明终于饿得再也支撑不住，"扑通"一声倒在地上，昏厥过去。见此情形，杨海泉迅速骑马赶到十七团的一个连队，跟司务长说"救命要紧"，要了几个苞谷面饼子，还把连队的卫生员也带到"牧羊班"。一针打下去，李德明这才慢慢苏醒过来。李德明一边吃着苞谷面饼子，一边看着杨海泉，噎得直伸脖子的他流下了两行热泪。

1953年春天，部队的生活条件逐渐得到改善。同年，十六团奉命开拔，在北移乌鲁木齐之前，将屯种的3.1万亩土地移交给了十七团（今二师二十一团）。

在上级安排下，杨海泉、陆振州、李德明等连人带羊留了下来，之后三位战士被编入十七团，继续担负着放羊的任务。一年又一年，与天山作伴，与风雨同行，在大山里放羊的杨海泉为了保护十七团的财产，再苦再累，从未有过半句怨言。

光阴飞逝，岁月匆匆。转眼间，杨海泉已在二十一团生活了65年。回想起当年那段激情燃烧的岁月，他无限感慨地说道："前些年，我的好兄弟陆振州和李德明离世了，但在我心里，'牧羊班'永远没有消失，战友们永远活在我的心里。是共产党领导的军队开拓了二师这片土地，我们为保护边疆奉献了一生。不论走到哪里，这辈子，我永远都是一个兵！"

投身革命终不悔

张靖

革命意志坚如磐石，英雄气概荡气回肠。

这辈子令渤海老兵朱奎福最自豪的是，他出生于一个革命家庭。在他的家庭里，个个都是革命战士。

朱奎福从小就耳闻目染英雄事迹。朱奎福有弟兄4个，大哥、三哥早早就参加了革命的部队，坚定不移地跟着共产党的队伍打日本鬼子、打国民党。家中剩下未参军的二哥和他兄弟两个，虽然二哥未参军，可二哥和二嫂都是共产党员。战争年代，二哥长年为部队抬担架，积极支援前线作战，将阵地上的伤员转移到安全的后方，二嫂也不甘人后，是当地响当当的妇女会主任。

在这样一个革命家庭不断影响下，朱奎福一心向往革命。在幼年的记忆中，共产党的队伍是人民的队伍，只有共产党才能让老百姓翻身得解放。

小小年纪的朱奎福，曾经目睹了日本鬼子的各种暴行。朱奎福的家前店乡后店村坐落在四通八达的公路旁，日本鬼子侵略中国时，他的家乡便遭了灾。由于交通便利四通八达，日本鬼子每每路过村庄时，总会进行一番大扫荡。敌人一进村庄便烧杀掠夺，简直无恶不作，当地百姓恨透了他们。

只要日本鬼子一来，老百姓便如同惊弓之鸟一般，立即躲起来。幸好山东莱阳县是山区，到处是重山沟壑，老百姓躲藏起来非常方便。可即便再容易藏身，当地百姓也不愿过这种天天担惊受怕的日子，况且日本鬼子一来，让老百姓的财产遭到了巨大的损失，鬼子的行径让当地百姓苦不堪言。为了保卫家乡，当地不少青年都纷纷加入抗日队伍，他们发誓一定要把日本鬼子赶出中国去！

"参军必须参加共产党领导的队伍！"在当地人的心目中，共产党是一支能让千千万万的老百姓过上好日子的队伍。于是，年轻人但凡参军都要参加共产党的队伍。

往事难忘，朱奎福至今还清楚地记得八路军抗击日寇的情景。

四十年代初，在莱阳的大地上，到处战火纷飞，烽烟滚滚。当年，八路军就驻扎在离村10公里的地方。一天，八路军在莱阳与鬼子进行了交战，两军对垒，由于敌人武器装备非常先进，人数众多，而八路军只是小米加步枪，虽然敌众我寡，但是为了将鬼子彻底赶出莱阳，八路军战士个个英勇奋战，毫不妥协。这场仗整整打了一个星期，才彻底把鬼子打跑。战斗进行得异常惨烈，许多八路军战士牺牲在这片大地上。

"到处都是累累弹孔，斑斑血迹，场面十分惊人。"朱奎福不由得陷入了沉思。

正是这种山河破碎、生灵涂炭的景象，令一大批有志男儿纷纷投奔到革命的队伍中去。

一人当兵，全家光荣！

1947年，渤海军区教导旅成立后，来到山东莱阳招兵，当地的年轻男子纷纷报名参军，16岁的朱奎福看到别人参军，心中羡慕不已。

一天，朱奎福出门不久便遇到了本家叔伯兄弟朱金奎，还有同村的董瑞，三人见面后萌生了一起参军的念头，于是在村外悄悄商议后，决定一同参军。可三个小子商定后，并没跑回家告诉自家的家人，而是直接在地里挖了数十个地瓜（红薯），点燃树枝烤熟了揣在怀里，连家也不回，一起奔向了十七八里外的报名处，直接跟着部队走了。

报上名的朱奎福心里别提有多开心，因为能成为一名革命战士是朱奎福心中多少年的梦想，他早就和村子里大部分年轻人一样，一心要立志报国，打倒蒋家王朝，解放全中国，让家乡父老都过上好日子。

参军后，由于年龄小、个头小，朱奎福被分配到渤海教导旅供给部（部队后勤部）。来到后勤部不久，领导看着这个勤快机灵的小子十分喜欢，于是被分配给部队领导当警卫员。接着，他又被抽调到通讯排当通讯员。

朱奎福至今还清晰地记得首长的名字叫张仲瀚。由于战事紧张，刚刚组建的部队经过简单的集训后便出发了。由于新兵太多，路途中，新战士边走边训练，朱奎福也和众多新战士一样，经过严格训练后，很快成长为一名真正的革命战士。

随着解放战争全面铺开，部队一路马不停蹄，经过莱州、寒亭、周村、惠民等地，1948年，在宁津集结后进入河北。从此，部队的番号也由渤海军区教导旅改为西北野战军第二纵独六旅，开始了解放西北的伟大征程。

翻越祁连山

韩绳先讲述　胡延平整理

　　翻越祁连山，虽然时隔很多年，但只要当年经历过此事的老兵依旧记忆犹新，无不为恶劣气候下战士们置生死于不顾奋勇前进的抗争精神所感动！

　　翻越祁连山是一次重大的战略行动。1949年9月，明知千难万险，可能要付出代价，可必须果断决策。因为用二至三天的时间翻过祁连山直抵甘肃民乐，就能将西逃的四五万敌人死死截住并歼灭在那里。这要比从西宁折回河口再顺兰新公路进军要缩短五至六天的时间，同时就牢牢抓住了最佳战机，对促使新疆和平起义意义非常重大。

　　因此，翻越祁连山不是一场人与人的战斗，而是一场人与天的战斗。

　　祁连山位于甘肃、青海两省边境地区，东起乌鞘岭，西至当金山口，由山岭和山间盆地组成。主峰海拔5547米。山峰平均海拔4500米以上。地形大致呈西北和东西走向，西段比较高峻。长达1000多公里，最宽达250公里。在海拔4400米以上的雪线以上，冰天雪地，万物绝迹，寒风刺骨，空气稀薄，含氧量不足50%。四季从来不甚分明，寒冷时间长，有所谓的"祁连六月雪"之称。因此，部队在变化莫测气候恶劣地区翻山，甚是凶险。

　　部队于9月9日由甘肃循化渡黄河、过巴达山、进抵化隆，15日全师抵达西宁市，18日从西宁出发。就在此以前，王震将军于10日以五师为前卫，四师为本队率部从西宁市出发。一路之上摧枯拉朽，势如破竹。《王震传》里是这样描述他们的："14日进入终年积雪的山区，15日翻越海拔4000多米的祁连山高峰，沿途荒无人烟，又遇狂风雨雪和冰雹袭击，部队缺乏防寒设备，许多指战员还光着脚、穿着单衣，加上高山缺氧，行军异常困难。"十四团由寺湾向卧包前进中，因气候恶劣，整日雨雪交加，狂风不止，战士全身湿透，冻死130余人，有400余人打着赤脚。""但是，第五师指战员以惊人的毅力战胜狂风、大雪、奇寒等严重困难，虽冻死冻伤各百余人，仍冒着严寒奋勇前进。"不久，当王震将军乘坐吉普车攀登到4100米高峰附近，见到体弱的战士晕倒在路旁时，就下车让这些战士上车，自己跟随部队徒步行军，在到达顶峰时为这次壮行吟诗一首："白雪罩祁连，乌云盖山巅。草原秋风狂，凯歌进新疆。"

"凯歌进新疆"的典故即出于此而广为流传。

二军第六师18日从西宁市出发时，一是已换上了冬装，有条件翻山；二是一路上没有战斗，这是与五师不同之处。十七团率部队于19日在翻过达坂山，蹚渡大通河时，岸边已结有薄冰，水中带有冰碴，气温已在冰点左右。全体指战员连鞋带棉裤蹚着宽200多米、深达膝盖的河水，虽然冰水刺骨，但谁也不叫一声苦。从20日起，该团即从门源开始翻越祁连山。

在行进到马场一带时，突然遇到大风夹杂沙砾，刮得人东倒西歪，睁不开眼，脸上被刮得一道一道风印。在大风面前，人只能弯着腰低着头，用手遮着眼睛向前走。这风里还夹着冰雹，直拍打在身上，棉衣一会儿就被打湿了，打湿后又很快结成冰，像穿上了一层厚厚的铁甲，走起路来叮当响。

这样走了半天，通讯连晚上住在马场，由于没有柴火，战士们身上的湿衣硬靠身上的热气捂干。晚上，团领导的总机是由战书和和其他三个人轮流守着。其中王德清体弱，战书和就接过他的班，白天在行军中通讯连还不时地帮他背重约25公斤的单机、背包和手榴弹。

后勤处管粮员王荫槐，跟着后勤处的骡子一路纵队地翻越着祁连山。当他爬上了一个高峰时，顷刻间狂风大作，马急剧地打了一个喷嚏，又长长一声嘶鸣，竖起了两耳。这个身强力壮的汉子，骤然间觉得身子向上一拔，打了一个趔趄，被刮得东倒西歪，走三步就倒退一步，他一下子抓住了马尾，摇摇晃晃艰难地向前挪动着。此时气温越来越低，寒风吹在脸上好似刀割一般，浑身关节被刺得又痛又僵，他连忙从身上掏出在西宁带的酒和辣子面，先吃点辣子面再用酒擦擦脸和手，顿时觉得浑身热乎乎的，精神一振又继续向前冲。

第六师十七团四连战士董振华，体弱有胃病。出发前经研究决定：教导员的马放到该连专门救护伤病员，并对董振华做出一个特别照顾——他可以随时拉着马尾走。当他爬到一个高地时，突然雨雪交加，他穿的棉裤被打湿后和鞋子冻在一起，行动非常困难，只有拉着马尾艰难地行走着。枪被班长背着，背包也被几个战士帮着背，他硬是这样翻过了祁连山。

第六师十七团一营炮兵排炮手周至清回忆说，十七团在翻越祁连山期间，曾露营过两次。一次是在金矿的山沟里，一次是在下山时的半山腰盆地上。那儿是块草地，有三间用石头垒起来的房子和一个石头圈，住有一个牧民。战士到后，燃起了熊熊篝火，大家有的用十字镐和石头片架在火上烙白面饼子，有的用缸子煮白面糊糊，或者煮面疙瘩吃，什么都不会的只能啃干馍片吃。饭后，有的靠着山边有洞的地方睡着，绝大部分是紧紧挤在石头圈内的草地上，将湿背包垫在身下，一倒下去便呼呼睡去。夜间除了轮流添柴加火并担任警戒的人影晃动之外，唯一能听到的是阵阵鼾声。

十七团在翻越祁连山时，就是有备而来。有高度的组织纪律性，以同心协力、风雨同舟、团结互助、共渡难关的集体主义精神，战胜了重重困难，奋勇前进。各单位对体弱战士进行了一帮一、两强加一弱的结对子方式。在行军中，单位主要领导一个在前带路一个在后收容。一个排也是排长在前、副排长在后，一个班三个人一个小组，寸步不离。始终保持战斗行列，遇到任何情况都是"猝然临之而不惊"。无所畏惧，坚强勇敢。就每个战士来说，只要一息尚存，只要还能抬起一只脚、迈出一条腿就继续前进。因为在他们大脑深处，牢牢铭记着"不怕困难，奋勇前进"八个大字。什么高山、峻岭、大风、大雨、严寒、冰雹、缺氧，看起来不可抗拒的种种困难，都被战士们一一抛在脑后，踩在脚下。

1949年9月15日，是战士们永远难以忘怀的日子。就在这一天晚上，西北野战军总司令彭德怀给二军发来了嘉勉的电报，赞扬二军翻越祁连山截击敌人有功，号召全军学习二军这种"一不怕苦、二不怕死"的精神，在风雪交加的气候中奋勇前进的精神，并向英勇牺牲的烈士致敬致哀。

"不怕困难，奋勇前进"，是革命军人光荣传统和本色，也是一个革命军人的自豪和骄傲！

翻越祁连山的历史功绩也载入史册，永远流传！

战地剧团

张靖

1947 年，随着渤海军区教导旅的成立，各项军事训练很快步入正轨。

就在这时，渤海军区教导旅旅长张仲瀚因公回到了他阔别 8 年的故乡河北献县，趁机探望了那些曾与他并肩作战打日寇的父老乡亲。

一天晚饭后，张仲瀚无意中发现，县城街上竟然有一个"献县八区儿童剧团"正在上演京剧。他进去一看可了不得，只见台上演员都是十四五岁的娃娃，生旦净丑相当齐全。别看这些演员个个年龄小，可唱念做打毫不含糊，后来一打听，这个剧团竟然是由地下党组织的。

才华横溢的张仲瀚十分重视军旅文化，在他看来军队不光要会行军打仗，更要提倡军队文化，提高战士们的文化素养、充实军人的精神生活。

何不将这个剧团纳入渤海军区教导旅宣扬革命呢？既可以丰富战士们的娱乐生活，同时还能很好地激发战士们的凌云斗志。有了这个想法后，张仲瀚一刻也坐不住，立即去找到了剧团团长齐永福，动员他们集体参军。

一听说要参加革命队伍，大家积极性都很高，个个都答应得爽快利落。

1947 年 7 月初，教导旅京剧团正式成立，齐永福任团长，由山东军政大学胶东分校分配到教导旅的连森任政治指导员，京剧团共有 50 多人。为了便于随军演出，将人员分为两个区队：一区队区队长郭顺亭，副区队长齐春良；二区队区队长曹金鹏，副区队长杨子如。

此时，队员齐文章年仅 10 岁，而哥哥齐文普也不过才 14 岁。就这样，年仅 10 岁的齐文章成为渤海教导旅军区最小的一名战士。

可千万别小看这个战地剧团，在行军打仗中发挥着重要的作用。

渤海军区教导旅党委十分重视发挥宣传作用，在动员翻身农民参军的过程中，征兵工作组很快编出短小精悍的节目，并编制了《当兵最光荣》等歌曲到处演唱。这些歌曲脍炙人口，很快在当地引起了极大的反响，人们纷纷送家中的儿郎奔赴战场。

不仅如此，剧团还结合不同形式，经常自编自演各种剧目。齐文章至今还清楚地记得《王大成归队》这部剧。该剧说的是新战士王大成参军后，因为思念家中亲人，私自跑回家中。当家人得知他未请假回家违反部队纪律时，立即动员他赶快归队。在亲人的劝说下，他幡然悔悟，迅速回到部队并检讨自己的错误。

同时，剧团还根据真人真事编写了一部《刘华顺参军》。该剧根据战士刘华顺的事迹编写，参军入伍的刘华顺，被未婚妻三番两次催回家结婚，可他坚决不同意。后来，他给未婚妻讲了"顾大家舍小家"的道理，并表明了"不打倒蒋介石，决不回家结婚"的决心。

刘华顺的典型事迹，在部队引起了很大的反响，对战士们有很深刻的教育意义。通过这两个剧的教育，战士们没有一个离队的。

不仅战士们深受启发，就连教导旅政委曾涤、副政委熊晃看了演出后也非常高兴，当即表态，为一团宣传队记"集体二等功"一次，并让该队在全旅演出。在此期间，剧团还排演了《空城计》《战马超》《战长沙》《追韩信》等剧目，同时首次排练了反映军事斗争策略的大型京剧《三打祝家庄》。

京剧《三打祝家庄》，取材于《水浒传》。此剧不仅从斗争策略的角度表现出义军转败为胜的经验教训，同时对现实的革命战争具有一定借鉴作用。该剧演出后，颇受广大指战员好评。

剧团的演出，不仅大大丰富了部队战士们的文化生活，同时也极大地鼓舞了队伍的士气。在此后的行军途中，宣传队员说快板、教唱歌，极大地鼓舞了战士们的斗志，为艰苦的行军旅程增添了不少亮丽的色彩。表演时台下掌声一片，喝彩声不断。战士们高兴地说："第一次看到这么好的戏，还不用花钱。过去县城里唱大戏，一张票要一个大洋，咱们哪能看得起，还是部队好啊！"

舞台上的英雄形象，极大地激励战士们，让大家以更加昂扬的斗志全身心地投入到战斗中去，使渤海教导旅创下了赫赫战绩。

剧团不仅要经常随军宣传演出，同时剧团成员还经常参与打扫战场、救护伤员、押解俘虏等工作，也会随时随地遇到意想不到的危险。

一天，由于消息未及时传递，整个剧团人员与部队突然失去联系。由于脱离了大部队，剧团很快断了粮，没有粮食，大家只好饿肚子，幸好大山里有野果子，演员们在山沟里四处寻找各种野果充饥，直到找到大部队。处在战争年代，剧团也经历了各种意想不到的危险。

兰州解放后，宣传队没有随六师主力部队进军青海，而是直接来到兰州继续宣传中国人民解放军的政策。在此期间，大家演出了《血泪仇》《白毛女》等脍炙人口的戏曲，不但受到当地群众极大的好评，同时也扩大解放军对当地民众的影响。

那场永丰战

李佩红

1948 年 11 月那次蒲城县永丰镇战役打得异常激烈。

11 月 26 日晚，我军二纵队将国民党七十六军驻扎的永丰镇包围。独六旅从永丰镇北面进攻，当晚，各团、营、连从不同方向挖战壕至永丰镇圩墙下 100 米处。二连一条战壕挖至墙根 100 米处，前沿阵地的部队即处于监视和打击敌人的境地。

永丰镇外围东北角有一个小村寨，且有十几户人家，有敌军驻守，为解放军进攻永丰镇造成了障碍，团司令部命令徐荣华所在的一营先打掉小寨子里的敌人，扫除进攻中的障碍。

11 月 27 日晨，团参谋长陈新武指挥，第一次命令一连攻击，因小寨子北面是相连的十几间房屋，敌人在室内挖作战工事，在墙根处挖了很多向外的射击孔，墙外是一片开阔地。此时，一连指导员带队进攻，在冲到离墙根 30 米处，被敌人开火打倒，8 名战士壮烈牺牲。随后，陈新武命令徐荣华所在二连出击，并组织一营四连重机枪和团里的一门八二炮同时射击。

二连在连长陈仿贤、指导员赵锐带领下，跃出战壕发起冲锋。右前方有永丰镇圩墙根下一挺重机枪的正面阻击，左侧有小寨子敌人的阻击，在这冲锋的顷刻间，二排的两名战士牺牲，一排三人牺牲，一排长李保堂负伤，徐荣华将他抱到矮墙下，抱在自己怀里为他包扎。徐荣华撩开他的右衣襟一看，李保堂的肝区炸开一个拳头大的洞，肝脏炸碎，血流如注，他叫了徐荣华两声，"文书、文书，我不行了。"随即牺牲在徐荣华的怀里，徐荣华顿时清然泪下。

二排长孟庆斋冲到小寨子墙根下，突然从射击孔中推出一枚手榴弹，咻咻冒着黑烟落地，落在孟庆斋脚下，只见孟庆斋急中生智，别无选择，弯腰用手抓起咻咻冒烟的手榴弹，又从射击孔中塞了进去，随即爆炸。

小寨子敌人很快被消灭了，扩大和巩固了永丰镇东北角这一片阵地，为进攻永丰镇扫除了障碍。

永丰镇的圩墙有5米高，墙根有两米宽，墙上有垛口，可以布兵、行人。步枪、机枪、小炮对它无可奈何。用炸药包爆破，伤亡很大，很难成功。步兵独六旅，是从永丰镇北面进攻，也多次用炸药包爆破，均不成功，伤亡很大。

27日，二纵队用一个团的兵力，在永丰镇东南角东侧，实行爆破，只听一声巨响，一片火光，圩墙倒了一大片，多支冲锋号吹响，发起总攻。每当冲锋的先头部队刚爬上半壁圩墙时，就被镇内的敌人反扑压下来，连续三次攻击都没有成功，伤亡很大。

这夜半夜时分，陈仿贤连长叫卫生员刘发兴："你到二排阵地上，问一下孟庆斋，敌人有什么动向，有情况及时向连部汇报。"

15岁的刘发兴说："叫我一个人去，这段路上有那么多死人，我害怕。文书和我一块去，我就去。"

徐荣华随即答应，带刘发兴跃出战壕，冒着敌人的枪弹，找到二排长。一个破窑洞里摆着四具战友的尸体，窑洞被敌人的子弹打得啪啪响。孟庆斋说："我刚从前沿阵地回来，现在敌人没有动向。有情况，我会及时向连部报告。"徐荣华和卫生员又从原路返回连部报告。

永丰镇内、镇外，敌我双方5万多人，日日夜夜，枪声、炮声响个不停。夜间八二炮发射照明弹，好像一轮明月，挂在天空，不时地将大地照得光亮通明。

面对敌军顽固抵抗，王震果断命令张仲瀚：强攻永丰镇，消灭七十六军，活捉李日基。

接到命令后的旅长张仲瀚，将山炮营调过来，几门山炮对准一个点平射，将圩墙削掉一半，打开一个五米多宽的大豁口，为顺利攻进永丰镇创造了条件。

　　圩墙突破口打开后，徐荣华所在团二、三营夜间攻进永丰镇三次，因突破口进去的兵力少，镇子内有敌军一个军的兵力，且兵力非常集中，每次攻进去，还没站稳脚跟，就被敌军反扑推出来，与敌军来回拉锯几次，敌我双方在突破口两侧相持。

　　28日，二连接到团部命令，撤出现在阵地，进攻永丰镇。连长陈仿贤将部队集合起来，快速进入三营的战壕。开始战壕比较宽深。前行一段后战壕变得既窄，又浅，接近永丰镇还有百米时，没有战壕了，眼前是一片开阔地。围墙东北角，敌人在墙根下挖了一处重机枪工事，敌人的重机枪不断扫射封住二连的战壕口，二连面前的开阔地里，摆着几十具战友的尸体。徐荣华他们在连长的带领下，越过开阔地，冲至突破口，这时正赶上镇内的敌人反扑，把解放军攻进镇内的部队推压过来。在这危急时刻，只见金忠藩团长手持武器，何占魁副团长举起驳壳枪打得砰、砰、砰响。在堵住突破口时，金团长一见二连赶到，随即命令连长陈仿贤，组织部队冲进去，并对着陈仿贤喊了声："冲！"

　　这时连长要大家准备手榴弹，一排手榴弹甩过围墙后，在手榴弹的爆炸声和硝烟中，二连冲进突破口，与敌人展开激烈的巷战，边打边进，扩大进攻面，随着后续部队赶到和兄弟部队一起，全歼七十六军。

　　在这次战役中，敌我双方伤亡都很惨重，不到半平方公里的土地，从镇外打进去的炮弹有万发，地面上每平方米就有一个弹坑，永丰镇内所有的房屋没有一间是完整的，都被炮弹炸得一个个大洞。

　　永丰镇战役进行到第三天时，国民党的运输机给被围在永丰镇的国民党军队补充军用物资和弹药，其中有六〇、八二迫击炮炮弹，步、机枪子弹。由于永丰镇在地面上的位置狭小，飞机所投的物资大部分都降落在解放军的阵地上，降落的物资弹药大部分都装备了我军。战士们调侃，蒋介石是个运输大队长。

　　国民党飞机空投军用物资使用的降落伞绳索，既白又细又软又结实，被徐荣华他们用来做打背包的绳子，用了好多年。

过春节

胡岚

在渤海老兵李凤祥91年的生命中，给他留下深刻的那个春节，要数在陕西合阳黑池镇过年了。

这是李凤祥当兵后过的第一个春节。一大早天还没亮他就起来了，帮着炊事班添柴加火，跑前跑后。天幕隐隐地透着蓝，风凉得刺骨，他一边担水呵气，一边搓着手，不一会儿两个脸蛋就冻成了红苹果，可还是掩不住眉眼间的喜悦，蹦蹦跳跳地与来往的人招呼着。

今天要包饺子，他掩饰不住地兴奋。出来这么久了，部队行军的节奏又急又快，这段时间一路上都在追着敌人打，现在终于可以好好过个年了，关键是还能吃上白菜馅饺子了。

一大早，李凤祥就跟着炊事班忙前忙后，和面、剁馅、擀皮、包饺子，大家一起干得热气腾腾，灶上支了口大锅，冒着热气，饺子不断在锅里翻腾，像调皮的小猴，翻出好看的水花。"饺子熟了，吃饺子了！"吆喝声像爆竹一样响亮，一声一声地在大院里炸开，喜悦在空气中回旋。大家都被欢天喜地的气氛感染了。先来的打了刚端走，后面的又接上来，大家有序地排队，个个眼角都堆着笑。树上的麻雀好似也受了感染，在枝头跳来跳去。可没一会儿就听见集合号吹响了。

军号就是命令，一切行动听指挥，服从命令是军人的天职。

要出发，饺子还没吃到嘴里，碗不够，后面的人还等着前面吃过了，再用他们的碗吃。眼下就要出发了，顾不上许多，好多人把帽子摘下，盛几个饺子在帽子里，一边走一边吃，帽子里汤汤水水，走一路流一路，吃完饺子，喝完汤，风一吹手里的帽子就变硬了。风寒天冷，军令如山，部队就出发了。

行军很艰苦，喝的都是涝坝水。所谓的涝坝水，是下雨天积蓄在大小不等的深浅坑里的积水。人、马、牛畜都喝，非常脏，没有别的水喝。还有一种是窖水，山西高原缺水，下雨要挖个很大的窖，上面留个小口（怕用大罐子装多了，想多提都不行），只能用小盆、碗舀出来，走到跟前一看上面全是孑孓，跳来跳去，多得不计其数，看着让人恶心，水烧开了以后上面厚厚一层孑孓，只能沉淀一下再喝。

"那时水金贵得很。谁家女儿出嫁，要先看看男方家里有几个水窖，水窖象征着财富，家里没水窖连喝的水都没，有谁嫁给你呀。水就这么金贵。"李凤祥说。

一天，部队驻扎在一个老太太家里。她家院里有个水缸，他们得闲就给老人家挑水。水井在村西头，老太太家在东头，有好几百米远。水井有80米深，用来汲水的井绳很粗，需要两个人才能抬动，80米长的绳子，堆在地上是一大捆，一个人拿着很费劲，得两个人抬着，两根绳子，每根绳上挂一个桶。这个桶上，那个桶下，交替着把水提上来。他们一直挑了两担水才把老太太家的水缸装满，老太太感动得哭了，她说，水缸是陪嫁来的，从她结婚起这个水缸就没有挑满过。

那时候，老百姓非常苦。战士们发的衬衣、鞋子舍不得穿都送给他们。战士们将就穿旧的。老百姓也把战士们当成了自己的亲人，那个年代虽然艰苦，但是他们非常爱人民子弟兵，都会把家里仅有的东西拿出来，真是把他们当成亲人了。当时，三大纪律八项注意要求很严，解放军的部队就是要为百姓着想，不能拿百姓的一针一线，就是这样的群众基础，才凝聚了军民一心，共同抵抗敌人。

部队驻扎的附近有个金水沟，沟很深，沟底里常有积水，老百姓都去那里担水，路特别难走，下到沟里打上水，再爬上陡坡，水几乎晃去一半，李凤祥年龄虽小人却勤快，爬山上坡尤其稳当，他担的水很少洒漏，特别受老乡欢迎。李凤祥他们住金水沟这边，恰好利用地理优势围追国民党，国民党的队伍往前面有埋伏，后边有追兵。而我军埋伏在密林里，敌人在明处，我军在暗处，随时能看到他们，而他们却看不到我们的部队。

我军一部分人在前边堵着，敌人往前走不出去，向后又没有退路，就这样前后两边夹击，打死了国民党1000多人。

打仗时战士们吃了不少苦，打起仗来大家都很拼命，流血牺牲也不怕。最艰苦的还是缺吃少喝，天寒地冻忍饥挨饿。白天走路还好，脚不会冻，最难受的是晚上脱了鞋睡觉，早上起来一看，鞋子冻得嘎嘣硬，穿不进去。只得在火上烤烤，冰化了才能穿。不脱鞋也不行，走了一天脚很痛。那时候真苦，老百姓也苦，都没有吃的，战士们在老百姓家吃饭，菜是以盐、辣子面为主；若没钱付，吃了几顿饭就给老百姓打多少欠条，后来由政府统一给老百姓还账。

多少年过去了，说起攻打永丰镇就像是昨天发生的事。忘不了心灵深处留下的记忆：炮火、惨烈伤亡。敌人火力猛、工事坚，一个军缩在一个小土城子里。敌人的大部队在外围突击，部队只能硬拼，当年没有足够的武器，战士们能打赢全凭不怕死的勇气和拼命劲，战场上的拼杀声、不绝于耳，一轮一轮的人冲上去，倒下，再一轮冲上去。

说到无畏，身在其中就会被带动、被感染，那么多战友倒下，后来的又冲上去，我们的部队打进去又被打出来，一次又一次突击。敌人也不甘示弱，反扑过来，他们的枪弹一阵乱射，炮火更是凶猛，一轮一轮扫射过来，我们有的战士被炸成了两截，倒在血光中，但那种不服输的信念、置生死于度外的勇气让敌人胆战心惊，而敌人就败在士气涣散上。

李凤祥参加战斗30余次，见到过太多的血流成河的场面，目睹过无数鲜活的生命倒下，能够活下来，太不容易了，因此他很珍惜现在的生活。

一顶特殊的"小帐篷"

张靖

战争年代，时间就是生命，再没有什么比医护人员更明白时间对抢救伤员的重要性。

作为一名医护人员，渤海老兵郭俊泮深深明白自己的职责和使命，无论战场多么危险，条件再艰苦，抢救伤员和护送伤员永远都要放在第一位。

1948 年 8 月，此时的陕西黄龙山树木葱茏、枫林似火、层林尽染，景色十分怡人。可战士们谁都没有心思去欣赏山中的风景。澄合战役已经打响，按照上级要求，在壶梯山战斗打响前，郭俊泮和部队必须提前赶到壶梯山。

由于敌机不断在头顶上进行侦察，战士们稍有异动敌人便看得一清二楚。为了不被敌人发现我军的作战意图，大家必须提前到达目的地，部队决定连夜进行急行军。然而，就在深夜急行军时，依旧还是被国民党四处搜查的人员发现。正当部队匆匆疾走时，沉寂的夜空突然出现从敌人的碉堡里射出的两颗照明弹。

医疗队随着队长急促喊叫声迅速卧倒，照明弹过后，紧接着就是一阵"嘟、嘟、嘟"的机枪声。由于地势平坦开阔，没有任何遮盖物掩护，稍有挪动就会引来敌军的强烈扫射，于是大家趴在地上不敢向前挪动一下。

可总趴在地上也不是个办法，既然战斗已经打响了，救护工作必须争分夺秒进行。敌人的照明弹依旧时来时去，阵阵枪炮声如雷贯耳。不一会儿，医护人员迅速从阵地上背下几位伤员，眼看受伤的战士血流不止，中弹的伤员急需手术。而整个平地根本无一处藏身之处，现场手术几乎不可能。

怎么办？就在危急时刻，作为队长的彭学华果断地命令大家打开两个被子，接着战士们把被子撑成一个能遮光的"小帐篷"。此时夜色正浓，由于光线不清，绿色的被子撑起的"小帐篷"很像凸起的碉堡，敌人的照明弹根本无法辨认里面是否藏有人员。

夜色苍茫，枪声不断，郭俊泮所担任的任务是作为一根木桩支撑"小帐篷"的一角，其姿势必须和其他同志保持协调一致，不准漏出一点光线，稍有不慎便会引来敌人的机枪扫射。为了确保不被敌人发现，要求"木桩们"背朝里、脸朝外、头顶被、手握被边、腿跪地，必须保持一动不动，不管枪炮多急，不管多累也不准弯腰，人也不能改变一下，要像木桩子一样，才能保持"小帐篷"内的手术空间。

"小帐篷"外依旧枪声不断，可医护人员却镇定自若。由于帐篷内面积太小，仅容队长和两名医生、一名伤员，医生们只能艰难地蹲在伤员身边，在手灯下进行手术。他们以最快的速度处理完每个伤员，防止流血和伤口感染。

就在关键时刻，突然，敌人的一颗炸弹在"小帐篷"边爆炸，一名支撑"小帐篷"的战士被炸伤。然而，救护工作依然进行，很快另一名战士没等队长下令，立即毫不犹豫地撑起帐篷，确保急救工作继续进行下去。

终于，敌人的照明弹不再出现，枪炮声也越来越小。原来，在我军的强大反攻下，敌人已经落荒而逃。

可就在第二天，壶梯山战斗胜利结束后，国民党军残部队向南逃向王庄镇，在其飞机的配合下负隅顽抗。我军毫不迟疑，继续追敌于城下，展开了不屈不挠的攻坚战。

激烈的战斗使王庄镇顿时陷入一片烟海之中，而郭俊泮所在的团卫生队就驻扎在离王庄镇三公里的小村庄里，敌人企图做最后的垂死挣扎，不断采取炮轰炸和机枪扫射，只听整个村庄枪炮声此起彼伏。此时，抢救伤员的难度非常大，医务人员需穿过硝烟弥漫的战壕抬担架，眼看战斗越打越烈，伤员们越来越多，情况十分紧急。

而作为队长的彭学华依旧临危不惧，有条不紊地指挥大家。他把所有人员迅速进行分组，分别为手术组、器材消毒药品供应组、护理组，而他自己则和其他医生一起，一刻不停地对伤员实施手术。

有了明确的分工，各项救护工作开展得有条不紊。无论是敌人低空的轰炸，还是机枪不断扫射，都无法撼动医疗人员的救治工作。此次战斗，收容伤员多达200多人，是郭俊泮所在团在解放战争时期收容伤员最多的一次，而90%的伤员因抢救及时，打消了后顾之忧。

只要一回想起战斗的场面，郭俊泮的表情就禁不住有些凝重，那些年轻的战士为了中国的解放事业，一个个献出了宝贵的生命。

往事一幕幕浮现眼前。在那个物资十分匮乏的战争年代，很多时候大家自己动手制作药品。

由于经常缺医少药，郭俊泮和战士们不得不自己想办法。没有阿司匹林，就用小剂量的硫酸钠治感冒；没有止泻药，大伙就用烤焦的馒头止泻；没有眼药水，便用土盐化水冲洗；没有绷带，大家就把被子撕成布条代替绷带；没有脱脂棉，就用碱水煮棉花待用。由于磺酸类药物极少，青霉素等消炎药更是根本见不到。尤其部队行军至酒泉时，由于冬季的河西走廊，气候十分寒冷，许多战士得了呼吸道疾病，于是医务人员便到郊外挖麻黄草，熬成膏做成麻黄丸，用于止咳平喘。

别小看这些土办法，小制作办成了大事情，在那个医疗条件十分恶劣的时期，他们凭着智慧及时救治了许多伤员。

自古英雄出少年

张靖

提起陈德林，熟悉他的人都知道他曾是一位山东渤海军区教导旅的老兵，然而人们所不知道的是他小小年纪便投身了革命。

对于普通孩子来说，12 岁，还是个懵懵懂懂的年纪，正是贪玩调皮的年龄，而对于陈德林来说，12 岁的他已经是一名名副其实的小战士了。

"少年强则国强，少年独立则国独立。"梁启超的《少年中国说》曾经影响了一代革命者，让那些寻求中国未来的有志之士，先从孩子教育身上找到希望。

为了让村里的孩子们学知识、学文化，地下党组织派专人来到山东宁津一带教孩子们念书。能让自己的孩子学文化，这是多少人都求之不得的事啊，当地百姓都纷纷把家里的孩子送去学习，年仅 6 岁的陈德林也幸运地上了学。

作为一名农民的孩子，能够读书识字是一件多么自豪的事啊！老师是一位年轻的地下党，不光教村里的孩子们学知识、学文化，还大力宣讲革命的道理。为了更好地开展工作，这位地下党经常利用晚上时间召集村里的老百姓开会。在会上，他不仅引导村民们反封建、反剥削、反压迫，还倡导贫苦的百姓打破黑暗的旧社会，砸碎压在人民身上的枷锁。同时，他还经常用半导体收音机让老百姓收听国家大事，开阔眼界、转变思想，以此唤起百姓的觉悟。他的话，如同一颗扔进湖中的石子，让麻木的人们心里掀起了巨大的波澜。

夜色苍茫，只有村庄里那盏灯光是最亮的，它冲破了黑暗，点燃了人们心中的希望。

光明仿佛就在眼前，每到晚上，在一间不大的房子里就汇集了村子里的男女老少。灯光下，人们都用渴望的眼神盯着这张年轻的脸，聆听他讲共产党宣言，聆听共产党人的铮铮誓言，他们也急切地渴望着一个新时代的到来。

在这里，陈德林不仅学到了很多知识与文化，同时也增长了见识，他断断续续上了 5 年学，这在 5 年中，他已经由一个目不识丁的孩童，达到能读书看报。然而，这美好的一切却随着日本侵略中国戛然而止。

1937 年，日本发动了卢沟桥事变，全面侵华战争开始，中华大地陷入日本的践踏与蹂躏之中。在山东宁津出生的陈德林，很小时就目睹了日本鬼子的各种劣行。为了保卫家乡，小小年纪的他便积极地参加了当地儿童团。可千万别小看儿童团，尽管他们年纪小，在抗日年代一样发挥着巨大的作用。

儿童团的主要任务是给村子站岗、放哨、输送情报。

别看年纪不大，可陈德林却很有经验。由于战争年代人员复杂，为了防止敌人混入其中打探到八路军的消息，陈德林和其他儿童团成员时刻站在村口站岗放哨。凡是外来人员一律必须检查相关证明后才予以放行，不然就将来人扣起来交给八路军。

传递消息，更是儿童团的拿手好戏。当地的日本鬼子为了控制八路军活动，给每个村子发放良民证，以防地下党和八路军出入，没有良民证的人便进不了城。别看日本鬼子诡计多端，可八路军照样有各种对付他们的好办法。当地到处都有地下党，村村都有儿童团。陈德林和其他团员正好利用年纪小、不引人注意的优势，及时进城为地下党和八路军传递各种情报。

作为儿童团的成员，他们不光送情报，很多时候还要为村子站岗放哨。日本鬼子每过一段时间都会进村进行大扫荡。可自从有了儿童团，老百姓的损失便会减少很多。

一大早，陈德林就和其他孩子站在高高的山岗上瞭望了。

站得高看得远，只要鬼子一出城，孩子们便会仔细盯着他们的去向，一旦发现鬼子往哪个方向走去，就立即跑向附近村子向他们传递鬼子进村的消息。村子里的老百姓一听说鬼子要来，一个个便牵着牲口、带着粮食藏进山里。由于这些儿童团员们个个机智灵活，让凶神恶煞的鬼子一次次扑了个空。

八路军帮老百姓打鬼子，八路军帮助百姓过好日子！在山东革命老区，陈德林和家乡的百姓们，早就把共产党当成了自己的队伍。

1946年，日本投降后，共产党立即就在当地全面实行土改，没收地主阶级的土地，将农村所有土地统一分配，消灭剥削和压迫，让家家户户有田种，个个老百姓都有饭吃。村子里虽然土地并不多，可每个人平均都能分到两亩田。年年种植的粮食根本吃不完。有了余粮，当地人过上了好日子。

1947年，日本鬼子投降后，蒋介石很快撕开了假和平的面具，公然发动了内战，露出了狰狞的真实面孔。为了坚决打倒蒋介石，彻底解放全中国！当地百姓纷纷送自己的孩子去参军到前线。

明知道此行可能一去不复返，小小年纪的陈德林，毅然投身革命。

命运的安排

胡岚

陈登祥是一名山东渤海军区教导旅老兵，他曾经历了西北很多的解放战争。

运安战役、黄龙山麓反击战、西府陇东战役、瓦子街战役、永丰战役、壶梯山战役、荔北战役、扶眉战役、陇青战役等，作为连队的一名救护员，这些战役他都参加了。

他至今还记得在动员大会上，王震司令员号召全体指战员：要不怕吃苦，打下运城过大年！这时正是严冬，大家听了都很激动，离家几个月，战士们都有些想家了。

在陈登祥的记忆中，印象最深的要数瓦子街战役、永丰镇战役。对他来说永丰镇战役很惨烈，消灭了国民党七十六军。

山西运城安邑县的那场战争，是陈登祥当兵后参加的第一次战斗。那时他是一名卫生员，首战打的是国民党保安队。陈登祥说，原以为他们新兵是打不过国民党正规军的，可没想到国民党的保安队一打就垮。经此一战，战士们的士气一下子就提了起来。刚开始战士们没有武器，面对敌人的两次突围，战士们用的都是红缨枪、镐、手榴弹，却把敌人打败了。经过那场战役，战士们收缴了敌人的许多武器，信心不由大增。

当年参军时，陈登祥只有 15 岁，是连队的救护员，专门负责给伤员进行包扎，跟随卫生队救治了很多伤员。他说，伤员很多接连不断，一个刚包扎完，另一个就等着，有时忙得手脚不停，还是包扎不过来。

那时，小小年纪的陈登祥并不懂得打仗，可死伤天天见，习惯了也就不感到害怕了。只要有人受伤他就立即去抢救，跑前跑后地护理伤员，包扎、止血、打绷带。作为一名救护员，他还经常给伤员们喂饭、翻身，端屎端尿。

陈登祥参军三个月就上战场了。打第一仗时心里很害怕，可害怕也没用，后来反而无所谓了。对他来说出生在那个时代，当兵打仗是很自然的事。当时大家为了以后不再受苦，能过上好日子，于是纷纷参军加入共产党的队伍。大家的想法很简单，战火硝烟见多了，打仗就跟家常便饭一样，谁都不在乎。看多了血流成河，生死伤残也觉得没什么可怕的。

战争一打响，战士们都很拼命，不是你死就是我活。反倒是战士们这种不怕死的冲劲，让敌人感到十分害怕，战士们就越战越勇。流血受伤的人很多，时间就是生命，必须争分夺秒地抢救伤员，根本没有时间去害怕。

陈登祥说得很朴实，流血的战争仿佛就发生在昨天一样。他说，经历过战争的人就等于在漫长岁月中经历了一场特殊的磨炼，谁也不愿意打仗，可敌人来了，必须要去还击，老百姓都盼望过好日子。

看到战友在自己面前倒下，经历过各种生死以后，陈登祥更体会到活着的不易。与战争相比，后来再遇到的挫折、困难都不算啥了。当年四处征战，陈登祥还有幸见到了毛泽东、朱德、周恩来等一些伟人。他说，领导天生有一种威力，有领导的气度，他们往那里一站，什么都不用说就很鼓舞人。他说见到毛主席、彭德怀等时，大家心情特别激动，在党中央的正确领导下，全中国解放了，老百姓才能真正过上好日子。

从战争年代走过来，陈登祥亲身经历了这一切，他说，我们在那么艰苦的环境中打了胜仗，让人民翻身做了主人，没有人比我们更能理解和体会胜利的来之不易。

陈登祥清楚地记得，1949年新中国成立，他们在张掖共同庆祝，紧接着就随部队来到了新疆。这一来就是一辈子。他说，从老家一路走到甘肃张掖，从玉门走到青海一直是用两条腿打仗，天天走路，风雨无阻。作为一名战士，就要听指挥，党让干啥就干啥。到了新疆，开荒种地搞生产，战士们就是生产队、战斗队、宣传队。

直到1956年，陈登祥才脱下军装转业，成为新疆生产建设兵团的一分子。

陈登祥印象最深刻的是住地窝子、吃草籽馍馍的岁月。

20世纪60年代，老军垦都过着非常艰苦的日子。草籽刚在地里长得跟小米儿这么大，人们就要把草籽撸回来放进锅里用碱水煮。煮完了以后捞出来再跟甜萝卜和在一块儿蒸馍馍，虽然吃不饱只能充充饥，却能勉强填饱肚子。

住地窝子的那两年，是最艰难的时候。地窝子只有半人高，上面用木头撑着，人在里面得猫着腰，好在能避风雨。多亏新疆干旱少雨。不下雨还好，可一下雨就遭罪了，雨水全都涌进了地窝子，把铺在地上的苞谷秆、芦苇全都打湿了，湿乎乎的，根本没法住，也得将就。

二师二十一团在焉耆盆地，焉耆雨水多，周边土地条件相对也好，开荒出来就能种粮食，就有吃的。战士们凭着吃苦耐劳的优良传统和艰苦奋斗的精神，经过两年的大开荒，把很多土地完全改造过来。开荒中，战士们用两只手挖，用镐锄地，经过灌溉、收割，终于把荒原变良田。从无到有，从戈壁到绿洲，从缺衣少食到丰衣足食，从焉耆盆地到塔里木盆地，军垦战士创造了一次又一次奇迹。

作为一名老军垦，陈登祥感到很自豪。

从前的库尔勒是个戈壁滩，处在沙漠边缘，雨水少，土地干旱。能把沙漠、戈壁滩建成现在这样真是想都不敢想。从1949年到现在70多年过去了，陈登祥既是参与者，更是见证者，这片土地从无到有的蝶变，从贫瘠到繁荣的飞跃，他身在其中，深深感受到其中的艰辛和不易。

他说，命运安排得很好，最艰苦的地方是新疆，最好的地方也是新疆。就像歌里唱的那样，"我们新疆好地方，戈壁沙滩变良田""我走过多少地方，最美的还是我们新疆"。现在的新疆建设得非常好，交通方便，物质样样都不缺，相信以后还会发展得更好。

小小"交通员"

韩浩亮

1931 年，山东渤海军区教导旅的战士周忠信就出生在北平。

周忠信有一位叔叔叫周其新。1940 年，周其新担任村长，表面上看，他好似在给日本人做事。可实际上，他的真实身份是地下党——他在利用自己特殊的身份为八路军传送情报，他所在的村部就是八路军一个秘密地下"交通站"。

周其新不但自己干起了秘密交通员，而且他还把周忠信也积极动员起来秘密地加入"交通员"的行列。当时，那时的周忠信还是个小学生，年仅 10 多岁。一有机会，叔叔就给周忠信讲八路军打日本的故事，还讲日本侵略者在中国犯下的滔天罪行。每次叔叔的话周忠信都听得非常认真，同时他也对叔叔充满了敬佩之情。久而久之，周忠信就产生了抗日杀敌的念头。

1942 年冬天，北风呼啸，寒风刺骨，天气异常寒冷。

一大早，吃过早饭的周忠信正要出门上学，便被叔叔叫住了。只见叔叔把一张纸条折叠成小纸团，塞进了周忠信棉袄领子的夹层里。然后告诉他，等一会出城后，一定要把纸团送到城外东巷子的王铁匠手里。

接到任务，周忠信二话不说，穿好衣服就向东城门走去。看着侄子的背影，此时的周其新却一直忐忑不安，他不知道侄子会不会把情报及时送到指定的地点。

很快，周忠信就来到了东城门。当他快要接近城门口时，老远就看见日本宪兵巡逻队来了。他意识到必须马上出城，否则等到宪兵巡逻队一来，可就太麻烦了，情报也许就不能顺利送出去了。

于是，他快步走到城门跟前。这里几个"鬼子"拦住了他。

"小孩，你要去哪里？"

"不去哪里，就是想出城玩玩。"周忠信镇定自若地回答道。

"鬼子"一看是小孩，也就没有太在意，随便在他身上搜了搜，结果什么也没发现。很快，他就被顺利地放行。就这样，他第一次就顺利地完成了任务。

从城外返回，周忠信受到了叔叔的热情赞誉："忠信，你人机灵，遇事不慌张，会动脑子、想办法，好样的。"

听到叔叔表扬自己，周忠信高兴极了。叔叔的话也给了他莫大的鼓舞，让他更加坚定了抗日救国的信心。

1943 年 7 月，天气炎热，酷暑难忍。

一天，叔叔把一张小纸条塞进了周忠信的鞋帮夹层里，要让他尽快把这个情报送出去。而那天接受情报的"交通站"位于县城以北，距北门大还有十多里地。

来到城门，正好遇到日本宪兵在搜查。日本鬼子让每一个出城的人排队，然后对每人从头到脚进行仔细搜查、详细盘问。一开始，周忠信心里还有点害怕，担心万一被日本人搜出了情报那就糟糕了。可是，等他镇静一会儿后就不怕了，因为他知道叔叔把情报藏得很隐蔽，很难被发现。

于是，他大大方方走到城门前。

"站住，小鬼，你的，去哪里？"周忠信被日本人拦住了去路。

"去城外……河里……游泳！"周忠信比画了半天。

日本人不太相信，于是在他身上里里外外搜查了一遍，没发现什么东西。可当日本人上下打量着他，盯着他鞋子看的时候，他的心都快要提到嗓子眼上了。好在情报并没有被发现，也没有搜出些什么，日本鬼子只好放行了。

好悬啊！这时，周忠信悬着的一颗心才终于落了地。

时代造英雄。很快，在叔叔的正确引导下，周忠信由一个懵懵懂懂的孩子变成了小小的"交通员"，用自己的实际行动加入到了抗日的队伍中去，成为一名名副其实的抗日小英雄。

光荣入党

胡岚

照片上那个少年，只见他头戴五角军帽，身着棉军装，扎着绑腿，双手背在身后，一副老成持重模样。

照片上的人与解放战争年代电影上的战士没有什么区别，仔细端详却又有不同。照片上的人身材并不高，脸上还稚气未脱，可那严肃的表情却让青涩稚嫩的脸上平添了几分庄重。只见宽大的棉军服长到大腿，扎在腰间的宽皮带，让人显得精神挺拔。这张黑白照片，一下子把老人的记忆拉到那段战争岁月。

"爷爷，那是您？"

"是啊，那年我只有十六岁。"

"十六岁就打仗，不害怕？"

"不害怕，人在那种环境，就做该做的事。抗日战争时期，我就是儿童团团员，站岗、放哨、查路条，这些都干过。那时年龄小，就开始忙着查路条。日本人来扫荡，晚上就躲在庄稼地里。"老人家说得很轻松，一副乐呵呵的样子。

照片上的人是刘玉朴。看着眼前清癯矍铄的老人，感觉时间像个魔法师似的，几十年时光倏忽间走过。照片上的人稚气未脱，而眼前的老人已是鲐背之年。如果不是事先知道，简直无法将两人联系到一起。一个是十六岁的青葱少年，一个是鲐背之年的白发老翁。时间虽然过去了，可照片依然勾连了过去与现在，还有战火里的硝烟，炮火连天里倒地的尸体，流血、伤残的肢体。这些虽然都随着时间渐渐消散，成为旧事。听着老人的讲述，往事又重新鲜活起来。

刘玉朴参军的时候才 15 岁，部队领导看他太小，于是就安排他去了师部卫生队护理伤病员。他的工作主要是给伤员包扎、换药，护理重伤病员，照顾他们的吃喝拉撒。接收来的伤员太多了，没有地方住，就只能在老百姓家的夹道里、门洞里铺上麦草救治伤员。有的伤员负伤严重，只能听到一声声吹气的声音。有时呼吸不上来，听着让人格外揪心。那时条件差没有吸痰器，刘玉朴就嘴对嘴地帮他们把痰吸出来，给他们接大小便、喂饭，他没有任何怨言。虽然条件很简陋，可他却尽心尽力，刘玉朴跟着卫生队抢救了很多危重伤员。

部队上三大纪律八项注意要求很严，一进老乡家院子，要先扫院子，再贴封条。老百姓家的厨柜上都要贴上"不拿群众一针一线"的标语。那时他们没盆没碗，都是借老百姓家的，从谁家借的，临走前一定还要还给谁家。从哪借的碗盆都要还回原处，就连铺上的麦草也要送回去，走时还要把院子打扫得干干净净。

刘玉朴虽然年龄很小，可他却肯学肯干，抢救伤员时总是跑在前面，护理病人更是耐心细致。很多危重伤员经他精心护理后，摆脱了死亡。由于刘玉朴的突出表现，1947 年他被授予一等功。

永丰镇战役打响了，战争异常激烈，敌我双方死伤惨重。刘玉朴所在的卫生部任务更重了，每个护理员恨不得长出三头六臂来，根本分不清白天和黑夜，有时为了抢救伤员，甚至连饭都顾不上吃。

一次，为了护理一位危重病人，刘玉朴整整守在他床边三天三夜没有睡觉。

寒冷的冬夜，室外风声、枪声穿梭其中，呼呼作响。眼前躺着几个伤员，呻吟声、呼噜声、辗转翻身的木板声不时地在耳边穿梭。于是，刘玉朴便从外面拾点柴火，在屋里生起了火。那个危重伤员浑身发烫，高烧一直未退，刘玉朴丝毫不敢大意，一边留心他的伤势，一面不停加火，怕炉火熄灭。

直到后半夜，看着伤员好点了，刘玉朴连忙给他喂些粥。看着伤员睡了，他坐在床边竟然睡着了。此时，他不知道的是裤子蹭在炉子上已经烧着了，半夜刘玉朴疼醒过来，一个激灵，才发现裤脚已经着火了，他慌忙起来舀水浇灭。熄了火，他顾不上换裤子，忙去看护伤员。其实此刻的他已经连续三个晚上没合过眼了，实在太累了。

永丰镇战役结束后，大部队已经开始撤离了。

可还没等给伤员的手术做完，国民党的援兵就冲了进来，就在隔壁的院子里。时间紧迫，非常危险，他们只能抓紧时间悄无声息地做完手术，背起伤员悄悄撤离。

已经三天三夜没睡觉了，刘玉朴困得连人都站不住，腿也迈不开，但是撤离的时间到了，必须离开。走不动也得走，必须要走。刘玉朴累得直想睡，看着这个小战士大家都很心疼他，这时一个战友走过来，拿着绑腿牵着他走。就这样刘玉朴边走边睡，一路上磕磕绊绊地到了营地，好在年轻，到地方睡一觉后就又活蹦乱跳的了。

由于刘玉朴勇于救人，护理伤员、救治伤员、打饭、端屎端尿一点都不嫌弃，抢救伤员及时有功，永丰战役结束后，刘玉朴荣获"步兵第六师独六旅西北甲等工作模范"称号。

永丰战役后，部队不仅缴获了许多国民党的枪炮弹药，还有大量的医疗器械等，充实了部队的装备。"多亏了运输队长蒋介石，他真是大家的好后勤，给我们送了很多装备。"刘玉朴说得风趣幽默，听得人不由哈哈大笑。

当年为了配合淮海战役，阻止胡宗南部队调兵增援中原战场，收复与巩固澄城、郃阳、白水等地区，解决部队粮食问题，保障部队进行冬季整训，西北野战军决定在11月中旬发起冬季攻势，再歼胡宗南部队几个师，改变渭北拉锯与相持的局面。

永丰战役的胜利，彻底粉碎了胡宗南所谓"重点的机动防御的新战术"，巩固了澄城、郃阳、白水地区，拖住了胡宗南集团，配合了淮海战役，解决了部队粮食问题，为冬季整训创造了条件。

参加永丰战役时，刘玉朴才十六岁。1948年12月18日，战争结束后，他光荣地加入了中国共产党。七十多年过去了，这个无上光荣的日子永远印刻在他心里。

飞奔的车轮

张靖

茫茫沙海，烟波浩渺。

朱奎福是山东渤海军区教导旅的一名老兵，当年他偷偷从家乡跑出来投身革命，做梦也没想到有一天自己也能开上大汽车四处奔跑。

1952 年，由于朱奎福所在的部队供给部，来了一大批从国民党那里缴获的汽车。这么好的汽车急需年轻的汽车司机，此时的朱奎福便进入了领导的视线，由于他机智灵活，很快被调到了供给部汽车班（后为汽车排）学开车。朱奎福至今还清晰地记得师傅叫张健，是个河南人，排长叫张振忠，是山东宁津人。

解放初期，虽然司机看起来是个非常不错的职业，可只有运输班的司机们才知道，这项工作不仅非常辛苦，而且还十分危险。

20 世纪 50 年代初，新疆一切百废待兴，各种物资十分缺乏，尤其是部队师部驻扎新疆焉耆地区后，小到生活日用品，大到机器设备，个个都需汽车拉运。作为汽车班，由于当时西线铁路通车终点只到陕西宝鸡，而运输主要任务就是从内地往师部拉运各类物资，所以大部分物资必须由宝鸡拉往焉耆。

从焉耆到宝鸡，几千公里的路程啊，从此朱奎福驾驶着大汽车奔波于大漠与荒滩之中。

热爱工作的朱奎福，一工作起来就没白天没黑夜的。车队一共就那么十几辆车，要干的活却排成了长队，由于路途遥远，朱奎福一去就得按月计算，拉运货物顺利时一个多月，不顺利时一来一回三个多月。夏天烈日炎炎，冬天寒风凛冽，长年在外奔波的他吃尽了苦头。

由于北方的天气十分寒冷，一到冬天，跑长途的朱奎福就得全副武装、棉帽、大皮袄、老毡筒。因为长期出门在外，哪有暖暖和和的旅店住，有时不定走到哪就只好在车上过夜，而且谁也无法预料后面会发生什么意外情况。

由于交通不发达，沿途的道路坑坑洼洼十分难走，很多地方根本就没有路，尤其到了干沟地带，崇山峻岭、山路弯弯非常危险。不仅如此，那里的道路十分狭窄，一到下雪的时候，路面打滑，稍不留意大车便会翻下山崖。长途拉运，司机最怕汽车坏到路上，一旦坏在路上，前不着村，后不着店，真是叫天天不应，叫地地不灵。

天有不测风云，人有旦夕祸福。

一天，车队一位姓陈的老驾驶员要去乌鲁木齐。由于两家关系非常好，临走前，陈司机见到朱奎福的妻子迟桂花，还忍不住跟她开玩笑道："桂花，爸爸要到乌鲁木齐去了，想要什么就说一声，等回来爸爸给你买花生吃！"说完，笑呵呵地走了。

然而，这次长途运输并没有像陈司机想象得那样顺利，汽车行驶到干沟时，竟坏在了半路上，陈司机和副驾驶室两个人硬是被死死困在了山上。冬天的干沟夜晚零下几十度，身上穿得再厚也不顶用。结果，这位富有经验的老司机被活活冻死在车上，而副驾驶员最后被过路的人们发现后送往医院，结果被抢救过来的他手被冻坏，造成了终身的残疾。

草木含悲，风云易色。

货车司机一提起他们曾经的经历，个个都有一把辛酸泪。长年驾驶汽车，哪会不遇到危险。朱奎福永远也忘不了1955年的冬天。那年冬天朔风劲吹，是一个特别冷的冬天。

一大早，准备妥当的朱奎福早早便来到了自己心爱的大汽车旁。今天的车有些反常，往日车几下子就打着了火，可由于气温急骤下降，汽车发动机怎么也打不着，他越是着急车就越不听使唤。于是，他不得不拿起摇把子开始摇车，可摇了半天，汽车还是纹丝不动。怎么办，眼看着时间一分一秒地过去，可汽车犹如同他作对般地不管用什么办法可就是打不着。

眼看就要耽误出车的时间，此时的朱奎福已心急如焚，手上不由得加了把劲儿。大概由于用力过猛，摇把子突然猛地弹回，巨大的反弹力正好打在了他的额头上，瞬间将他击昏过去。

这次意外事故，让朱奎福整整在家躺了一个多月，头痛得如同炸裂一般。由于当地医疗条件有限，受伤的朱奎福并没有住院治疗，而是一动不动地躺在了家里。这次受伤，让他的大脑留下了终身的后遗症。从那以后，他经常会头部眩晕，而且记忆力严重下降，有时什么事儿都记不清楚。

往事不堪回首，正是经历过那段艰辛的岁月，生命才显得格外有意义。

从开始开车那天起，朱奎福就一心扑在了工作上，长途拉运，朱奎福再也顾不上自己的小家庭。由于他长年不在家，出发前第一个儿子还未出生，等他回到家时，儿子已经快满三个月了，第二个孩子出生时，他同样还在遥远的兰州。

随着宝鸡——兰州铁路修建的不断向西延伸，一直到大河沿（吐鲁番），而朱奎福运输物资的路程，也一点点缩短。

谒见那座永恒的丰碑

赵宪亮讲述　胡延平整理

　　不久前，我借探家的机会，拜谒了位于陕西省蒲城县城以东25公里处的永丰革命烈士陵园。陵园里，山花烂漫，松柏常青。进入陵园，纪念碑上醒目的"永丰战役革命烈士永垂不朽"的金色大字映入眼帘。看到永丰战役几个字，我的心情也顿时沉重起来，作为一名老战士当年情景仿佛就在眼前……

　　1948年11月，著名的永丰战役开始了，是由西北野战军第二纵队独立第六旅（二师前身，1949年2月改为二军六师）打响，是渤海教导旅建军以来，历经的解放战争中最为激烈、最难进攻、伤亡最重、殉职领导职务最高的一次战斗。在浴血奋战中，旅副参谋长张晃、政治部副主任刘英等500多名官兵血染疆场，为革命捐躯，演绎了一曲可歌可泣的壮歌。

　　1958年，中共蒲城县委、县人民政府兴建陵园，安葬忠骨，以慰忠魂。

　　1988年，陵园扩建，重树新碑，再申纪念。

　　1997年，陵园被定为陕西省级爱国主义教育基地。

　　2001年，经国务院批准为全国重点烈士纪念建筑物保护单位。每逢清明节，陵园都会举行隆重的祭扫活动，上万名各界群众前往瞻仰、凭吊。

　　进入陵园大门，眼前矗立着一座巨型浮雕，三位持枪战士再现了当年英勇杀敌、威武坚强的解放军形象，再现了当年永丰战役的雄风英姿。陵园内最高的建筑物当属永丰烈士纪念碑，碑文是王震将军的题词"永丰战役革命烈士永垂不朽"。陵园正门上方，是王震将军为园名的题词"永丰革命烈士陵园"八个大字，阳光下，金光闪闪、苍劲有力。据该陵园工作人员介绍：在修建这座纪念碑时，人们把碑身建高为 19.48 米，代表着战役发生在 1948 年；碑体中央和左右排列的五层平面，代表着参加当年永丰战役的西北野战军 5 个纵队；碑下面台阶长 11 米，代表着 11 月，碑身四周共有 28 个台阶，代表了战争结束的日期——28 日。

陵园占地 50 亩，墓区约占一半的面积，园内松柏成荫，四季常青，气氛显得格外庄严肃穆。碑后不远处就是墓区。只见松柏耸立其中，每个陵墓上都布满了迎春花，阳光透过缝隙照射在墓碑上，偶尔有一两只叫不上名的鸟儿飞过，中间的人行道干净平坦，两边的青砖护卫着烈士……

走进墓区，立即给人一种肃穆的感觉，敬仰的心情油然而生。

一座坟墓就是一个壮烈的故事。整个墓区分为 3 个方块，共埋葬了 375 名烈士，正如他们生前一样，用生命默默地守护着这片他们曾经洒尽热血的土地。最前面的一座坟墓安葬着第一野战军第二纵队六旅政治部副主任刘英烈士。

1948 年 11 月 28 日拂晓，我军对永丰镇开始了全面进攻，作为政治部副主任的刘英不顾战士们的劝阻，毅然紧随突击队冲进了城里，在枪林弹雨中奋勇杀敌，在警卫员的配合下，捉了 30 多个俘虏。当他安置好俘虏后，准备再去搜索时，一颗子弹从侧面打来，击中了他的头部……

在陵园大门的右边是纪念厅，里边陈列着永丰战役中牺牲的烈士的遗物及图片。遗物里的水壶或许因为年代久远的关系，已经看不清本来的颜色了，一侧还破了个洞；一名烈士的喝水杯子是用一个锯过的炮弹壳做的；饭碗边棱不仅凹凸不平，而且布满了铁锈……看着 60 年前烈士们的生活用品，回想着他们为解放战争做的贡献，自己不由得热泪盈眶……

永丰战役的动人事迹不胜枚举：永丰镇是座东西 600 米、南北 400 米的土墙小镇。当年敌七十六军就龟缩镇内坚守阵地。当年城内明碉暗堡星罗棋布，地道堑壕密如蛛网。城外四面开阔，千米之内均在敌军视线和射程之内。自然条件构成了易守难攻、对我军十分不利的坚固据点。然而，在我军强大攻势下，敌军处处受阻，我部与兄弟部队并肩作战，越战越勇，在激烈的战斗中取得胜利，战果辉煌——全歼敌七十六军，消灭敌人2.5 万余人，活捉军长李日基及下属多名高级军官。此战之后西北敌军节节败退，溃不成军，大大加快了解放大西北的进程。

兵团第一副司令员、二师第二任师长谢高忠，时任中国人民解放军步兵第六师十七团（二十一团前身）二营营长，三次负伤不下火线。一次，在敌军猛烈轰炸中，翻起的黄土像堵墙压在他的身上，当战士把他从土堆里扒出来后，他忍着剧痛继续战斗。

由于激战中通信线路无法架通，部队与指挥部失去联系。多人去指挥部联系，都遭敌人枪袭牺牲，气红了眼的谢高忠奋不顾身，冒着生命危险，只身穿越平地，直奔指挥部接受战斗任务。二营担负城墙爆破和主攻的艰巨任务。英勇的战士终于把城墙炸出一个豁口，为大部队进攻创造了有利条件。在一次进攻中，二营一次就抓了300多个俘虏。团长金仲藩高兴地说："你们打得好啊！回去我给你们请功！"

在战斗中，二纵某团把围寨炸开了一个缺口，霎时尘土飞扬，等候在旁边的战士立即怀抱炸药冲向了惊慌失措的敌人。在东北角突击中，战士黄文华看到前去爆破的战友纷纷被敌人打倒，立即跳出交通壕，冒着弹雨，扛着一箱20公斤重的炸药直奔敌人战壕，眼见他快到壕边时，炸药箱却被敌人打中，冒起了丝丝白烟。这时，身后的战友们焦急地喊："快把它扔掉！"可黄文华不顾个人安危，毅然冲向敌人战壕，在战友焦急的喊叫声中，一声巨响，敌壕炸了，英雄黄文华也长埋地下……

轻轻地，轻轻地走过烈士的陵前，轻轻抚摸着苍松翠柏中那些令人敬佩的英灵的姓名，崇敬之情油然而生。

岁月荏苒，青草依依。望着一座座雕刻着烈士姓名的墓碑，怀想着他们每个人为伟大的人民解放事业做出的贡献，他们早已长眠大地，2023年是永丰战役胜利75周年，我们只能用敬仰、感激的心去缅怀、纪念他们。英烈们用鲜血和牺牲为后人筑起了一座座不朽的丰碑！

第二章　屯垦戍边

八百里赶羊记

殷国贤

塔里木的九月，秋高气爽，舒适宜人，瓜果飘香，人们尽情享受着大自然的恩赐。

1965年秋的一天早晨，国营塔里木第二农场畜牧队（二师三十五团前身）领导骑马来到"十棵树"知青点召开会议。知青们早已得到消息，十分清楚这次要挑选若干人去焉耆县完成800多只生产母羊转场的任务。

这个任务非常艰巨，路途遥远，要徒步行走八百里；责任重大，要保证800多只母羊安然归来。所以必须挑选富于责任心，身体健壮，能吃苦耐，有独立完成任务能力的人来担当此任。那时大家都年轻气盛，对新生事物都想跃跃欲试，个个希望自己被领导挑中。畜牧队领导根据实际情况以及知青个人特点、平时表现等综合因素，最终确定三名人选：严德铨、刘胜利和我。

要知道在当时上海知青能轮到离场出差是一件多么不容易的事情。我能够被挑选上，除了身体素质好、责任心强外，还因为我以前曾经完成过到焉耆县种马场接18匹马回场的任务。我们3名知青会同7名老职工组成10人接母羊队伍，去焉耆县种羊场接回800多只生产母羊，为塔二场畜牧业的发展提供保障。

天气晴朗，我们一行10人坐车到达焉耆县种羊场，住在种羊场招待所。这里的生活条件要比农场强多了，每餐都是白面馍招待，晚上还能看电影。由于要办交接手续，一住就是四五天，我们天天逛焉耆县城，我还借了匹马，骑马到焉耆县城外的山脚下观赏塞外风光。尽管一天骑马颠簸得浑身酸痛，但心里却美滋滋的，毕竟能领略到与塔里木不一样的风景。

一切手续办妥了，800多只生产母羊将分成两群，由8个人驱赶前往塔二场，责任重大而又艰苦繁重的转场工作开始了，焉耆到塔二场有八百多里路程。按计划每天行走四十里，要半个多月时间才能到家。

为了安全顺利转场，大家开始讨论分工，将800多只羊分为两群，一群配四人。方法是：有一个人在头羊后吆喝，让头羊带领后面的羊群跟上；两边分别有两人看护，不让羊走散；后面一人压阵，不让单只掉队迷失。

开始几天里，由于羊的体质好，头羊也听从指挥（头羊是山羊，驱赶起来比较顺利）。后来由于白天忙于赶路，羊吃草少，时间一长，体力逐渐下降。一路上羊要不断吃草来补充体力，于是赶羊变得越来越困难，人也特别累。在此状况下，我们3名没有放羊经验的知青一时间感到束手无策。正在这时，老职工及时跑来告诉我们如何调整赶羊时间，告诉我们中午尽量让羊多休息、多吃草，每天只能抓紧两头时间赶路。没想到这样调整后效果甚好，不但完成了赶路任务，而且所有工作也逐步走上正轨。

可问题还时不时出现，途中还是发生了羊被别人捆绑、被汽车喇叭声惊吓等意外的事。

一天，我们正赶羊走在水渠大堤上，突然发现前面有两个人挨在一起嘀嘀咕咕商量着什么事情，接着只见他们拿起绳子一下子就捆绑住了一只羊。光天化日之下这不是要把羊强行抢劫走吗？国家财产岂能被他人抢走！我见状立即奔了上去。为了救羊，我心急如焚，本能地随手用赶羊的柳树条抽打他俩，迫使他们放下羊只，他们只好逃之夭夭。

事后，那两人并不甘心挨打，回去后立即纠集了一伙人重新追了上来，并要追究我打人的行为，还扬言要将我原地扣留。正在双方争执不休时，随行的技术员李修龄从中反复调解，事情总算平息了。

可就在羊群要过库尔勒铁门关时，又遇到了问题。只见公路上汽车来来往往，喇叭声不断。此时热闹的路上对于我们而言，简直如同要过"鬼门关"。因为羊最怕尖锐、刺耳的响声，羊群一旦受惊，就会四处逃窜，场面就不可收拾了。于是大家开始商议各种对策，为了避开白天公路上的嘈杂声，我们只能在傍晚时分过往车辆少的时候抓紧时间赶路。

但不幸的事情还是发生了，一位汽车驾驶员见到羊群故意猛摁喇叭，刺耳的喇叭声使羊群受到了极大的惊吓，走在后面的羊只更是到处乱窜，附近的山上山下随处都是受惊吓的羊。我们很生气，当场就拦下这辆汽车并与驾驶员交涉。可驾驶员不但不主动认错，反而责怪我们的羊群堵住了他的去路，还向我们大发脾气。我们也不由得火气上来，正想冲上去好好教训他一下，可这时被老职工拦住了，他们劝告我们遇事一定要冷静。在老职工的劝阻下，终于避免了一场冲突。

我们白天赶羊向前走，晚上在没有羊圈的情况下，只能找一块空地把羊集中在一起，而我们则在羊的四周席地而睡。有时候，白天有的羊没有吃饱，晚上独自出去寻草吃，其他羊也跟着跑了。一觉醒来，竟发现一群羊全不见了，不由心里一惊，只得赶快爬起来去找羊，一找就是个把小时。既耽误了行程，又影响休息，人感觉特别疲乏。

接羊队伍8个人分成两组赶两群羊，那么还有两人干什么去了？原来，另外两个人专门做后勤保障工作。在路途中，他俩分别赶着两辆毛驴车，装着大家的行李和粮食，还要负责烧三顿饭。他俩赶毛驴车在前面开路，估计着要走多少里路，然后停下再找水源，在附近挖炉灶架锅、捡拾柴禾、煮饭烧菜，他俩的工作也非常辛苦。

十月一日是国庆节，我们只能在尉犁县城度过。

那天放假，我骑着毛驴去赶集市，逛了城区，又买了单人毛毡，这下晚上睡觉可以防潮、保暖了。又买了一斤多毛线，准备请人帮忙打件毛衣穿。在当时，这些东西非常稀缺，在农场商店根本是买不到的。而这些钱是出差的补助费，靠供给制发的5元钱是远远不够的。

塔里木天气暖和，地域开阔，水草茂盛，到了塔里木地区路就好走多了，不仅过往的汽车很少，而且赶着羊群走路顺当多了。

半个多月过去，不知不觉中八百里路走完了。虽然很辛苦，但我们终于圆满地完成了母羊的转场任务，同时我们从老职工身上也学到许多知识和做人的道理，对今后的人生起到了一定好的作用。

开都河畔"第一春"

韩绳先讲述　胡延平整理

面对清澈流淌的开都河，80 岁的老军垦韩绳先对多年前的那个春天依旧记忆犹新。

1950 年 3 月 21 日的清晨，一支英姿焕发、威武雄壮的部队从古城焉耆南门出发，跨过开都河木桥，沿着河边在连黄羊都难以走稳的羊肠小道上艰难行军 30 公里，中午到达了生产地点。这支部队就是中国人民解放军西北野战军第一兵团二军六师十七团（今二十一团）。

当时的生产地点，地处焉耆盆地西北边缘、开都河中游的南岸，是沿河的东西长近 30 公里，南北仅宽 5 公里的狭长地带。开都河是新疆的八大河流之一，是焉耆盆地人民的母亲河。

这里曾是一片亘古荒原，遍地是芨芨草、芦苇和红柳，中间夹杂着大大小小的土包。爬上高包眺望远处无边无际的戈壁滩，仿佛置身于远古时代……

当年进入这片荒原后，大家面临的第一道难题就是如何安营扎寨。那里没有任何房屋，只好挖地窝子，大家进行了分工：有的挖坑，有的砍伐木材，有的打苇子，而我是和泥的。地窝子是长方形，呈坑状，中间留一个人的行道，两边和中间埋上柱子，上面架上大梁，再搭上檩条、铺上苇子，然后抹上草泥，周围用草捆一圈，用土一拥，最后在门口吊一个草帘子，新房就算落成了。大家在炕上铺一层厚厚的干草，就算是自己的床铺。当时大家都不约而同地打量了一下自己的铺。突然，有人纵身向铺上一跳，然后一个大转身躺下，伸展双臂后嘴里还快活地吐出三个字："好舒服！"

当黄昏来临、晚霞满天的时候，在亘古荒原上，迎着早春寒风，坚毅的脸上露出了开心的笑容。

第二天天一亮，我们就进行劳动比赛。苇子根并不难挖，最难挖的是茇茇草墩，它们"儿孙"几代连在一起，又韧又柔，非常难挖。我铆足了劲，高高举起坎土曼用力猛砍下去，心想准能挖下一大块。谁料一坎土曼下去，只觉得身子忽地离开地面，两手直至肘关节被震得又痛又麻，被弹起的坎土曼几乎从手中飞出。这时，民运股股长孙波急忙过来给我传授"技艺"，我就按他在南泥湾起草墩的办法刨开土，挖出茇茇草根，用力朝着根部斜挖下去又顺势一起就是一大块。挖到下午，我们开始捡拾草根，搬掉土包平地。

一天下来，我们人人手上都是大泡小泡、血迹斑斑。就连坎土曼把子上也是一片连一片的血迹。天黑回去是找不到路的，只能望着驻地升起的一堆熊熊篝火走。同志们编了个顺口溜：结草记路，望火回营。

当时的团长谢高忠为了加快开垦进度，便用自制的土犁组织人力拉，在亘古荒原翻开一层层的新土，一曲战天斗地的创业歌在大地唱响。这就是"开都河畔第一犁"。

那时的生活十分艰苦，吃饭都成问题。军粮是从内地运来的，由于路途遥远，常常不能及时运到。我们只好向地方上的老乡借。而借来的都是没有加工的原粮。司务长每天赶着毛驴车到焉耆驮粮，驮来什么我们就吃什么，如麦子、高粱、苞谷或者豆类都是我们常吃的，如果驮不来，也只能勒紧裤带照常劳动。饿得实在不行，就只好喝点盐水充饥，可谁也没有怨言。在那段艰苦的日子里，几乎没有休息天，吃饭、开会只要一坐下来就可以睡着，有时甚至吃着饭、走着路也会突然睡去。随着时间的推移，我们的衣服越穿越破，破了就补。有的同志把长裤改成短裤，把上衣改成背心。鞋破了穿不成，就打赤脚。大家虽然一天天消瘦了，但仿佛都有使不完的劲。

不久，团里又从起义部队分来一些同志，团副政委黄铭向他们介绍我团的来历，他们听后感慨地说："原来你们就是 1947 年由赫赫有名的三五九旅在山东组建的渤海军区教导旅二团，后改为西北野战军一兵团二军六师的十七团！是大名鼎鼎的王震将军的队伍！真是一支英雄的部队！"

是啊，我团先后共参加过30多次战斗，纵横西北战场，攻无不克，战无不胜；我团的二连还被授予"攻如猛虎、守如泰山"的光荣旗帜。

至此，开发这片热土的有三五九旅派来的骨干，还有河北、陕西、甘肃参军的学生和新疆和平起义的官兵。我们齐唱顺口溜："粗粮饭、拌咸菜、喝盐水，勒紧裤带照样干。"为共同的革命理想，我们走在一起。"战斗是英雄，生产是模范"，成为我们追求的目标。因为我们深知：只有生产出粮食，才能在这里生存下去。我们是革命军人，肩负着祖国人民的期望和历史的重任，屯垦戍边是我们的神圣职责。那一年，我团共开垦土地近3万亩，超额完成了自给任务，为以后扩大生产打下了基础。

二十一团成为二师焉耆垦区的发源地，在焉耆垦区，二十一团始终扮演着引进推广使用农业新技术的辐射基地、高产优质经济作物的实验基地、各种农作物管理技术规程推广基地的角色，以科技助推经济发展，实现了经济增长的历史性跨越。楼房林立、绿树环抱、街道宽敞、生活富裕是二十一团几代军垦人的期望。

如今一个叫开来镇的小城像一颗美丽的翡翠镶嵌在开都河旁。楼房设计优雅美观，镇区街道花草锦簇、绿草如茵，休闲广场上老人们在朝霞中翩翩起舞，舞动优美的扇子、柔中带刚的长剑，不失当年的风范。夜晚，在迎宾路、人民路、开来路宽阔的街道上散步、纳凉的人群熙熙攘攘，路两旁的夜市宾客满座，孩子们欢快的笑声被夏日的微风带向远方，造型优美的街灯闪烁着与天空的星星交相辉映，深邃而高远。

屯垦戍边崭新征程

李佩红

提起当年人屯垦戍边，徐荣华老人至今还记忆犹新。

徐荣华老人曾是山东渤海军区教导旅的一名老兵，战争年代磨炼他坚强的意志和决心。为了解放新疆，他们一路向西。

20 世纪 50 年代，步兵第六师（现第二师）的师部驻扎在焉耆县。进入 3 月的焉耆戈壁仍一片荒凉，此时全体指战员正进行着一场轰轰烈烈的劳动。放下枪支，拿起坎土曼开荒种地自力更生。在部队领导带领下，离开焉耆城北的老营房，穿过焉耆城，通过开都河上的木质桥，向南到达 50 华里以外的场地开荒种地。每个战士的全部家当只有一身戎装、一床被子、一套旧单衣、一双旧布鞋，身上背的是一支步枪、100 发子弹、4 枚手榴弹。此时，他们的手上还新添了一件武器—— 一把钢镐。

开荒四周 10 公里内，没有一间房屋、一棵树，只有长满一人高的芨芨草。开荒地北沿有一条小河，春季已断流干涸。9 个人一顶单帐篷，三个排住在一个羊圈里，大家便在上面盖些芦苇草，地上铺些芨芨草。羊圈四面透风，队长王志清的行军水壶里装满的开水没倒出来，一夜之间，水壶被冻得鼓鼓的，焊缝全部膨胀裂开，水壶报废。

地浅表水都是淡黄色苦咸的碱水。部队进行大开荒时，战士们天不亮就起床下地，天黑收工，一手拿枪、一手拿镐。开荒干活时，战士们都把枪搭成枪架支在一旁。开始一班一排，排成一阵，一起往前开。后来部队还不断开展开荒竞赛，自划一块，每天计算个人成绩，提高了开荒效率。徐荣华积极性非常高，有一天开了七分地，创下他一天开荒最多的纪录。

时令不等人，荒地开好，马上种上小麦。

一天中午，开饭时突然刮起了大风，炊事班将饭菜送到开荒场地后，空菜盆子刚放在地上，就被风刮得到处乱跑。菜盆子放在地上，因临近地面，风沙灰尘、草叶子都会刮进菜盆子里，没办法战士们只好十几个人围坐在一起，两个人轮流端着菜盆子悬在半空中，在大风呼呼、黄土滚滚的荒原旷野中，吃了一顿一生难忘的风餐。

先刮风后下雨，风刮得黄土呛人，下雨时雨点打在衣被上，战士们劳累一天，哪顾得了刮风还是下雨，倒头便睡，天亮醒来，衣被上覆盖了一层黄土泥浆。最怕晚上刮大风，固定帐篷的木奈子被风刮脱了，中间的撑竿倒下，半夜又下起小雨，帐篷压在战士身上，后来帐篷被雨淋湿了，被子慢慢地也被雨水浸湿了，大家在湿帐篷底下熬过了一个不眠之夜。

开荒种地，吃饱肚子才有力气干活。1950年，师后勤部筹的粮食都是没有加工过的，司务长将粮食领回来，要自己找磨户（当地有石磨、有牲口能加工面粉的人家）请人家给磨成面粉。一个连队一百多口人吃饭，天天吃一百多斤粮食，当时师直几十个食堂，只能自找磨户加工面粉。可焉耆县城区这么一个小地方，当地居住的人口少、磨户也少，为了将小麦、玉米磨成面粉，司务长、上司跑了这家跑那家。如有一天没将面粉磨出来，连队就断了粮。部队就因几次口粮供不上，伙房断了炊——吃了早饭没有中午的，或是吃了中午的没有晚上的。

在焉耆城磨的面粉，要借用老乡的小毛驴送到50里以外的部队生产场地。天天如此，司务长、上司为保障连队吃上饭整天忙得团团转。

新疆的初春，正是蔬菜青黄不接的时候，当地群众的餐桌上也只有一盘咸盐、一盘油泼辣子面及少量咸菜。炊事班为了让大伙吃下饭，就烧一锅开水，抓上两把盐，撒上些葱花当作菜汤，有时用烧热的清油泼些辣子面，蘸馍下饭，无菜下锅是经常的事。

天气暖和了，蚊子又开始肆虐，一群一群的蚊子前赴后继，尤其是到了黄昏时蚊子更是铺天盖地。上一次厕所便是一场灾难，人蹲下解手，顾了上头顾不了下头，双手上上下下不停地拍打驱赶蚊子，即使这样也还是被咬得遍体鳞伤。有时晚上解手，得烧上一把明火，把蚊子赶走。副大队长张银风趣地说："在生产地里，为了打蚊子，一天自觉不自觉地要在自己身上打二十几巴掌。"有过敏体质的人，被蚊子叮咬过的脸上、小腿及手背，留下片片红斑，苦不堪言。

战士们每天起早贪黑、顶烈日迎风沙，一天可开荒 40 余亩，两月开荒近千亩。开垦的荒地种上了小麦，能看到自己亲手种植的麦苗绿油油地苗壮成长，大家喜悦之情难以言表。开荒的第一年，战士们吃上了自己种的小麦磨出的面粉，蒸熟的白面馍可真香呀，一口咬下去心都是甜的。

军垦战士屯垦戍边的画面感天动地，这就是兵团人军垦事业的起点，也是伟大军垦事业的前奏曲。正是因为有了兵一代的艰苦奋斗、无私奉献的精神，才有了大地上延绵不绝的绿色长城。

农场的坎土曼

黄闻声

坎土曼在新疆广泛使用，尤其是兵团的生产建设更离不开它。

我们的父辈解放新疆之后，放下枪就扛起了坎土曼。这是他们结束战争年代，进入和平时期的重要标志，也是他们创造一个新奇迹所使用的重要劳动工具。

在这之前，当地的群众一直在使用这种劳动工具。我们的父辈首先使用了"东方红"拖拉机开垦荒地，那个力大无比的家伙当然要胜过很多坎土曼。但是坎土曼的时代不会结束，很多劳动还要依赖它。

我的父辈起初就用它开荒。先刨去荒地上的盐碱层，再深翻，遇到红柳还要连根挖出，然后反复灌几次大水，土壤中的盐碱就被带走了。可是如果地下水水位很高就必须排水，这就需要另一项工程——排碱渠系。

挖排碱渠是一项极其艰巨的劳动，没有挖掘机等现代化机械，就是用坎土曼一下一下地挖起几百方、几千方土……被堆在长短宽窄各异的渠道两侧。

那是绝无后来者的场面，在天山南北，数以百万计的人挥动这种原始传统的劳动工具。一坨一坨黝黑或泛白的碱土，从渠道里抛上来，足以引发一场遮天蔽日的沙尘。一把把坎土曼在空中上下翻飞，大地就改变了模样：整齐的条田、笔直的田埂、交织的渠系……芦苇荡和红柳滩也一点点被消灭了。我们的父辈可以连续一二十个小时挥动坎土曼，坎土曼像长在他们手上一样，或者在他们的手臂中延伸。挖的深度、切下去的角度、吃土的厚度，可以精细到一毫米一个刻度。岁月在坎土曼的一起一落间悄悄流逝，他们扛着坎土曼的身影渐渐佝偻。

天天和一样东西打交道，即使那是一件没有生命的物件，无须对它倾注很多注意力，一样会对它有很深的理解。

我的父辈一辈子也没离开过坎土曼，就是退休了侍弄自己那块小菜院子也还离不了它。屯垦近半个世纪不知道用坏了多少把坎土曼，并且舍不得扔掉，总会有一间屋子存放那些用旧了的东西。甚至在刚刚使用一把新打制的坎土曼时，因为不顺手就送到铁匠那里回火，这时候又从过去用过的旧坎土曼里面挑上一把，临时过渡一下。忽然发现它并没有到了非要换把新的程度，用起来竟然十分顺手。于是并不急于取回那把新的，甚至后悔订制了那把新的。铁匠师傅一再催促，才把回火的那把新的取回家，第二天拎了这把新的下地，还是觉得不大顺手，却也说不上哪里不对劲，又不好意思再去麻烦铁匠。改天又扛了旧的下地，才发现旧的虽然是顺手，不出活儿，没了钢性容易卷刃，吃土太少。终于把那把旧的又扔到堆杂物的某间屋子里。新打制的坎土曼虽说分量有些重，却是明显的省力出活，事半功倍。

把地里的农活都熟悉了，用坏了几根坎土曼把子之后，才明白一把坎土曼干不了所有的活儿。翻地和锄草的坎土曼铁头部分长25厘米、宽20厘米。挖渠放水的坎土曼稍大些，长30厘米、宽25厘米。当然也因人而异，女人和身材瘦小的男人更适合那种小的。维吾尔族群众有时候还会用那种方头坎土曼，没有特定的使用条件。

最初使用坎土曼的人，总是会弄断几根把子。那些脾气急躁的人，恨不能一坎土曼下去就挖出个水塘来。结果坎土曼吃土很深，连把子前端突出的部分也没入土中，以为使把狠劲，就能掀起一大块泥土。然而"喀嚓"一声脆响，一根上好的松木把子就断成了两截。于是埋怨自己手气不好，挑了把不结实的工具。旁边上了年纪的人"嗤"一声道："屙不出屎怨茅坑，亏得是木把子，再结实点你就把鼻子（坎土曼后端装把子的铁孔）扯开了。"

换了新把子再不会使蛮劲，会顺着劲，试探性地轻轻向上抬几次，最后再发力。每每用力刨下一次，都会至少两个判断：坎土曼的刃该落在哪里？这要看手的准头；另一件事是该用多大的力气提土。这个看起来毫无技术含量的劳动，是我的父辈从事了一生的职业。

这种简单劳动却改变了戈壁滩的样子，并且改变了新疆的屯垦史。

一行行高高的白杨，广阔无垠的田野，还有统一了样式的兵营式的村庄，就成了兵团的另一种标识。

进口大马力机车后面悬挂着的一排威武的犁铧，想要彻底取代坎土曼。它一天能豁开几百亩地，那生涩潮湿的泥土气息弥漫大地。在地头伫立的人，手里拎着的那把坎土曼，乍看上去像孩子手里的玩具，有些多余还有些滑稽。但是扛着它下地已经是一种习惯，哪怕只是扛着它在地里转悠。好像扛着它，脚下踩着的才叫田野。空着两只手，那就像一头驾辕的牲口，被遗忘在荒原不知所措。

其实庞大而现代的机械，仅仅是让更多的农民离开了土地，并不能改变农业劳动的实质，农民最终是要躬耕田间，一坎土曼一坎土曼地侍弄土地。真正的农民怎么可能手上身上不沾些泥土，庄稼从发芽就开始需要农人那双手的呵护，把一棵幼苗从塑料薄膜下放生，只能用农人的手。当很多水果蔬菜进入工厂化生产后，绿色食品标准的实施，使坎土曼重新替代了化学锄草。农民怎么可能不晒得黝黑，除非植物不再需要阳光，而庄稼的生长无时不陪着农民的劳动。

坎土曼深深地嵌入西北农人的生活。在沙包和泥里锃得无比光亮，那是农业文明永不磨灭的光芒。当人们不再有直接从事农业劳动的体验，和土地隔着工业化的厂房，和动物隔着电子监控里的围栏。那时，人们会望着田野回味：故乡是什么？

"十八团渠"的来历

杨铁军　吴剑虹

走进军垦新城二师铁关门市，只见一条人工河穿城而过。这条河就是73年前中国军人的杰作——十八团渠。半个多世纪以来，十八团渠奔流不息，浇灌着二师及库尔勒垦区的30多万亩农田，成为当地农业发展的命脉。

十八团渠又名"将军渠"，与战功赫赫的王震将军有关。

1949年9月25日，新疆和平解放。中国人民解放军步兵第六师十八团沿着一望无际的戈壁滩，向库尔勒市西面的吾瓦进发，开发军垦农场。

1950年3月，新疆军区代司令员兼政委王震来到吾瓦视察。他站在戈壁滩上，极目四望，对陪同的十八团团长于侠、政委阳焕生说道："太好了！这地方能开垦十几万亩土地呢！你们要在这里种粮食、盖房子，将来还要建工厂，建学校，建医院。不过，目前得先解决一个难题——水！"

是的，水是农业的命根子呀！没有水，部队何以开荒造田？何以屯垦戍边？按说，在库尔勒上户乡大墩子以东，有一条建于清朝时期的长35公里的灌渠，假如把这条渠拓宽，再延伸至吾瓦，十八团垦荒缺水的难题即可迎刃而解。然而，一旦部队用了上户渠的水，地方的老百姓种地必然会干旱缺水，造成粮食减产，而且还有可能引发兵地矛盾纠纷。

当晚，王震和十八团领导研究决定：部队绝不能与民争利！必须绕道上户渠以北，开挖一条新的引水渠，连通孔雀河，把水引到吾瓦的军垦农场。

不久，王震把水利部的专家带到了十八团的戈壁滩上，进行科学勘测。

1950 年 9 月 15 日，十八团的引水渠破土动工，全团 1300 多名官兵一手拿枪，一手拿镐，靠着肩挑背扛，每人每天坚持运砂石达 3 立方米以上。戈壁滩上砾石遍布，不少战士的手上磨出了血泡，一双粗布鞋露着脚趾。没住处，他们就挖地窝子安营扎寨！因生活用水紧张，战士们只得徒步到几十里外的大墩子去背水、驮水。因此，为了节水，官兵们每天不洗脸、不刷牙……尽管当年粮食紧缺，每天吃不饱，但他们克服了重重困难，劳动的热情分毫不减。

远在迪化（今乌鲁木齐市）的王震将军，心里时刻牵挂着十八团的官士们。隆冬时节，北风凛冽，他悄然来到了引水渠的工地上，与大家一起搬运砂石……回到迪化后不久，王震就派人将一批银圆、钢材和球鞋等运到工地……

"深秋的一个傍晚，吾瓦的戈壁滩上飞沙走石，遮天蔽日，我们无处藏身，只得拿着枪和生产工具，从工地爬回了地窝子。第二天，大家在地窝子里一觉醒来，突然发现头顶空荡荡的，原来，用红柳搭建的'房顶'早被沙尘暴掀跑啦！"时任十八团三营文书的闫佩伟回忆说。

历经 8 个多月的艰苦奋战，十八团引水渠终于全线贯通。

1951 年 5 月 15 日，王震将军来到位于铁门关峡谷南口的引水渠渠首，参加盛大的放水典礼，并将该渠命名为"十八团渠"。当天，来自库尔勒及上户乡等地的各族群众赶着毛驴、敲着锣鼓，和十八团官兵一起欢呼雀跃。

仪式开始了，中国人民解放军二十二兵团第九军二十七师八十一团（今二师二十二团）的军乐队奏响《义勇军进行曲》，十八团炮兵连接着鸣放"八二炮"30 响。王震将军站在大堤上，高声喊道："开闸放水！"

一声令下，只见十位"挖渠模范"先下到了大渠里，齐刷刷地用铁锹挖开了叠堰，清凉的渠水顺势而下。将军一跃跳入渠中，向欢呼的人群招手："同志们，快下来呀！多好的水呀，这是咱们胜利的果实！……"狂欢的人群沸腾了，官兵们和各族群众高喊："毛主席万岁！伟大的中国共产党万岁！民族大团结万岁！"此时此刻，渠上渠下成了一片欢乐的海洋。

　　早在放水典礼之前，十八团党委就遵照王震将军指示，派出部分官兵用木料成功地修建了多座闸门。

　　十八团渠的顺利建成，为二军第六师乃至整个兵团的开发建设吹响了战斗的号角。1951年，十八团的农业生产突飞猛进，种植的小麦等粮食作物获得了大丰收，一举实现了"生产一年，自给一年半"的目标。为了搞好民族团结，官兵们来到上户乡大墩子等地，为维吾尔族村民指导农业生产，军民之间建立了难以割舍的手足情谊。

　　时光荏苒，岁月如流。多年后，在十八团渠的渠首，竖立着一块高18米的纪念碑。碑的上方，是一位身背钢枪、手握坎土曼的解放军战士，他始终凝视前方，目光如炬。巍峨的十八团渠纪念碑，已成为二师、库尔勒市的红色教育基地，在此缅怀先辈、接受爱国主义和革命传统教育的人们，络绎不绝。

　　奔流不息的十八团渠，是由新中国军人创造的人间奇迹，是二师乃至全兵团的骄傲，它是兵团人不朽的精神丰碑，永远耸立在人们的心灵深处！

定了，去新疆

卢孝立

1963 年那年，我才刚满十七岁，七月份刚从上海曹杨二中毕业，没能考上高中。

那时，比我大两岁的哥哥，高三毕业后也没能被大学录取。弟弟在华师大二附中读初二，明年也将毕业……一家 5 口人的生活全靠母亲那点微薄的收入来维持，经济状况可想而知。我和哥哥都待在家里，原本那些充满憧憬和希望的和谐气氛一下子消失殆尽。虽说母亲平时对我们很严厉，但对于这次我没能考上高中这件事，她并没怎么责怪我，我心里反而更难过，毕竟是我辜负了她多年来的期望啊！

日子过得很慢，大有度日如年的感觉。

这天午后，我正为自己成天无所事事而感到苦恼、焦躁时，同学凌以纬（绰号"老母鸡"）和李长春（绰号"鸭蛋"）结伴来到我家串门。闲聊片刻后，"老母鸡"问我："卢孝立，侬以后打算哪能办啦？""能怎么办？整天老是闷在家里，都快把人给憋死了。"说完，我无奈地摇摇头。

这时，在一旁听着的"鸭蛋"，看了看"老母鸡"又继续问我："新疆生产建设兵团要招收上海支边青年的消息，你听说过没有？"

"我好像听隔壁七十八号的'小五子'讲起过的。"我又说，"我已经查过地图了，新疆是离上海最远的地方。"

讲这句话的时候，我自己也感到底气不足。

可是"鸭蛋"却一脸严肃，只见他挺胸挥手地说道："远一点怕什么，男子汉大丈夫要出去就要到这种地方去。"

我被"鸭蛋"这铿锵有力的豪言壮语所感动，认为这个"鸭蛋"在关键时刻倒蛮有主见的。于是，我们又一起去找"老母鸡"的朋友——初三（2）班的吴大春。此时此刻大春的心情也跟我们一样烦恼，说起感受来大家都有些同病相怜。当讲到支边到新疆时，我们一致认为：这是一条既能响应党的号召，又能化解眼前困难的好途径。于是，我们相约一起到街道办事处去了解情况。

听一位工作人员介绍说，如果到新疆去，每月可能有80多元的工资收入呢。听到这个消息我们都不由得怦然心动。在那个年代，月收入80多元是件很了不起的事呢。

从街道办事处出来，我们又来到原"中苏友好大厦"（现上海展览中心）参观《新疆好》展览会，只见场内场外彩旗飘扬，到处都是鼓舞人心的标语口号。来此参观的人群里大多数是学生模样的，也有少数是由家人陪同的。大厅里的解说员正在讲述王震将军和他的"三五九旅"在解放新疆后集体就地转业"屯垦戍边"的故事，还有新疆生产建设兵团对祖国建设的重大历史意义。在展览中，我们看到了各种图片，有大得惊人的西瓜、哈密瓜，以及琳琅满目的葡萄、香梨、杏子、苹果，还有优质长绒棉……真是令人目不暇接，好一个充满生机且又神秘无比的地方。此时，我们早已是热血沸腾，"鸭蛋"提议回去后就马上行动。

当时，我非常佩服"鸭蛋"的果敢。

第二天上午，"老母鸡"约我出去，他轻声对我说，他父亲已经同意他去新疆了。我也喜滋滋地告诉他说，我妈妈尊重我自己的选择。

我们就这样彼此鼓励着对方，但好几天过去了，还是没有吴大春和"鸭蛋"的消息。于是，我和"老母鸡"迫不及待地找上门去。见到他们一问才知，原来他俩都是家里的长子，父母和爷爷奶奶都不同意他们去新疆。尤其是大春的父母得知他有去新疆的想法后，干脆就把报名必须用的《户口簿》转移了。

听到这个消息，我和"老母鸡"把原先想说的话不得不又咽了回去。

后来"老母鸡"实在憋不住了，指着我对大春说："阿拉俩介头已经跟大人讲好了，同意阿拉到新疆去。"

大春低下头若有所思地"哦"了声，然后他又缓缓抬起头，神色坚定地说："我也会去的。"

说这话的时候，我看到大春的眼睛里闪烁出异样的光芒，这眼光后来经常在我的脑海里浮现。"鸭蛋"平日里嘴巴最能说会道，找到他时他也显得很激动："大家讲好的，一道去新疆，就算家里不同意去，我也还要去的！"

回来的路上，我真为"鸭蛋"和大春捏把汗，但愿他们能成功。

后来的几天里，吴大春以绝食相要挟表决心，他父母深知儿子的犟脾气，实在没辙，只得同意他去报名。而"鸭蛋"的父母则比较讲策略，他们先把他送到宁波乡下外婆家，以此切断他与我们的联系。接着，又以物质加以引诱，用温情来软化他的决心。但"鸭蛋"还是不为所动，死缠烂打，软磨硬泡，直到他父母无计可施，挨到报名截止日期临近了，才无奈地交出了《户口簿》，"鸭蛋"的愿望终于实现了。

当街道办事处的同志敲锣打鼓地把"光荣入伍"的《录取通知书》送到家里时，我双手捧着崭新的军装的那一刻，心里突然空了！恋家的感觉一下子涌上了心头。

1963年10月9日，天气晴朗，是我终生难忘的日子。

午饭后，我就立即换上了新军装，手里提着简单的行李去上海普陀区体育馆集合，在上海火车站（老北站）与朋友一一挥手告别。

与亲人离别的感人场面我至今还记忆犹新，那里大家眼里都噙着热泪，嘴里喊着姆妈、爹爹、外公、外婆……与亲人们依依惜别。尤其是当列车缓缓启动时，车厢内外哭声一片，俨然一曲合声交响乐。泪眼蒙眬中，我突然看到窗外还有一对熟悉的身影相拥而泣，我拭去泪花定睛一看，啊唷！那不是"鸭蛋"吗？没错，是"鸭蛋"母子俩。

此刻，这对母子彼此抱着都不忍松手，任凭工作人员再三劝说，他们依旧沉浸在离别的悲伤之中，仿佛忘却了身边即将发生的一切。我和"老母鸡"凝视着眼前的一切，彼此谁也没有说上一句话。

汽笛声再次响起，列车开始加速，他们的身影也就迅速地被抛到了后面，越来越远，越来越小，最后渐渐地消失在所有人的视线里。此刻"鸭蛋"的行李还在火车上，火车载着我们在隆隆声中飞速奔向新疆。此刻的亲情、友情在我脑海里将永不磨灭。

坐在火车上，我开始认识了一些和我一起去新疆的其他朋友，认识了许许多多的新伙伴，心情比刚才好了很多。我们这群曹杨街道的伙伴们，后来成为塔二场（二师三十五团前身）蚕桑一队七小队的全体成员，而李德全就是我们七小队小队长，没想到，吴大春担任我们七小队的副小队长，居然成了我的上级。

光阴似箭，岁月荏苒，支边生活的甜酸苦辣永远无法忘怀。

5年后，也就是1968年7月，我有幸被评为连队"抓革命，促生产"积极分子，享受回沪探亲的待遇。在上海，我遇见了阔别5年的"鸭蛋"，他原来那张消瘦的长脸与我相比显得圆润白净了许多。短暂的寒暄之后，他告诉我他现在在上海汽轮机厂上班，工作很忙。他还是那么健谈，讲起话来，滔滔不绝，满面春风。我多半是听他讲，偶尔也敷衍几句。他说："其实留在上海也不觉得有多么好。"我觉得他这是在安慰我吧。

分手时，他邀我去他家玩。可我已明显觉得彼此间已经有了一道不可逾越的鸿沟，于是没有作声。

巾帼不让须眉的姑娘们

张佩兰讲述　于飞　李桂兰整理

光阴荏苒，岁月如梭。离开新疆生产建设兵团第二师二十二团已有近三十年的时间，当年在二十二团二连七班的上海支边青年中的"铁姑娘"们如今已荣升为了"铁奶奶"。每当夜深人静时，记忆的长河犹如一幅画卷在脑海里慢慢铺展开来，那曾经拥有的和曾经失去的、曾经在二连"铁姑娘班"的那段激情岁月总是萦绕在心头。

从1963年至1966年，一千多名懵懵懂懂、充满青春活力的上海支边青年，告别亲人乘上西去的列车，来到了新疆天山脚下的新疆建设兵团第二师二十二团各个连队，投身到屯垦戍边的伟大事业中。

初来乍到，失去了在大都市生活的优越条件和优美环境，面对荒凉贫瘠的戈壁滩，他们用汗水也用泪水甚至用生命洗刷着它那渗透碱水的土壤。粗劣的饭菜考验着他们的身体，荒芜的土地考验着他们的意志，军事化的管理像上了螺丝的螺帽让每一个支边青年都绷紧了神经。在简易的二十多平方米的土坯房里，在用苇把子扎成的铺上拥挤着十几个人，就连同伴们的体温都相互传递着，就连他们内心世界的波动也相互感染着对方。然而，分配在二十二团二连七班的18名上海姑娘面对困境却无怨无悔，她们认为自己是来"脱胎换骨"的，是来改造世界观的，她们较快适应了当时的艰苦环境。

1965年，为了树立典型、学习先进，促进团场农业生产快速发展，二十二团把二连这18名上海支边青年组成的七班命名为"铁姑娘"班。提到"铁姑娘"这三个字，大家自然会和"铁的精神""铁的纪律""铁的身板""铁的毅力"联想在一起。不错，当年这群姑娘正是在这样的艰苦创业的环境中，用单薄的身体和柔弱的双肩扛起了"树先进、学先进"的模范大旗，对团场、二师乃至整个兵团的农业发展起到了助推的作用。

第一任班长就是有着较高文化程度的上海女支边青年周庆祥担任。她很清楚自己肩上的担子有多重，于是在漫长的岁月中，带着"铁姑娘"克服了心灵上、生理上的种种困难，在荒无人烟的戈壁滩上尽情地挥洒着汗水，在葱绿的麦田里挥舞着坎土曼打毛渠，在冰凉的渠水里卷起裤腿赤着脚堵着垮口的渠水，在漆黑的夜晚借着"康拜因"微弱的亮光打麦子、脱稻粒、扛麻袋、入粮仓……凡是男人干的活她们都不惜体力抢着去干。就连连队食堂人员下班后也要留人值班，专等着这些"铁姑娘"们摸黑回连队后打水打饭。

记得那年秋天，连队突击抢收苞谷，"铁姑娘"们怕影响他人休息，半夜起床用敲火墙的方式传递着出工集合的信息。待全连其他人到农田里时，"铁姑娘"们已掰了一大片苞谷。可是，刘连长还是狠狠地批评了时任班长鞠来妹。他心疼地说："深秋的夜晚霜露很大，这样玩命地干对大家的身体会造成伤害的。"

尽管如此，"铁姑娘"们还是不管不顾的。

还清楚地记得那年冬天，连队要求职工们利用业余时间积肥，"铁姑娘"班的支边青年吴党妹在下班的路上看到一堆湿漉漉的牛粪，因为没有东西装又舍不得丢弃，情急之下她竟然从头上解下自己心爱的头巾包上牛粪抱回了连队。

刚成立"铁姑娘"班那会儿，在班里分别选出了"思想关""劳动关""生活关""三关"组长。姑娘们为了让自己更符合时代的要求，个个克服自己在大城市里养成的爱花零用钱的习惯，她们把每月仅有的3.5元生活费统一交给管理生活的小组长，如果有需要使用要说明原因，她们终于闯过"生活关"。当然，这样的举止和行为就现在而言，或许在很多人眼里都觉得可笑和不相信，而经历过那个年代的人对这样的举止是可以理解的。

在连队里，每当看到这些玩命劳动的"铁姑娘"拖着疲惫的身体从工地回来时，老职工们都投来关切的目光，对这群远离父母的上海姑娘会感到格外地心疼，经常嘘寒问暖或邀请到家去，哪怕是喝上一碗热汤。尤其是老班长刘新平、老排长张头生等常常利用工余时间帮助姑娘们修理工具，使她们用起来更加轻便顺手。有时候姑娘们下班实在太晚没有赶上食堂的饭点，他们就带姑娘们到自家去吃饭。在那个饥不果腹的年代，一顿简单粗劣的饭菜，都已是非常不易。逢年过节时，连里的几家老职工都纷纷叫姑娘们上家里去吃饭。大年初一早上，还有老职工送来热腾腾的饺子。这种父母般的慈爱，让姑娘们倍感温暖却又无以回报，只能更加努力地工作。

那时，连队里经常流行着这样一句话：要想比干劲就和"铁姑娘"们比，要想多流汗就当"铁姑娘"。

团场女支边青年也以能进入"铁姑娘"班这个集体为荣。因为在连队里，哪里有急、难、险、重的活哪里就有她们的影子，哪里有她们的影子哪里就有一种凝聚力。她们齐心协力、不畏艰难险阻的精神值得大家都来学习。连队搞定额劳动比赛，常以"铁姑娘"班的人均实际完成任务为标准。为此，她们的你争我赶也曾引起连队其他班排职工的不满。可她们总是付之一笑，对于她们来说勇夺第一已经成了她们早已养成的习惯。

年复一年，虽然每天繁重的体力劳动，也让这些姑娘们对未来、对生活产生过质疑和彷徨；虽然她们彼此之间也会因一点小事而产生各种摩擦，但她们很快能从各种不愉快的阴影中走出来，并以大度包容的心态去积极接纳对方。班长周庆祥是个善解人意、组织能力非常强的人，她带着姑娘们主动开展各种文化娱乐活动，让单调而乏味的生活充满了快乐，让过于透支的体力得以缓解，让姐妹间的感情更加亲密、深厚，友谊更加牢不可破。

这群"铁姑娘"，用她们的付出得到了大家赞许，用她们的汗水换来了崇高的荣誉。

1965年10月，周庆祥代表二师的全体上海支边青年，在乌鲁木齐市受到接见，1969年，二十二团二连七班被兵团授予"铁姑娘班"先进标兵集体。后来周庆祥被提为排长，为培养团场下一代又调入二十二团学校担任老师。连队先进女青年鞠来妹当选为班长，并配副班长张凤英、王美玲。从 1965 年至 1972 年，7 年间有近 40 名上海支边青年在这个集体不断锻炼成长，无私奉献、默默付出。

时光匆匆，岁月无痕。一任又一任的"铁姑娘"班的班长们，如同体育场上的运动健儿一样不断接过前人手中的接力棒，带着身边的姐妹们一如既往地传承和发扬"铁姑娘"班不怕困难、艰苦奋斗的兵团精神。要说到 20 世纪 60 年代"铁人王进喜"的故事很多人都记忆犹新，那么二十二团二连七班的姑娘们就是当代兵团"铁人"。

为了进一步掀起学先进、赶先进的热潮，团场通过各类文艺节目、幻灯片等广泛宣传"铁姑娘"们的先进事迹。师宣传部还派专人进行采访和撰写文稿。为了在全师扩大影响，鞠来妹曾多次代表这个"先进集体"在全师团场、工厂、学校进行演讲。

经过几年的历练后，许多上海支边青年已到了谈婚论嫁的年龄。后来她们许多人虽然已经调离了原单位，但"铁姑娘"精神却得到了继承和发扬。

为了传承上海支边青年"铁姑娘"的精神，也为了这个先进集体的光荣称号继续延续下去，二十二团二连决定在老职工子女中选拔优秀的青年填充到"铁姑娘"班的队伍里。

1970 年，张佩兰作为第一位老职工子女接任了"铁姑娘"班班长职务。1973 年，她被二师授予"二等功"。20 世纪 80 年代，二十二团二连"铁姑娘"班的姑娘们先后争创了全国、自治区、师、团"新长征突击队""学大寨先进集体""三八红旗集体"等多项殊荣。1981 年，时任"铁姑娘"班长、老军垦子女张海珍，代表兵团千万名支边青年参加了全国共青团联谊大会，并有幸与首次夺得世界杯大赛冠军的中国女排姑娘们合影留念。

榜样的力量是无穷的。先后在二十二团二连"铁姑娘"班工作过的近 100 名老职工子女，虽然走了一批又一批，换了一茬又一茬，可她们却在不同岗位继续发光发热，有的走上了领导岗位，有的从事业务和医务工作，有的被招工、推荐上学深造，还有不少人仍然留在团场。但不管战斗在什么工作岗位上，二连七班的上海女支边青年"铁姑娘精神"始终都在她们工作岗位上闪现，成为她们一生的精神财富。也正是这种精神财富，激励着一代又一代的农场青年在幸福滩这片热土上奋发有为，无私奉献，成长兵团农垦事业发展的一支不可替代的生力军。

1985年，随着改革开放的步伐不断深入，二连七班"铁姑娘"班这个先进集体才解散。这个有着20年美誉的"铁姑娘"班，为团场连队的建设发展作出不可磨灭的贡献，将永远被铭记。

光阴似箭，日月如梭。五十年弹指一挥间。

当年二十二团二连"铁姑娘"班那群富有青春活力的上海女支边青年，如今都已进入"古稀之年"，她们虽然没有显赫的丰功伟绩，也没有轰轰烈烈可以大书特书的事迹。但是，我们有理由用最敬佩最诚挚的表达，向那些曾经在"铁姑娘"班工作过的上海女支边青年说一句"谢谢"，正是她们这种一不怕苦、二不怕累的精神，为全兵团的青年人作出了表率，为"铁姑娘"班这个先进集体开了先河、打下了基础，同时也让团场现在的老人津津乐道、回味无穷。

如今，这些上海支边青年"铁姑娘"大多已经回到上海，但万里之遥的22团处处却留有她们奋斗的足迹、辛勤的汗水、丰硕的成果，甚至还有鲜血和生命。作为一名农场职工，我们不会忘记，兵团也不会忘记！这些巾帼不让须眉的上海"铁姑娘"，她们如大漠里盛开的沙枣花，为戈壁荒滩带来芬芳。

卡拉水库抢险记

杨厚伟

1966 年 11 月 16 日晚，一场毛主席诗词朗诵会正在二师卡拉水库水管所（现二师塔里木垦区水管处）工程支队礼堂举行。

22 时 24 分，活动进行到高潮时，突然传来消息：二库新修堤坝决门，情况十分危急。机关警卫员蔡鹏飞跟随领导疾步走出礼堂，跳上吉普车朝着水库方向飞驰而去。

23 时 37 分，吉普车停在卡拉水库二库泄水涵洞处，水管所所长贾清明，工程支队长康秉仁、政委王忠甲摸黑向着堤坝上快速跑去。那天夜黑风高，天上灰蒙蒙的没有半点星光，行走在堤坝上，明显能感觉到寒气逼人、冷风拂面，轰轰作响的流水声中，不断夹杂着妇女和孩子的喊叫、哭泣声。

情况危急，人民的生命大于天！

卡拉水库二库建于 1965 年，蓄水面积 28.2 平方公里，正常水深 5.8 米，设计库容 8600 万立方米，1966 年 11 月水库堤坝的施工基本完工。为了满足塔里木垦区诸多单位来年的种植生产、生活用水，水库蓄水水位已接近最大设计要求。由于筑坝时所用的多为沙土，堤坝仅靠人工打夯密实，加上水位高、压力大等诸多原因，导致堤坝瞬间决口。

位于堤坝北面的四队最先发现险情。队长张连恩不会游泳，又没有可用的船只，情急之下，他只好派人把食堂的大锅抬到水边，用于渡水。几经周折后，这才将水库决堤的消息传到了位于堤坝背后低洼处的三队，随即进行人员紧急疏散。

17 日 1 时 30 分，蔡鹏飞找到三队万信伟副队长，听取三队汇报的情况，当得知三队人员已安全撤离，大家这才稍稍松了一口气。面对汹汹水势，领导们急于了解四队的情况，由于流水声太大，水流两岸的人们互相喊话却什么也听不见。此时时间就是一切，为了提醒群众，领导只好命令蔡鹏飞鸣枪示意。当得知四队的基本情况后，已是凌晨3时。此时堤坝上，只见大人和孩子，他们裹着从大水中抢出来的棉被，相互依偎着，熬过了艰难的一夜。

清晨7时左右，东方微微露出了鱼肚白。人们这时才逐渐看清局面，只见水库的堤坝已被湍急的水流撕开了一个近200米宽的大口子。形势非常严峻，堤坝外已是汪洋一片，看不到边际。大水淹了三队所有房屋，四队也有一些房屋被大水冲毁，还有些人被水围困在沙包的高处无法逃离。

怎么办？需要将困在水中沙丘高地的人员迅速解救出来！

卡拉水库决堤的情况很快上报到了第二师及兵团，上级党委对此事高度重视。17日上午12时许，一架军用飞机满载着救灾物资向卡拉水库飞来，飞机在堤坝决口上空盘旋了几圈，把一包包救灾物资准确地投放到沙包高处。

在这些救灾物资中，还有橡皮艇和装好电池的高音喇叭，正是被困人们最需要的物资。最醒目的就数那条红布条幅，上面写着"下定决心，不怕牺牲，排除万难，去争取胜利"17个金光灿灿的大字，鼓励人们树立信心。这时只见被围困的人们，穿着崭新的棉大衣，吃着饼干和还冒着热气的"千层油饼"，一股暖流不由得涌上心头。

11月18日，抢修堵口指挥部成立，贾清明、康秉仁和王忠甲坐镇指挥，同时从相关部门抽调了人员，参加抢修堵口工作。

抢险救灾的场面十分感人，干部个个都在抢险第一线，与职工群众同吃同住同劳动。此时天寒地冻，滴水成冰，必须尽快堵住缺口，为了最大限度降低损失，人们昼夜连续施工。指挥部运来了发动机组，电工王来喜、胡济才白天精心保养电机，晚上又轮流值班。由于保养得好，发电机在几个月的夜间施工中没有出现过故障，为顺利完成堵口修堤任务立下了汗马功劳。指挥部还调来了几百辆木质胶轮手推车，这种简陋的手推车却是施工人员修建堤坝、拉运沙土时的重要工具，不但车底底板可活动，还能方便翻卸沙土。

此时，施工人员都住在临时搭建的草房里，只见草房四处透风，睡在床上可以看到天上的星星。由于非常寒冷，睡觉前，大家在草房中间烧柴取暖来暖身体，和衣钻进冰冷的被窝。可人们还是天不亮就被冻醒了，盖在身上的被子也被冻得硬邦邦的，像个锅盖。生活艰苦，劳动量大，可工地上没有人叫苦喊累，大家只有一个信念：加班加点，全力以赴，早日完成任务。

大堤上灯火通明，劳动号子震天响。几百辆拉土的手推车你来我往飞速前进，重车有重车的道，空车有空车的路，一切井然有序。人力车通常由两人操作，前有看路拉的，后有掌把推的。最引人注目的是每个人肩上的那根绳子，别小看这根绳子，它的作用可大着呢，这些绳子都是用废旧布料编成的，既结实又软和，用它拉车时肩膀不磨得疼。

堤坝越筑越高，运土的距离也越来越远，手推车在沙土中行进也越来越艰难，严重影响了施工进度。起初，大家还用苇草、木棍垫路，这个办法虽好，但需要的柴草多，而且柴草又不能二次利用，于是发明了制服流沙路的另一好办法——"沙海红柳链轨"。职工们纷纷就地取材，不断找来红柳枝，用野麻编成绳，再用麻绳把一根根长约40厘米的红柳枝绑扎起来，如同一条条推土机上的链轨。然后，再将它按胶轮车的轮距摆放在路上，这时车轮再从上面压过去时就像走在平坦的柏油路上一样轻巧省力，还省材省料，不用时卷起来，便于移动。

转眼间春节到了，干部职工没有一个人停工休息，积极地投入到火热的修坝中去。这时，上级党委给工地食堂调拨了肉，工程支队留守机关的同志还特意包了饺子，专程从几十公里外把饺子送到施工一线，虽然不多，可却是后方同志的一片真情实意，真可谓"天寒人心暖，同志情意深"！

经过3个月的艰苦奋斗，大家于1967年2月20日彻底完成了堵口任务，水库按期蓄水，确保了塔里木垦区各团场职工群众的生产生活用水。

团场的棉花垛

黄闻声

在新疆生产建设兵团团场和地方普通农村，棉花的收获方式各不相同。

且不说机采棉，就是人工采收，形式也大不一样。在普通的农村，农民采摘回来的棉花各自存放在各家，而在团场则是集中存放在棉场上（有些团场甚至把私自存放棉花视为侵占公共财物）。集中存放的一个重要原因是出于消防考虑，越分散隐患越多。其实也有人提出异议说：一家家存放，就是着了也不会损失太大，堆成大垛子，一着就全烧光了。不管怎么说，这么多年以来，只要到了采摘季节，团场的棉花还是堆在棉场上，还是集中拉运统一销售。

日落时分，只见满载着棉花和拾花工的各型机车向着棉场进发了。

这时，棉场上还堆着没有交售完的棉花，而带着露水的新棉又不断入场了。

棉场的大门口，有一台磅秤。过秤的人可能是个干部，也可能是个"牛人"，或者是个不讲情面的漂亮媳妇儿。反正无论是谁都不敢得罪过秤的，因为只要秤杆低一点儿，水分杂质多扣点儿，多则十来斤，少则七八斤棉花就没了。十斤棉花啊！就是一个快手也要拾半个小时。所以尽管拾了一天花，个个累得龇牙咧嘴，到了过秤那会儿还得笑逐颜开。

"袋角蹭地了，重新放。"过秤的一脸不耐烦。

"好嘞好嘞。"交花的将棉花袋子朝另一边使劲地拖拽，动作很夸张的。

"5 个袋子一起过。"过秤的知道 5 个袋子摞起来有难度。

"好嘞好嘞。"交花的刚将地上最后一个棉花袋子吃力地抱起来，秤上那四个袋子就歪倒了。交花的赶紧扔掉手里的袋子重新归正倒在地上的。可就在抱起第 5 个袋子时，秤上的袋子又歪倒了。交花的十分懊恼，冲着过秤的笑笑，那表情中有内疚也有自嘲。

"算了算了，分两次过吧。"过秤的有些生气，拿掉一个秤砣，换上一个小的。

"好嘞好嘞。"交花的绝处逢生般欣喜，感激得不知所措。

称过的棉花并不能直接倒在棉垛上，按要求要倒在一片空地上，要接受棉检员的检查。如果夹带的生花和焦叶子太多，那还要就地进行去杂处理。于是棉场上人多了起来，大家开始扯东扯西。

"今天真是冤枉死了，八点多就下地了，可昨晚没咋下露水。"夜里的露水打湿了棉花叶子，采摘时便不会粘在棉花上。

"这么早啊! 看样子昨晚上没交'公粮'。"两口子那点事儿，永远是个热门话题。此时此刻，如果谈理想谈艺术那可真是病得不轻。

"这天天腰都累折了，哪还有那心思。有想法也没办法了，哈哈哈哈……"从事田间劳动的人，房事儿和农时那一定是错开的。

"老赵，你还不抓紧把你家儿子的婚事办了，明年是龙年，争取抱个龙子，小龙女也行。哈哈哈哈……"

老赵家的儿子在城里一个私人企业打工，当电工。找了个对象是老家的，在商场给人看服装摊。团场的年轻人都不愿意种地了，拾棉花这样的劳动，他们不仅吃不了苦，还觉得没面子。在外面挣那点钱也就能养活自己，但是他们还是不愿意回来。

"我也着急呀，问题是我儿子不急。我那天把话都撂下了，我说儿子你不赶紧把事办了给我生个龙孙，我和你妈就准备给你生个属龙的弟弟啦，哈哈哈哈……"

整个棉场上都是笑声。

等着大人们回家开饭的孩子们，有时候也会跑到棉花场上，在棉堆上摔跤、翻筋斗、捉迷藏。不知谁家的孩子，捉迷藏时想出一个绝招，在棉垛一侧掏个洞，人钻进去再从里面把洞口堵了。就这样三个钻进洞里的孩子，刚开始还兴奋不已，没多久就觉得憋闷，但是他们谁都没有先提出来要出去。这是一个多么了不起的办法啊！同伴们找死也找不着他们。耳边的嘈杂声渐渐小了，无法抗拒的倦意不断袭来……当晚，父母们呼唤孩子回家的声音，一直回响在寒冷的夜空中。

第二天、第三天，直到第四天，交售棉花的人们才在棉堆里发现3具僵硬的身体。

出了这件事情以后，孩子们统统被挡在棉场外面，他们从此也失去了在棉垛上的乐趣。

晚上，棉场上只剩下一个孤单的人影，那是看场的杨老头。杨老头是个光棍汉，言语不多，难得说句话，好像和人家有仇似的，大家都对他敬而远之。他看场几十年了，十分认真负责，每次查他岗的人，还没到他值班的小屋呢，他已经从里面出来了，用一把强光手电照着对方的脸。他值班时从不打瞌睡，有没有动静，他都会定时围着棉场里外转一圈。

有一年，棉花采摘已经接近尾声了，棉场上只剩下几垛等待交售的棉花了。那天晚上，领导来到杨老头的值班室。他拎了一瓶酒，还拎了一个饭盒，是一些卤菜。领导说："今年大丰收了，大家伙都高兴，你看场也有功劳啊！我要敬你两杯，好好替大家谢谢你。"杨老头心里非常感动，脸上露出少有的笑容，话也比往日多了。一瓶酒很快就差不多了，领导掏出烟来刚要点上一支，杨老头就立即阻止道："领导这规矩是你定的，你不能带头违反。"领导说："我就在这屋里抽，又不出去不碍事儿，你今天就破个例。"杨老头觉得不好太扫领导的面子，只好说："那就抽一支，我看着你抽。"领导把烟点上了，继续絮叨着："你进疆比我还早，我都有孙子了，你还没老婆，明年我好好给你物色一个。"领导真的觉得很内疚。

"我都这岁数了，不想了。"他也不知道领导是不是酒话，他一直盯着烟头那点光亮。

"不行，明年一定把这事办成了。"领导狠吸口烟，然后把烟屁股丢地上，用脚在烟屁股上使劲拧了几下。

"谁能跟一个老光棍啊？"烟头的光亮一消失，杨老头的困劲儿一下就上来了。他闭着眼听领导念叨他这半辈子的好，听着听着就睡着了。

领导很兴奋，说着说着又点上一支烟。

"你是五六年进疆的，那时候太艰苦了……"

"六〇年闹饥荒，你这一顿饭要吃七八个馍的人竟然没饿死……"

"你睡吧老哥哥，我走了……"

他抽着最后一支烟出了值班室的门。

半夜杨老头被嘈杂声惊醒。

"失火了，棉场失火了……"

"这是咋整的？"他自言自语道，声音和腿肚子都在打颤。

人们最终也没搞明白这场火怎么起的。后来看场的杨老头只字未提领导去过棉场的事儿。

挖甘草的日子

陈增爵

在团场挖甘草的日子，是永远无法忘却的。

那份记忆，甘辛兼备。在塔里木河畔，无论是农场地头，还是荒漠野地，都或多或少有甘草生长着。它们与芦苇、红柳、沙枣、胡杨一起，属于新疆的野生植物。它们根系发达，尽管荒漠干燥，可它们依旧倔强地追寻、索取着沙土里残存的水分，吮吸着、延伸着，不断维系着自己的生命。

甘草虽是植物，可它却没有沙枣、胡杨那样高大的身躯，也不如芦苇、红柳那样修长、苗条。它丛生的枝干低矮，混在野草丛中简直毫不起眼，只有那深绿色带着油光的叶片，在戈壁风沙中摇曳时，人们才能注意到它，它似乎很卑微地活着。人们一眼粗粗看去，一丛丛甘草虽然参差不齐，高矮却也相差无几。其中，但若哪一棵饱经了风霜，那么它地下的根系就格外粗壮；若哪一株资历浅薄，那么它地下的根系也就纤细。

如果不是专干挖甘草这行的，从地表上的植株很难辨别根系的粗细。挖甘草这行应该归属于药工吧，因为甘草的根是中药。在中药店常见的甘草药材，多半是如人的小手指般粗细甘草根的切片而已。在二师农场，至少我们的塔二场是没有正规药工的，但却有挖甘草的任务。因为那些年，单靠种地的产值还无法完成上级制定的利润指标，于是连队便组织人员去挖遍地野生的甘草，卖给药厂。而所得的钱上交，可弥补利润指标的缺口。

我所在的连队是搞副产品的，于是也有挖甘草的任务。

挖甘草的地点我们往往选择极少有人涉足而又生长着大片甘草的荒

野，还要有可供人用的水源。因为这片荒野中必须要有湖泊，能储存含碱量低、可供人饮用的水源。由于一个连队要派遣一二十个青壮年男女劳力来挖甘草，吃住在这远离农场的戈壁荒漠里，一住至少是一周或十天，没有水源怎么行？

挖甘草的日子却很自由，开工收工不像在连队上班要听敲钟吆喝。只要每天挖的甘草任务完成定额（男的60公斤、女的50公斤），你想什么时候上下班随你。这活基本上一个人单干，你得在茫茫荒野中找到一片从未有人挖过的、遍地甘草的地方，挑选那些生长多年的老甘草来挖，生长时间越长它的地下根系就越发达，有的又粗又长，足足有人的手臂般粗壮，一根就有好几公斤重。而一般的嫩甘草都没长几年，它的根还不如人的小手指那般粗细呢。

要完成定额，就要找老甘草去挖它又粗又重的根。可是如何从遍地丛生中辨别它的老或嫩是个难题，甘草的枝叶看似差别并不大，如果没有有经验的人来指点是很难辨别的，尤其是像我这样从未干过这类活的上海知青。再说，挖甘草每个人都有定额的，谁早完成，谁就可以早收工，谁都想自己能挖到又粗又重的老甘草，有谁愿意方便别人累了自己呢？

记得我挖甘草那年是五月间。

那时节，塔里木河畔的荒原上早晚凉爽，中午的太阳已经火辣辣地炙热烤人。天刚亮我就要扛着扁担、绳索和坎土曼、背上水壶，悄悄独自出发了。一个人往远离住宿处的荒野深处走去，去寻找一片从来没被人开挖过的甘草丛。然后，一棵接着一棵地挖。拼命干上几个小时，然后将挖的甘草捆好挑到集中堆放的地点，那里有专人负责过秤验收，连队也会派人将早饭和开水送到那里。

甘草过完秤交掉，我这才匆匆边吃早饭，边估算一下，今天还得再挖多少才能完成定额。于是，将水壶水加满，又抓紧时间赶紧往荒野深处继续挖。直到正午，我挑着甘草赶到集中堆放处，过完秤交掉后，这才赶回营地休息。

吃了午饭，躺在用旧帐篷布支撑的胡杨树下，歇息片刻，躲过一天中最高的气温。接着，又扛着扁担、绳索和坎土曼，背上水壶，再次去挖甘草，一直干到日落西山。像我这样没人指点，不会辨别老嫩甘草的人，只得一棵又一棵地挖那些小如人指的甘草根，积少成多，只有这样猛干，才能勉强完成定额。而那些有经验的，他们只需一个上午，就能挖到不少手臂一般粗、几公斤重的老甘草，早早地完成定额，下午躺在营地舒服地打扑克。

当然，我也会有"走运"的时候，挖到过几棵"大家伙"。但遇到这类老甘草，你就得学会辨别它地下根的生长方向，要不然东挖西挖，掏了不少土，坑越挖越深、越挖越大，最后才能把那"大家伙"全都掏出来。

当我辛苦了好一会，挖了个纵深七八十公分的大坑时，终于将一根手臂般粗的"大家伙"掏出土。忍不住一屁股坐在了土堆上，此时斜阳的余晖洒在身上，非常凉爽。我将过完秤的甘草撂在集中堆放点，算算今天已略有超额地完成了指标。于是，抬手将水壶里残存的水全部倒进干渴的咽喉，用舌头舔舔龟裂的嘴唇。

此时，连队的挖甘草任务已全部完成。

我把带着荒野沙尘的被褥捆好，扔上回农场连队的牛车，自己在即将纵身跳上这牛车的一刹那，回望眼前这片遍地丛生甘草的荒野，心里竟然会莫名滋生出一种自豪感。

20多年后，偶然看到报纸上的报道说：我国西北地区的野生甘草，因为持续多年无休止地挖掘，已经濒临资源枯竭。同时，成片的野生甘草，原先也是西北荒原水土保持的自然植被之一。滥挖甘草这掠夺性地开采，破坏了当地的生态，人为制造了土地的荒漠化，等等。

我猛然又回想起了自己挖甘草的日子。

当年，我离开那片荒野时，留下的是那些被斩根断尾的甘草枝株，是一个个或深或浅、大小不一的土坑，一片狼藉。它们将助推戈壁风沙对塔里木河畔的肆意摧残。可是，当年我们在这里办农场，不正是要阻止沙魔的猖狂吗？

不管怎样，塔里木垦区农场的成立给大荒漠披上了一层绿色的新衣，也让荒凉的塔里木垦区成为二师的重要粮棉基地。

抓　鹿

唐德富讲述　黄坚　高念理整理

二师塔里木垦区一带，沙包连绵、灌木丛生，植被茂盛、饮水充足之处是塔里木马鹿的栖身活动范围。

马鹿浑身都是宝，是国家二级保护动物，它身体硕大，行动敏捷，奔跑迅速。雄性马鹿每年春季都会长出一对鹿茸，鹿茸长出后就会逐渐骨质化成为鹿角，鹿茸价格昂贵，药用价值极高。

20世纪六七十年代，由于塔里木垦区农场生产单一。为迅速发展农场经济，拓宽多种经营，场区确定将马鹿养殖作为一项生财之道。充分利用当地的自然资源优势，发展人工驯养马鹿，以此振兴当地经济。为了尽快落实这项工作，各农场纷纷组建了抓鹿小分队，在野外捕捉野生小鹿，然后逮回来人工饲养。

每当春暖花开之时，塔里木河下游流域各种植物葱葱郁郁、一片绿色。野麻丛、红柳窝、胡杨林都是马鹿繁育的天然场所，也是我们抓捕小鹿的最佳地点。这时候，农场就会抽调身强体壮的青年人，每人配备一匹马，分到各个点上去抓鹿。抓鹿点一般分布在塔河沿岸，沿着塔里木盆地由北到南，途经群克、大西海子水库、大英苏、小英苏、阿拉干等地。

1970年春，我被抽调去若羌英苏一带抓鹿，指标是每人8只。抓鹿是一件非常辛苦的工作。由于食宿都在野外，吃不好，睡不好。我第一次参加抓鹿因为缺乏经验，刚开始在外面乱转，转着转着竟然找不到路了，要知道在沙包里迷路是件很危险的事，空旷的戈壁滩经常见不到一户人家。

此时，我又累又渴，突然眼前出现一片水域，附近还有房子，我高兴极了，打马过去一看才发现哪里有什么水和房子？分明就是一片大沙包。

其实水和房子只是一种幻觉，当时的我大脑已经一片糊涂，骑在马上晕晕乎乎的。

不知过了多长时间，一阵寒意和犬吠声惊醒了我。我睁眼一看有灯光，一阵惊喜，原来到了维马克大队部的一个羊圈。牧羊人对我说："幸亏这匹老马救了你，老马识途啊，不然你就危险了，你大难不死必有后福。"

幸好遇见了老乡，我也感到庆幸，总算脱离了危险。

即便如此，还得继续我的抓鹿生涯。抓鹿不但要吃苦，而且还要善于总结和积累经验。经过一段时间的摸索，我总算掌握了一些抓鹿的基本要领。首先要会观察地面上鹿留下的脚印，根据脚印大致判断出是大鹿还是小鹿，是不是快要生育的母鹿。其次找到目标后要跟踪追击，运气好碰到刚生下来的小鹿，则随手可取，因为小鹿出生时不会走路，一周后便奔跑如飞，很难再捉住它。一旦发现了目标，就一定要拿出穷追不舍的劲头，不能有丝毫的松懈。

一天，我看见了一只小鹿，大概出生有15天，正跟着老鹿在喝水。机不可失，我立即骑着马悄然接近它，可还是被它们发觉了，老鹿瞬间带着小鹿落荒而逃。我随即策马追去，紧咬不放，追，追，追！此时，我骑着马穿过红柳窝、铃铛刺、胡杨林直冲而去。直追过几公里，眼看离小鹿越来越近了，我心里十分激动，不知咋的"扑通"一声竟一头栽倒在沙包上，弄得满头满嘴的沙子。

原来马和我一样，只顾追鹿，没有留意脚下一条小沟里有水，马蹄被里面的红柳根绊倒了。马失前蹄，连人带马一下子摔出了七八米远，还好沟边是沙丘，若是硬地，那就惨了，非出危险不可。

追赶马鹿也是一件乐事，一旦成功就会有一种成就感和满足感。为了成功抓住就会全身心地投入，还会激发出顽强的斗志和惊人的毅力。有时为了追赶一头小鹿，我能持久追上半天，追追停停，在野麻、甘草、铃铛刺、红柳和胡杨树之间来回奔跑。每天饿了就啃块干饼，渴了喝点儿凉水。有时带来的水喝完了，就不得不喝渠水、河水。身上穿的衣服也到处开花，跟当地长期野外放牧的牧民一样。

　　抓鹿还是个冒险的活儿。正当快要追到小鹿时，要瞄准时机立即从马上跳下来，扑到小鹿身上，用力按住它。如果跳下来时，脚没从马镫子里抽出，不但抓不到小鹿，自己还有被马拖死的危险。

　　一天，我们到大西海子水库附近去抓鹿，只见水库里满满的水，四周野生动物很多，除了马鹿外还有野鸭、野兔、黄羊、狐狸，偶尔还能碰到狼。那里的维吾尔族老乡也在抓鹿，他们骑马抓鹿的本领可高了，根本不用从马上下来，骑在马上一弯腰就能一把抓住一只小鹿，又快、又狠、又准。我们根本无法和他们竞争，只能离远点，走自己的路。

　　水库附近到处是红柳窝、野麻丛，我在里面穿来穿去。

　　一天，我发现有小鹿的脚印，就赶忙顺着脚印追上去。正追着，马突然一惊，我这才发现野麻丛中有两只绿莹莹的眼睛。我立即吓了一大跳，这不是狼吗？我本能地壮着胆子拿下背上的枪，还没开枪，这只狼便一瘸一拐地跑了，我也不敢上前靠近。原来，这只狼被夹断了一条腿，不然的话我就惨了。

　　在戈壁荒滩，大漠里的沙丘都一个模样，我竟然也会迷失方向。

　　此时天色已晚，在沙包里的我越转心里越紧张。突然不远处传来阵阵羊叫声，我仔细一看，是当地的维吾尔族牧羊人。当时的我又饥又渴，天黑根本辨不清方向，于是便只能跟着老乡去了他们的放羊点。他们住的是地窝子，门口拴着两条大黑狗，见了生人"汪，汪"一阵乱叫，好吓人！

　　进了地窝子，只见中间用火墙隔开，分为两间，每间有一个炕，炕上铺着羊毛毡子，里面只有简单的家具。牧人家中有 4 口人，除了妻子外，还有两位姑娘。他们一家非常热情，而我一个陌生人到了他们的家里却又吃又喝的。在这里，我第一次喝到维吾尔族老乡做的奶茶，吃到了烤羊肉，真是太香了！由于语言不同，我听不懂他们说些什么，可他们却能听懂一些我说的话。就这样，一边打手势，一边说话，我谈了关于抓鹿的事，他们竟然还都听懂了。

　　半夜，由于开水和奶茶喝多了，尿憋得不行，想出去，可门口有两只大黑狗看着，不敢出去解手，一夜没有睡好。第二天天亮了，老乡便把我带到有路的地方，指明了方向，我便匆匆离开了，赶紧找了个野麻茂密的地方舒舒服服方便了，这才回到驻地。

连续几年我参加抓鹿，收获不菲，为农场人工养鹿发展事业作出了不小的贡献。回忆起那段抓鹿经历，虽然很苦很累，但也很快乐，磨炼了我坚强不屈的意志。

后来，塔里木垦区驯养马鹿的事业蓬勃发展起来，而且还达到了相当大的规模，为农场的经济腾飞作出了很大的贡献。只可惜由于当地人们滥捕滥杀、塔里木河断流、生态环境不断恶化，塔里木野生马鹿却渐渐濒临绝迹了。

独轮车的故事

杨铁军

在兵团，独轮车与团场的开发建设也密切相关。

走进二师二十一团七连退休职工王遂群的家，一辆独轮车横在眼前——只见独轮车由两条木腿撑在地上，几十块木板排列得很紧，下面仅有一个轮子。

"这辆车子已经有 60 多年了，跟了我大半辈子……当年，这可是我的宝贝！"年逾九十的王遂群用颤抖的双手抚摸着独轮车，深情地望着它两边的车架，陷入了对往事的回忆之中。

1958 年，王遂群告别了故乡河南省郑州市北郊古荥镇，来到兵团二师二十一团（时称农五团）支边。此时的王遂群，在林园一连的"红专大学"（其实"学生"全是职工）参加劳动。在这里，王遂群每天使用的劳动工具就是独轮车。无论挖排渠，还是修农渠、积肥，他的独轮车都派上了大用场，他可是全连最好的独轮车"驾驶员"。

"那时候穷啊，连里一辆马车也没有，更没有小四轮式的机动车。所以，开荒平地只能靠这个喽！"王遂群说，想当年，每天都有开荒任务，每人每天必须挖土、运土 10 立方米（相当于 50 车）。运土时，王遂群脖子上挂着麻绳，先憋足了气，然后双脚用力蹬地，一点点在松软的土地上行进，直至把土运到目的地。

1966 年，王遂群被调往二十一团七连工作。此时连里已有 5 辆独轮车，是专门为马厩出马粪用的。王遂群来到七连后，每天顶烈日，冒严寒，推着独轮车往大田里一车车地运马粪，几乎一天也没闲过。

"从 1958 年至 1978 年，我用这辆独轮车推的土和肥料最少有 2 万吨！"王遂群自豪地说，"那时候，我借连里的独轮车拉土块、运木料，硬是在自己院里盖了几间房子。"

可见那时独轮车派上了大用场。

1981 年，改革开放的春风吹进了二十一团，"大锅饭"体制被瞬间打破，连队实行包产到组到户，这种落后的独轮车遭到了人们的遗弃。王遂群却将它们保护了下来。

"这是我们拼搏奉献的见证，一定得保留下来！"王遂群找到连长，主动要求保管独轮车。多少年过去了，独轮车依旧静静地卧在王遂群家的小院里，任凭风吹雨打，它仍旧保持着原来的模样。

2016 年 3 月，王遂群将独轮车捐献给二十一团军垦荣誉室，使之成为教育青少年、传承和弘扬兵团精神、牢记兵团历史的最好教材。

时过境迁，一阵东风吹来，独轮车似乎在无声地诉说，像一个神圣的符号，提醒人们不要忘了过去。面对独轮车，王遂群用双手轻抚着它，面带着微笑，在夕阳余晖的映衬下，老人沧桑的脸如同一尊雕塑。

据《二十一团志》记载："20 世纪 50 年代至 70 年代，独轮车用于开荒、运土、运肥，由 1 人自装、自推、自卸，每车运土 0.2 立方米，在全团开荒平地时发挥着重要作用。"

历史的车轮滚滚向前，无论时代如何发展，独轮车作为一个不朽的符号，都将永远深深留下历史的辙印，镌刻在兵团人难忘的记忆里……

我的名字叫"建疆"

杨建疆讲述　龙进　赵倩整理

"建疆，这张照片是你 8 岁生日那年照的。这张是你 14 岁加入共青团那年照的……如今，我的孙子明明都快大学毕业了，老爸真是老喽。"前几日，父亲在家翻看老照片时，无限感慨地对我说。

父亲叫杨义成，是一名老兵，20 世纪 40 年代跟随王震将军来到兵团，当时的父亲只有 16 岁。那时的塞外荒漠一片荒凉，到处尘土飞扬，没有万亩良田，只有戈壁荒滩，战士们住的是地窝子，吃的是窝窝头……面对当时极其恶劣的自然环境，父亲和众多战士们没有退缩，而是抱着誓死扎根边疆、建设边疆的决心，投入到轰轰烈烈的生产建设中。

1965 年，父亲和母亲幸福地结婚了，第二年母亲就怀孕了。得知这一消息后，父亲非常激动，并早早为我取了一个响亮的名字——建疆。后来，母亲告诉我，建疆这个名字，包含着父亲扎根新疆、建设新疆的决心，也包含着父亲对这片土地的深厚感情，更包含着他对新疆兵团美好明天的憧憬与向往。我明白父亲的心意，他更希望我这个兵二代能够接过他手中的坎土曼，扎根新疆、建设兵团，为新疆兵团的发展事业继续奋斗，传承和发扬老一辈军垦战士自力更生、艰苦奋斗的精神。

春华秋实，很快我也到了上学的年纪。我还清晰地记得，我的第一个书包是母亲用破旧的衣服缝制的，凳子是父亲用 3 块木板拼凑在一起做成的，书桌是在两根圆木头上面钉了一块木板。所谓的教室，也只能挡挡太阳罢了，若是遇到风沙天气，人虽在教室里，却还是被刮进来的风吹得跟个小土人似的。当时，由于父亲的能干，我家的条件好很多。

三年级开始，连队的学生都要转到团部上学，中午自己带饭，在教室的火炉上热着吃。有一次，我把午饭分给同学吃了，自己没吃饱，下午肚子饿得咕咕叫。父亲知道后，微笑着对我说："建疆，你做得对，互帮互助是一种美德。学生时代你们是同学，长大以后你们可能会成为最亲密的战友，要珍惜这份情谊。"从那以后，母亲给我准备的午饭分量更足了。

1985年，我高中毕业后，被分配到团水管站工作。那时，团场的干渠、支渠都是老一辈靠背拉肩扛修筑而成，停水时淤泥堆积、杂草丛生，每次清淤都耗费大量的人力和物力。2000年至2004年，随着经济实力的不断增长，团场大力投资对全团范围内的大小渠系进行全面改造，并铺上了水泥板，将过去的大水漫灌也改造成节水滴灌。

回想那几年工作确实非常辛苦，水管站的所有工作人员都奔波在各自的岗位上，调试设备，在棉田四周栽树建防风林。特别是植树那会儿，有时我们几天几夜不回家，白天开着拖拉机赶往各连队去送树苗、指挥栽树，晚上又监督、查看树苗浇水情况，饿了就吃几口干面包、馕饼，困了就裹着大衣在拖拉机拖斗里眯一会儿。

有一次，妻子因我无暇顾家跟我闹别扭，父亲安慰我说："建疆，家里的事你就别管了，有我们撑着呢，你安心去做你的事。你们今天的举动，是造福后人的好事！"

这些年，给我印象最深的事就是搬家。听母亲讲，我是在地窝子里出生的。上学时，我家才住进了连队营区的土坯房。到了20世纪90年代末，我家又搬进了团场风靡一时的砖混结构的红砖房。

记得刚住进砖房时，父亲当时激动地对我说："建疆，现在的生活真是越过越好了。没想到这辈子我还能住上这么宽敞明亮的房子！"

到了21世纪，兵团发展的速度就像坐上了过山车。

2010年，团场大力推进城镇化建设，我们一大家人搬进了90多平方米的楼房。搬进新家的那一天，父亲又感慨道："建疆，我都快80的人了，在有生之年还能住上楼房，简直像在做梦一样。"

如今，徜徉在团部的街道上，映入眼帘的是宽阔笔直的柏油路，鳞次栉比的住宅小区、热闹繁华的商业街……不由得让我感慨万千，现在团场职工的生活是多么的幸福啊！这一切，凝聚着兵团几代人的多少智慧和汗水啊!

我生在团场,成长在团场,见证了团场多年来的变迁和点滴的变化。正如父亲当年给我取名"建疆"时所期盼的一样:建疆建疆,建设新疆。它不仅仅是一个名字,更是兵团老一辈对建设新疆、发展兵团的一种期待,同时也是父辈们热爱新疆、建设新疆的最好诠释。

我的名字叫杨建疆,我骄傲,我是兵团人。

屯垦往事

张靖

挖排渠

作为兵团的老军垦，已经八十多岁的父亲，总忘不了当年开荒种田、屯垦戍边的往事，尤其忘不了当年挖排渠的情景。

回想往事，历历在目。

父亲叫张金山，是兵团第二师二十八团加工厂的一名退休职工，也是1956 年的河南支边青年之一。

屯垦兴则西域兴，边疆治则国家宁，经济强则军事盛，人民安则社会稳。

1956 年，"到最需要的地方去，广阔的天地去，大有作为"的口号让此时才刚满 19 岁的父亲，坐着一辆西行的火车，跟着一群与他一样的年轻人，来到了茫茫大西北。

戈壁荒滩，风沙荡荡。从小家境殷实的父亲并没有受过多少苦，可来到这茫茫的大西北，无论是天寒地冻，还是酷夏炎热，都没有让憨厚倔强的父亲打退堂鼓。面对茫茫荒原，他从没有畏惧，更没有怨言，心里反而对未来充满了期望。

要让荒原变良田，就必须要有排碱渠，新疆盐碱大，没有排碱渠，地里成片的盐碱根本不长庄稼。而当时的兵团生产条件非常差，根本没有任何机械，又深又宽的排碱渠全靠人工一点点挖。由于新疆天大地大，于是兵团人便有开不完的荒地、挖不完的排渠。挖渠也要按照季节合理进行，冬天先挖高一点地方的，夏天再挖低一点地方的，兵团的职工也是兵，如同一支作战的军队，每天大家听到吹号上下班，就连连长也不能搞特殊，照样早早到食堂排队买馍馍，跟着大家一起上班干活。

穿上军装，父亲心里总有一种特别自豪的感觉，尤其排着整齐的队伍，他把自己也当成了一名战士。

11月的新疆格外寒冷，冰天雪地，滴水成冰。昨天才刚刚挖好的排碱渠，第二天早上跑去一看，深深地沟里积了一层水，由于天寒地冻，只见积水的表面已经结上了一层冰。看到积水，父亲和上班的职工站在渠边一筹莫展。正当大家都围在渠边的罗布麻烤火时，只听身后一声怒吼："都站着干什么？难道今天不用干活了吗？"

"连长，渠里渗水了，水都冻得结冰了！"父亲只好道出实情。

"这点困难算什么？战争年代就是前面下刀子也要冲过去！"

说着连长"咕咚"一声跳了下去，原来连长是名战争年代的渤海老兵，什么苦没吃过，什么罪没受过。见连长跳下了水挥起了铁锨，剩下的人都跟下饺子似的一个不落地跳了下去。刚跳进水里，父亲顿觉一股刺骨的冰冷直往骨头缝里钻，脚脖子疼得如同刀割一样。原来，由于当地盐碱大，人们的脚上早已布满了大大小小的裂口，如同孩子的小嘴般张着，就连腿上也到处都是裂口，遇到冰水一激，鲜血直往外流，浸在碱水中的伤口如同被撒了把盐一般，个个疼痛难忍，可大伙没人再吭一声，埋着头不停地挥动着手中的工具。

挖排渠是个体力活，不下力气是根本完不成任务的。排碱渠很宽很深，挖不够深度就起不到作用，渠面要保证宽五六米、深七八米。一开始大家挖得很利索，锨一扬土就甩出了渠帮，可越往后挖，不仅土甩不出去，而且站在渠底几个人摞起来才能看到渠帮。所以，为了完成任务，每个人都把早饭都吃得饱饱的。

挖排渠时不能每天都回家，由于渠长没有交通工具，为了节省时间，渠挖哪人住哪，有时住在戈壁滩上，有时住在草湖边。住在沙包上的时候还好点，可住在沙枣树林的时候，铺天盖地的蚊子见人就咬。一个晚上不但被咬得睡不着，而且脸上被咬得全是红疙瘩，如同毁容一般。

可就是他们这种艰苦创业、无私奉献的精神，一条条又宽又深的渠，伸向人们看不见的远方，一片片亘古荒滩，成了万亩良田。

背包三个月没打开

八十多岁的父亲常常会讲起他当年屯垦戍边的故事，尤其会讲到背包三个月没打开的故事。

"啥叫背包三个月没打开？"我好奇地问父亲。

看着我睁大眼睛好奇的表情，父亲便娓娓道来。

1959 年，繁重的挖渠工作还没有结束，父亲便接到了连队的通知，到天山脚下参加炼铁工作。

铁怎么炼父亲还没见过，接到新任务的他心里还有点隐隐兴奋，而且他觉得这是一项无比光荣的任务，广播里播放的口号时时鼓舞着他。作为一名年轻人，他想为国家再尽一些微薄之力。

一听到要去炼铁，父亲立即兴冲冲地背着背包跟着大伙一起赶往工地。

来到工地，扛着行李的父亲一下子傻了眼，天山脚下风沙荡荡，狂风怒吼，不仅没有住房，就连最基本的生活用水都没有。即便如此，工地上的人们却干得热火朝天。有的用筐抬矿石、有的给炉子添火、有的倾倒白色热金属的大锅、有的来回走动观察炉火、有的用手推车运原料，人们肩拉背扛没有一个人闲下来。

父亲一来，背包一扔，立即投入到繁忙的工作中。

一望无际的工地上，除了一个十几米宽、十几米深的深坑，其他什么也没有，只有满山的石头。所谓的炼铁就是把矿石倒进深坑里，一层石头、一层煤，最底下是风道。新疆的风格外大，一边风吹一边加煤，确保深坑里的矿石日日燃烧。

天山脚下北风呼啸，风沙荡荡，可父亲依旧干得汗流浃背。

此次参加炼铁工作，虽然条件非常艰苦，可对于父亲这个连队的普通职工来说却是个非常难得的机会，因为这项任务很光荣，每个连都抽了最能干的、表现最好的精兵强将。然而工地上的艰苦环境还是超乎人们的想象，所有人都是风餐露宿，整个工地连顶帐篷也没有，更别提床铺了。山风很大，却寸草不生。大家都睡在炼铁坑旁。五月正是天气回暖的时候，整个工地又干又热，许多人的背包都没打开。由于任务繁重，大家没有固定的工作时间，没有上下班，渴了就喝口水，饿了就啃口干馍馍，瞌睡了就靠着背包睡一会儿，醒了就接着继续干。

一个星期过去了，一个月过去了，父亲以苍天为被，以山石为床，背包一直没打开。

夏天到了，在没有一棵树的山下，烈日炎炎，热风扑面，晒得皮肤滚烫，人们干一会儿活便会满头大汗。天天挖矿石、烧炉子、装石头、挑煤，没有一个人叫苦。山脚下的风呼呼直刮，头顶上的太阳又毒又烈，虽然每天很累，但晒得又黑又瘦的父亲仍然没白天、没黑夜不知疲倦地干着。

眼看着天渐渐凉了下来，正当他准备打开背包时，却突然收到上级的新任务，通知他们各回各连队。

整整三个月，背包还没来得及打开过。望着一动未动、卷好如初的背包卷，父亲二话没说，扛着行李下山了。

那是一种怎样的岁月啊！每每听到父亲的那些小故事，我便不由得泪流满面。正是因为有了父亲这些老军垦，才让曾经的盐碱滩、红柳坡，变成了树木纵横、蔬菜满地、瓜果飘香的万顷良田，正是由于他们不怕吃苦的精神，才让曾经矮小、潮湿的地窝子，变成了高楼林立、花团锦簇、一座座现代化城镇。

荒漠退却，戈壁隐遁，山清水秀，霞蔚云蒸。现在的兵团，已是霞光尽染，放眼望去，只见一座座新城如明珠而耀眼；片片绿洲，似翡翠而流韵。麦浪松涛，此起彼伏；棉海雪峰，遥相呼应；瓜果飘香，年丰岁稔；连畴接陇，沃野无垠。

和常州支边青年在一起的日子

云景亮

1966 年 7 月底，我和周岐信同志受党委派，去江苏省常州市接支边青年来二师二二三团安置工作。在常州，经过宣传动员、报名登记，我和周岐信同志各带回 77 名青年，于 8 月底先后到达农场安置点。为便于对这批青年教育和管理，组成了支边青年排，隶属三连编制。我任二连副指导员，专职青年排的管理工作。自此，我和这批青年开始了共同的新的生活。

一

当时农场职工的生活十分艰苦，有限的口粮中，粗粮占 90% 以上，除逢年过节以外，平时油、肉几乎没有供应。为了让支边青年能适应生活，于是农场建起了支边青年食堂，便于在生活上对支边青年有所照顾。

由于条件有限，每月只能吃上两三顿大米饭，里面的沙子、稗子硌牙，难以下咽。白面很少，有时晚餐吃上一顿汤面条，就算是改善生活了。平时早晚餐每人一碗玉米面糊糊，中午每人一个苞谷馍，或菜汤，或是不见油星的煮白菜，这几乎是不变的食谱。这样的生活条件让南方城市长大的孩子简直无法适应。这些支边青年刚来的头几天还觉得新鲜，还有说有笑的，可一个月之后便受不了。白天，男男女女在一起还比较开心。晚上到回到宿舍后，有的抱头痛哭，有的不吃饭，有的躺在床上不起来，情绪非常消沉。

冬季很快到了，新疆的冬季非常寒冷，气温降至零下二十多度，天寒地冻，宿舍里只有一个炉子靠烧麻黄草来取暖，麻黄草不经烧，只要一停火宿舍里便冻得像冰窖。早上起床，水桶里的水已结成了冰疙瘩，每天要早早起来生火，用冰水洗脸，由于天寒地冻不少人手脚生了冻疮。因为集体砍的柴草有限，大家还得自己去戈壁滩砍柴。

面对恶劣的生存环境，支边青年有些人心浮动。

为了加强思想工作，连队开始每周安排两个半天的学习时间。发动班、排干部、共青团员开展一帮一、一对红的活动，动员老职工与支边青年结对学习，互相鼓励，发扬老职工屯垦戍边、艰苦奋斗的精神。

通过几个月的学习和磨炼，多数青年思想已经稳定，并学会了不少生活技能。冬天缺菜吃，他们就自己动手腌制咸菜，并把苞谷馍切成片放在炉子上烤脆了再吃，戏称为"烤面包"。他们还经常以各自制作的"特色食品"相互交换，虽然生活依旧艰苦单调，却另有一番情趣。

二

在农场，各项生产条件极其简陋，唯一的任务就是开荒造田。

此时的农场，没有任何机械化工具，每人一把坎土曼就是开荒的主要工具。筑埂平地、引水压碱，建设这些巨大的工程无一不是最繁重、最辛苦的劳动。如同部队一样，每天早上集合时，大家排着队，喊着"一、二、一"上班，中午就吃在地头，每人一个苞谷馍，一碗难见油星的菜汤，没有筷子，就拆断地边的红柳枝、芦苇当筷子。晚上还要集合排队，喊着"一、二、一"下班，真还像支队伍。那时的男女青年不讲究衣着打扮，国家配发给每人一套蓝色棉衣裤，不分男女，不分高低胖瘦，均是一个型号，大个子穿着紧紧巴巴，女孩子穿着更惹眼，裤腿挽起一大截，袖子挽起一大截，棉衣长到膝盖上，走在整齐的队伍中倒也不失英姿飒爽。

常州来的支边青年们刚开始使用坎土曼时还觉得新鲜好奇，甚至有点兴致勃勃，可是几天下来，不是手上磨出了血泡，就是腰酸背痛，累得个个提不起劲来。下班回去后，人就如同一摊烂泥，再也懒得起来了，有时还要一个个拉起来吃饭，他们的脸上渐渐失去了笑容，话也少了，夜晚想家时不由得偷偷流泪。

由于当时文化生活也十分贫乏，难得看上一次电影，偶尔看上一场电影也多是新闻纪录片。连队为了活跃气氛，根据不同青年的特点，把一些爱好文艺的支边青年组织起来，成立了宣传队，吹、拉、弹、唱、跳，自编自演，引来了不少老职工一起欢乐。

没想到这个办法真好，宣传队员们不仅自娱自乐，还放弃休息，到各连队去演出。而宣传队的成员不仅是文艺宣传骨干，也成了生产劳动和各项工作的骨干，他们的积极性极大地带动和影响了一大批青年安心农场、艰苦创业。

三

在连队，常州支边青年是很显眼的。

他们喜欢唱革命歌曲，常常高唱《革命青年志在四方》《边疆处处赛江南》等脍炙人口的歌曲。当年他们满怀激情，依依惜别了自己的故乡——常州，乘火车、坐汽车，来到第二师二二三团这个令他们充满美好向往的第二故乡，开始重新生活工作，然而当初热血沸腾的激情与严酷的现实产生了激烈的碰撞，可正是这些艰苦的环境，让支边青年在这种碰撞和磨砺中不断地成长、成熟。

20世纪60年代，也有一些支边青年闹起了返城的"革命"，这对连队的支边青年的情绪影响很大，造成了一些人思想混乱。面对不稳定的局面，有不少青年提出建议：解散青年排，分配到各单位去发挥他们的作用。根据当时的情况，场党委也认为：对支边青年已不适宜再集中管理。于是在1967年前后，陆续将在场的支边青年分配到各单位。事实证明这种安排是正确的，十几年中，这些支边青年在农场的各行各业、各条战线上兢兢业业、默默奉献，为团场的建设事业作出了不可磨灭的贡献。

20世纪80年代，根据国家政策，常州支边青年陆续调回常州安置工作。这些支边青年虽然离开了，然而他们的到来，给农场带来了青春和活力，带来了城市文明，带来了知识，对于团场的文明进步、经济发展都产生了积极的影响。

我的母亲是矿工

尚新革

十三世纪，马可·波罗游历中国时，看到中国人用煤作燃料，感到异常惊奇，便在《马可·波罗游记》中向欧洲做了介绍，说中国有一种黑色的石头，采自山中，燃烧时和烧炭一样，可见欧洲人当时连煤都不认识。

早在十一世纪，北宋大诗人苏东坡就写了一首题为《石炭》的诗。他在诗中说："君不见，前年雨雪行人断，城中居民风裂骭。湿薪半束抱衾裯，日暮敲门无处换。岂料山中有遗宝，磊落如磐万车炭。流膏迸液无人知，阵阵腥风自吹散。"而这石炭就是现在的煤。

煤被称为工业的"粮食"，其种类多种多样，以我国为例，一般来说煤炭资源分为烟煤、无烟煤和褐煤。工业用煤主要是烟煤。

我与煤的不解之缘源于父母。

1964 年 3 月，父亲随黑龙江 6232 部队集体转业后带着母亲来到了二师孔雀四场（现三 0 团）工作。1971 年，父母分配到了离三 0 团团部 120 公里外的煤矿工作。从此，我的童年、少年就在那里度过。

据父母说，新疆生产建设兵团第二师三 0 团成立于 1958 年，新职工们分到各个连队后，除了要满足吃住等基本生活需求以外，到了冬季各连队职工都要烧火取暖。为了让职工们过个暖暖和和的冬天，团场便组织劳力去沙漠捡拾红柳或枯死的胡杨木生炉火。1962 年，三 0 团接管了原第一管理处移交给孔雀四场经营的煤炭厂，这才从根本上彻底解决了团场职工的燃"煤"之急。

三 0 团矿区坐落在一个群山环抱的山坳里，四面环绕着重重叠叠的青山。这个在地图上几乎找不到的地方，很少有人知晓它的存在，在苍茫的大山里，它有着被世界遗忘的宁静。

小时候，煤矿里的生活是难忘的。

在煤矿，不用点煤油灯，傍晚会准时送电。矿山里的家属区和作业区是分开的，到作业区上班还需翻过一座山。那时由于没有通信设施，矿井作业区有什么情况，全靠发电师傅闪灯作为信号通知人员。当时，矿区规定：闪一下，找矿长；闪二下，找班长；闪三下，找电工；闪四下，找带班人员；闪五下，井下出事故。

当时，父亲就在矿上负责发电。因此，每当看见闪烁的灯光时，大人们就会说："哦，闪三下，在找电工，井下一定是哪里出现短路情况了。"当灯光闪了五下时，家里的男女老少便不约而同地聚集在房前屋后，妇女们焦急地询问彼此的丈夫当班情况。望着倒班在家休息的男人，女人们心中会有一丝窃喜，暗自放下心来。想着正在井下上班的男人，妻子的心便会一阵阵揪紧。有时，性子急的妻子根本不顾天黑路滑，彼此相约着一同到工地上一探究竟。

在煤矿作业中，井下采掘是全矿中最脏、最累和最危险的岗位。矿工们每天都要和队友从矿洞口走入1000米的井下，穿过坎坷泥泞的隧道，钻过狭窄的天井到达工作面。打掘井时，脚下全是横七竖八的岩石，头顶的是犬牙交错的岩顶，钻头与坚硬的矿石相撞，发出刺耳的声响，细小的尘粒四处飞扬，不一会儿人的脸上就覆盖了一层厚厚的灰尘。

那个年代，缺少男劳动力，能干、能吃苦的母亲也被分配到了井下工作，在无数个日夜里，她和男同志一样钻炮眼、推矿斗、挖煤。

记得有一次母亲在上夜班时，井下突然发生了冒顶事故，母亲不慎被塌方的一块石块将头部砸伤，回到家后看着血流满面的母亲，我们姊妹四个全被吓哭了，而母亲却安抚着我们，轻描淡写地说："没事的，待会上卫生室包扎下就行了。"

母亲是个非常能干的人，在家休息了几天伤口稍好后，便被安排到井上工作，每天负责推矿车，一直干到退休。记得在我高考结束时，我还曾被母亲拉去陪她一同到井上去推矿斗。而我因为嫌这活太脏、太累，坚持去了两天后就再也没去过工地。

司机拉煤也是辛苦的差事。

三〇团煤矿生产的主要是无烟煤，其耐烧、燃点高。所以每到秋冬之际，前来三〇团煤矿购买无烟煤的车辆便排起了长龙，有时候煤炭紧张时，司机要等一周的时间才能拉上一车煤。冬季坡高路陡，路面结冰时，崎岖坎坷，就算资深的老司机，也不敢怠慢这条路。如果恰巧遇到"老解放"车抛锚，那可就害苦了这些司机，不仅要忍着零下十几度的寒冷亲自动手修理机械，如果给养不足的话还要忍饥挨饿。

好不容易排队拉上了一车煤，到了团场连队，家家户户便用拉拉车、手推车往家里运输煤块，男劳力主要负责拉车，女人则负责在后面帮忙推车，孩子们负责帮助大人把卸运的煤块码放整齐。卸完煤块后，精打细算的女人会督促自家男人用事先和好的草泥，将煤块盖好封死，以免煤块被太阳暴晒后影响燃烧的效果。

时过境迁，如今随着团场城镇化建设发展步伐的加快，各团场也已经结束了分煤取暖的历史，但说起那些年份煤的经历时依然情绪激昂。1958年建场时就在三〇团工作的崔同民老人说："秋收过后，分烤火煤时，先要从大车上把煤块卸运下来，然后每家再要用拉拉车将煤拉运到各自家中，一车煤要分七八户人家，分完煤各个脏乎乎的。到了晚上还总得不停地添煤，每天晚上也不敢早睡，睡得早了，怕到了后半夜，炉火熄了，还得起早生火。现在好了，团场开始集中供暖，有的家庭用起了壁挂炉，终于结束了分煤、半夜加煤的历史。"

当我即将完成这篇稿件时，抬头遥望，外面已是万家灯火。我不知道当千家万户打开电灯照明、打开电脑上网、打开电视机观看精彩的电视节目时，有没有想到过那些为人们带来温暖的"煤"。

自己一身黑，温暖亿万人。

如今，母亲已离开我12个年头了，"长歌当哭，泪雨思亲"，母亲是我人生路上一座伟岸的坐标，是您，让女儿明白了如何对待人世间的功名利禄，如何面对人生的苦难与坎坷。虽然您普通平凡，甚至微不足道，但是，您是女儿心中的自豪与骄傲。

无论何时、何地，面对任何人，我都会骄傲自豪地说：我的母亲是矿工。

马灯情

王宏斌

父亲家里，摆放杂物的搁架上一直立着一盏年代久远的马灯，它见证着父亲屯垦戍边的奋斗历程。

20世纪六七十年代，马灯是新疆生产建设兵团农牧团场职工群众夜间田间劳作时广泛使用的一种照明工具。它以煤油作灯油，配上一根灯芯，外面罩上玻璃罩子，以防止风吹雨淋时将灯火吹灭，有一根铁丝提手，手提起来随意摆放，使用起来非常方便，夜行时可将其挂在马身上，俗称马灯。由于极适应于野外照明，所以，它受到团场人家青睐了半个多世纪。

在那个激情燃烧的年代，我经常能见父亲夜半三更手提马灯浇夜班水、打平土坝、看麦场、跟机犁地、头顶露珠骑自行车归来的场景。那年月团场农户人家几乎家家都有马灯，在马灯的映照下，冬天团场职工天不亮就赶着马车到十余公里外的海子深处打柴火、拉肥料，物质生活也随之逐渐得到改善。马灯是我们必不可少的一个重要照明工具，因为马灯的灿烂星光寄托着农场人对甜蜜生活的美好遐想。春灌时刻，父亲在马灯的呵护下风雨无阻地打着治碱持久战；田管时期，父亲精耕细作，手提马灯细致入微地查看作物的长势；收获的季节，父亲身先士卒带领班组职工握着镰刀、拎着马灯奋战在稻麦田间。

那年那月，新疆生产建设兵团各基层团场没有电，照明全靠煤油灯。煤油灯灯光昏暗，还不时散发出刺鼻的味道，即使这样，大家也不舍得点。晚上吃饭时，它就挂在家门口的月光下；上学时晚上回家看书，在昏暗的煤油灯下，有时不觉熬干了灯油，还会换来父母的一通斥责，因为那时家里连买煤油的钱都没有。上了初中后，晚上做作业时，点的是罩子灯，姊妹几个围在桌边共用一盏灯，那时却感觉很是满足。

在那个计划经济的年代，兵团的农牧职工都是吃大锅饭。团场以生产连队为单位，一起种地、一起收割、一起分配。每个生产连队都有一个场院，夏天用作麦场，秋收用来盛稻子。连队最常见、用得最广的是马灯（因为有玻璃罩，风吹不灭）。每个麦场都有一个马架式的窝棚，好让护场院的人在里面挡风遮雨。窝棚外的木杆上，挑着一盏马灯，以作照明之用，不管刮风下雨，那微弱的灯光伴随着看场人度过了一夜又一夜。

每当连队分粮食的时候，由于都在晚上，晚上人齐，便于分配。桔红色的灯光，照亮着会计的账本和算盘，只见会计一户户喊着名字，在算盘的拨动之中，把粮食分到每家每户。这是全连父老乡亲的口粮，而马灯的灯光却映亮着连队人家幸福的脸庞。秋天，刨了红薯分白菜，农户人家会把红薯切成片，晒成红薯干。摆在地里，待晒干后再捡回来。秋天的天像小孩的脸，说变就变，当天气变化快下雨时，无论是白天还是深夜，男女老少齐出动，到地里抢收红薯干。否则被雨一淋，红薯干就会全部烂掉。如果大白菜没收获摊上霜冻，这时，马灯就统统派上了用场。只见漆黑的夜雷声隆隆，北风呼啸，遍地闪耀着橘红色的灯光，大家挥舞双手虎口夺食。而　盏盏马灯，点亮了每个职工的希望，温暖了父老乡亲的心房。

在那个物资匮乏的年代，各种马灯和室内罩子灯是那个时代团场职工群众学习的亲密伴侣。

在那个没有娱乐的年代，马灯下夜读记笔记成了我一人时的乐趣和享受。马灯散发着缕缕光芒，给了我光明和温暖。在马灯下，我的精神之花从未枯萎，心中有一份对生活和事业的执着和热爱，我在马灯下可以寻找并拥有自己的快乐。一盏普普通通的马灯，它经历了团场年代的变革和沧桑，它记载了一个时期一代又一代兵团军垦人不屈不挠的奋斗精神。

改革开放40年，团场职工的物质文化生活发生了翻天覆地的变化。绚丽多姿的节能灯具早已取代了马灯，团场职工的劳动环境也发生了质的变化。马灯作为一个时代的产物，已经铭刻在老一辈军垦人开发建设团场的历史长河中。在体会着科技创新带给团场农业经济可持续发展变化的同时，我却怎么都难以忘却马灯曾经作出的卓越贡献。

只要有光，就能抵达光明。马灯已成了那个时代的小小符号，曾经照亮过我们一个个漫长的黑暗，我们要好好珍藏那个时代，因为正是有那些马灯下吃苦耐劳、无私奉献的兵团儿女，才有了一道维稳戍边的绿色长城。

难忘拾麦穗的日子

王宏斌

远远望见一望无垠的麦田，但见浓郁青翠的绿意上浮漾着一层浅浅的、薄薄的近绿的淡黄。摇曳时，这层浮光翻滚着、跳跃着、欢喜着，包裹着青春的气息，一波一波随风荡漾。

20世纪六七十年代，农作物全是靠人工收割。每到割麦子或割稻子的季节，全连干部职工老少携幼一同参战，共同奏响收获的战歌。只见大人们右手捏一把新磨快的镰刀，月牙般的弯刃，银光闪闪。虔诚地躬下身，左手尽量张开，拢一大束麦秆儿，右手的镰刀插进这一把金黄的麦根处，向着怀里的方向，只一拉，"刷—嚓"的一声，齐刷刷地，麦秆儿在离地约一寸处截断，干净、利落。就着穗头沉甸甸坠手的感觉，顺手一撂。再拢、再割、再撂……

听着悦耳的"嚓—嚓"声，嗅着醉人的麦香，转眼间金涛翻涌的"麦海"就被打成了捆儿、堆成了山。这是职工用镰刀割麦子挥汗如雨地展开劳动竞赛的场景，若单日收割两亩地以上就是收割能手，成为全连职工群众学习的楷模。那样的荣誉是人们梦寐以求的愿望，大家你追我赶的非凡场面见证了计划经济手工业时代的旋律。

麦田里叔叔们争先恐后地收割着，阿姨们磨镰刀打腰子，高年级学生们用腰子把收割的麦子（稻子）捆成一捆一捆的便于运输。我们低年级的孩子也不闲着，捡麦穗、送水、送人丹（一种解暑的特效药），忙得不亦乐乎。因为人工收割，掉的麦穗很多，一时半会儿也很难拾干净。等到把收割了的麦子（稻子）清运完毕，地里还是随处可见到处散落的麦（稻）穗。于是连队的孩子就把捡拾麦穗当成假期主要劳动实践活动。一个暑假下来，居然还收获颇丰，母亲将我们拾的麦穗留够口粮后，就把剩余的麦穗打成麦粒全部交给连队粮仓，那种收获惬意的心境溢于言表。

往事难忘，岁月如烟。我童年的记忆中，为了积攒口粮，不至于第二年青黄不接时饿肚子。每年暑期，待连队的大片庄稼开始收割的时候，母亲就给我和姐姐安排一个重要的任务，就是去收割过的麦田里去拾麦穗。记得，离连队大概有 5 公里远的地方，有一块叫"567"的条田产的麦子很出名。每当夏收的时候，试用联合收割机（康拜音）收割地里成熟的麦子，就存在地里的庄稼不干净的情况，只见很多的麦穗就落在麦茬里。

在那个饥荒的年代，人人都吃不饱肚子，饱满的麦穗就成了诱人的粮食，连队的职工看在眼里、急在心上，所以就纷纷行动起来，等庄稼收割完后，自发地去拾麦穗。而每年夏收的时候，正是学校放暑假的时候，我和姐姐有的是空闲时间，所以母亲把拾麦穗补充家里口粮的重担就交给了我和姐姐。

说起在留有一尺多高麦茬的地里拾麦穗，那可不是一件容易的事。

因为夏天我们都喜欢穿着凉鞋，再说那收割机用最原始的滚动式镰刀割出来的麦茬，尖锐又锋利，往往一不小心就把手和脚脖子划伤，所以只能顺着麦茬的方向，斜着身子让脚落到麦茬与麦茬交接处的空隙地带，小心翼翼地挪动着脚步向前行进。但总是有手脚配合不到的地方，或者是失去重心的时候，这样难免会受伤。但那时候对付这点小伤，我们可是有绝招的，那就是随手拿上一把干白土散在伤口上，既能起到止血散痛的作用，又能发挥抗菌消炎的功效，真可谓是一举两得。

盛夏的田野，烈日当头，金黄的麦穗在阳光下闪闪发光。

为了不影响连队抢收粮食的进度，我们这些拾麦穗的孩子们，只能被允许在已收割完的麦地里拾麦穗。那时，我和姐姐多半是光着头、顶着烈日去拾麦穗，饿了啃一口书包里背着的窝窝头和锅贴子，渴了喝一口灌在行军壶里自带的井水。虽然我和姐姐年龄都不大，但自小被父母训练干农活，所以干这样的小活还是相当熟练。只见我们一个个小伙伴，左手提着小篮子，小脚轻轻地前移，眼睛像探照灯一样，扫射着前方的区域，一旦发现目标，就立即弯下小腰，右手迅速地向麦穗抓了下去，准确无误地捡起收割机遗留下来的那颗粒饱满的麦穗，然后又极度精准地扔进各自的小篮里。

此时的麦田是孩子们的乐园，我们一边在麦茬地里寻找着麦穗，一边不停地打闹戏耍，呐喊声、嬉笑声和着收割机隆隆的轰鸣声和"28"型拖拉机刺耳的喇叭声，久久地飘荡在麦地的上空。

一天下来，如果运气好的话，我和姐姐可以很轻松地装满两尿素袋麦穗，一个暑期下来，可以从拾来的麦穗里加工出300公斤的粮食，足以让我们全家8口人凑合着吃3个月。

改革开放以后，"三农"经济得到突飞猛进的发展。现代化农业技术的应用大大解放了生产力，使机械收割进度和质量显著提高。收割后的田地里，很难再发现有遗落的穗粒，捡拾麦穗的情景已成为刻骨铭心的生活回忆。然而，当我回想起那一段童年拾麦穗的往事，仍然是感慨万千。虽然这注定是一个时代的产物，但回顾过去那段极度艰辛的生活，再来想想我们今天这样无比幸福的生活，我在心底里不由得感叹，改革开放和中国共产党的伟大。只有中国共产党，才能带领人民大众实现"两个百年"的梦想。

团场电影

李喜平

作为兵团的第二代，我在团场文化战线上已经工作了三十多年，虽已退休，但很多往事常常难以忘怀，回想起来历历在目。

小时候，常听父辈们说二十九团电影队成立于 1955 年，当时叫电教队，放映员赶着马车到连队巡回放电影，在回来的路上还会遇见狼、野兔、野猪等动物。现在看来又好笑又新鲜，可在当时是很危险的。

20 世纪 70 年代初，在我上初中的时候正是团场职工文化生活很贫乏的时候，一是到团部大礼堂看宣传队演的节目，二是到露天电影院看电影。那时我们常常为 5 分钱的电影票挤在大人中间混进电影院看电影。为了抢占座位和别人吵架、打架是常有的事。

还记得我家邻居叔叔叫袁旭，穿一身发白的军装，戴副眼镜，很严肃的样子，他就是电影队的队长。为了看电影方便，我对他很有礼貌，整天叔叔长叔叔短地叫着，邻居都夸我是个好孩子。

每当星期六放电影时，总是人头攒动、摩肩接踵，如果遇到好看的电影，则是人山人海的，就连三〇团的人也骑着自行车来看电影来了。只见电影院的围墙上、周围的树上都爬满了看电影的人。

我最喜欢看的是打仗的影片，《地道战》《地雷战》《平原游击战》《打击侵略者》《奇袭》等影片记忆最深。最不喜欢看的是《新闻简报》，当时有句顺口溜：中国的新闻简报，朝鲜的哭哭笑笑，越南的飞机大炮……这些都是人们茶余饭后议论的话题，也是当时电影院的真实写照。

记得最清楚的是看电影《卖花姑娘》，在场有许多观众都看哭了，主要是主人公卖花姑娘演得太好了，故事情节感人，观众含泪看完后才散去，我也哭了。第二天到学校，老师还让每个同学写观后感。

1973 年，二十九团团部由五支渠搬迁到四支渠，人们称新团部，五支渠为老团部，我所在的学校由二十九团团直校改为二十九团中学。虽然团部搬迁了，但是老团部依旧很热闹，每周六晚都放电影，这是雷打不动的，看电影我是场场不落。

1976 年 7 月，我高中毕业后分配在值班一连工作，训练、值班、种地、修防洪渠、筛戈壁、打预制，样样都干，很辛苦。1977 年，我又回到了母校任教，1986 年经考试调到了团文化站任干事兼图书管理员和电影售票工作，很兴奋终于到新团部工作了。

经过十二年的建设，新团部有了很大的变化，机关办公大楼、露天电影院、春秋剧场、招待所、学校教学楼等都拔地而起，焕然一新。特别是露天电影院，可容纳 4000 余名观众，宽银幕、立体音响，常常能看到国外大片和国内优秀影片，吸引了很多观众。还有室内的大型影剧院——春秋大剧场，楼上楼下可容纳 1400 名观众，先进的灯光音响、高清的宽银幕。国内影片每年放映 200 场，观众 3 万余人次，好看的电影有时会放两场，这可辛苦了放映员刘师傅和孙师傅，他们不但要提前去库尔勒市接影片，回来后倒片子，第二天早上还要送走，其他工作人员则是负责清洁楼上楼下的卫生。

我所担任的售票工作，首先是搞新电影的宣传、贴海报和新片预告，然后在放映前 2 小时准备给票印开映日期，之后才能售票，遇到好看的大片时人很多、很拥挤；其次第二天要去银行交售票款，再到财务科交银行交款收据。

2004 年 8 月新团部要搬迁到 214 国道处（人们称的分路口），起初根本无放映场地，只有和学校社区领导联系放映，在社会上找放映员，但团场的电影放映工作从未停止。师市党委宣传部倡导要求电影五进活动：即进学校、进机关、进社区、进工厂、进连队。2006 年，二十九团、二十八团合并，团决定设立六个小城镇放映点：孔雀中学、迎宾小区、机关、文化宫（孔雀社区）、银纺小区、梨花社区，各基层单位放映点成立数字电影放映队，两名兼职人员，完成当时下达的放映任务。到 2018 年，全年要放映 279 场。

2008 年 8 月，团决定在孔雀中学放映点举行二十九团数字电影首映仪式，时任二十九团党委书记、政委的李洋同志和机关、职工群众参加了首映仪式，观众达 500 余人。

2012 年 12 月 29 日，铁门关市成立，二十九团西区地处城市中心区，东区（二十八团）处博古其镇，经过几年的快速发展，铁门关市现在已经成为二师政治、经济、文化的中心。

如今已经进入信息时代，数字电视、网络电视丰富了人们的文化生活，手机、电脑更加便捷了人们的生活，电影事业的发展更是跨入数字电影时代，设备更加便捷、图像更加清晰，音响效果更受人们的喜爱。数字电影可以走进各放映点为上百名观众服务，也可以走进家庭，成为名副其实的家庭影院。两名兼职放映人员开着电动车巡回在二十九团的各放映点为广大职工群众服务，把最优秀的影片送到千家万户，为二十九团数字电影事业、为更好地为职工群众服务贡献自己的力量。

我的父亲

徐杰昌

我的父亲是 20 世纪 90 年代团场一个普普通通的连长。他虽然离开我有好些年头了，但我一想起他，眼角就禁不住有些湿润。

父亲一辈子兢兢业业，连队职工一提起他，就说他是一个难得的好连长。他在连长位置上整整干了 20 年，直到 2000 年退休。

在记忆中，父亲虽是个写不出几个字的初小生，可一辈子工作勤勤恳恳，任劳任怨，连队的几百号人、上万亩土地，哪个人是什么性格，哪块地是什么土质，他都像知道自己的手纹一样清清楚楚。父亲患有严重的胃病和关节炎，有时犯病，痛得他冷汗直冒，浑身打哆嗦，可他极少为此耽误工作。

1995 年，春天棉花播种，连里制定了领导带班跟机作业制度。这天中午，天空电闪雷鸣，一会儿便大雨倾盆，当时连队跟机带班的副连长刚准备请示父亲是否停播回家，不久父亲便骑着摩托车冒雨而至，他一会儿看看地里播种情况，一会儿又看看渐渐变蓝的天空，可他还是舍不得离开，于是便说："停一会儿，但不能回家，这雨是下不长的，顶多再过一会儿就停了。"果真，十几分钟后雨慢慢停了下来。当时，父亲站在播种机上，一边观察播种机的下种情况，一边观察土地表层的湿度，直到完全正常才放心。可刚下播种机，他胃病就又犯了，疼得他直不起腰，只见他脸色苍白，双手用力按住腹部，当我风驰电掣般地将"胃药"拿到父亲面前时，他已经疼得晕了过去。

有一年春天，棉田灌水的时候，那时还没有加压滴灌，整个棉田要大水漫灌。这天晚上正赶上连队出名的犟坡地灌水，往年，每当灌到这块地，由于地势孪坡总是垮口跑水，必须重灌才能保苗。为保证棉田的灌水质量，连队就派了一名技术员带班灌水。吃过晚饭，父亲扛着坎土曼骑车就走了。等到天快亮时，有人急促地敲门。母亲开门一看：是两个浇水的夜班工人背着浑身湿漉漉的父亲站在门口。只见父亲头上冷汗直冒，浑身哆嗦不止。

两个职工放下父亲，流着眼泪告诉母亲："老连长帮我们开口子，堵口子，守埂子，忙前忙后将一块块土地全都灌好了。就在刚才，他站在渠埂上帮我们堵住缺口，胃病突然发作，一头栽进了渠道里。当我们手忙脚乱地抱起老连长时，他就这个模样了。"

母亲赶紧将父亲扶到床上，喂了药，灌了姜汤，他才慢慢好转过来，气得母亲不知对他说什么才好，可父亲却对着母亲温厚地憨笑起来。

为了不影响连队的工作，父亲欠下了多少亲人的情和义。那是河南老家发大水的那年，一天，家里突然收到一封从老家发来的"家中遭灾，父病危，火速回归"的加急电报。母亲拿着电报，什么也不说，只是看着父亲，父亲坐在沙发上想了半天没吭声。

第二天早上，父亲突然拿出 500 元钱对我说："去团部给你舅汇钱去。"我接过钱，惊讶地看着父亲，又看着母亲说："怎么，姥爷病危，你们就不回去啦？"母亲只是含着泪水看着我，最后才说："你爸说不回去就不回了，家里受灾，有党和政府，我们回去也不济事。"于是，我什么也没说，骑车便到了团部。后来，舅舅来信责备父亲和母亲："为什么父亲临死前都不回家看看，真是无情无义。父亲临死前还念叨着姐姐的名字。"父亲看着信，什么也没有说，两行热泪便流在了纸上。母亲在一旁默默地流着眼泪，默默地在姥爷的照片前放上两朵小小的白花。

这就是我的父亲，心牵着全连几百号人的父亲，一生虽受亲人的责备，但却得到全连职工的敬重。

这年父亲去世时，正赶上天降大雨，载着父亲棺木的拖拉机由于路滑不能直达墓地。全连几百号职工硬是相互交替着用手抬着父亲的棺木踏着泥泞，前行了近千米路程将父亲安稳地送到墓穴。看着那么多人冒着大雨用一只手抬着父亲的棺木前行，我的眼泪比雨水还急，以往对父亲的埋怨和误解一下消失了，心中一下升腾起一种骄傲和自豪的感觉：父亲，你看见了吗？我为你骄傲，为你自豪。

春华秋实，四季更替。如今，父亲早已离我而去，而他那种为民服务、爱岗敬业的精神还在鼓励着我，他用一生的事迹感染着我，激励着我这个兵二代一往无前，奋勇向前。

我的第一张彩色新闻图片

韩峻

20 世纪 70 年代，物质匮乏，对于大多数人来说，学习摄影是奢侈的。

那时黑白胶片不仅价格较贵、不易保存，而且洗印工艺复杂。后期的创意、制作、放大、显影、冲洗、定影、烘干、上光全部为纯手工制作。洗印出来的同一幅作品没有完全一模一样的，件件称得上"绝版"。从事摄影工作的人既要具备艺术家的天赋和悟性，又要具备工匠精益求精的韧劲，还要具备一定的文字功底。因此，在当时，对学习摄影的人要求是非常高的。

我是生在兵团、长在兵团的第二代兵团人，良好的家庭教育使我从小就显示出艺术天赋和勤奋执着的秉性。

1978 年，正值改革开放，父母给予我大力支持，利用假期，千方百计地为我联系美术教师和摄影老师进行指导。功夫不负有心人，我的美术作品《把青春献给新团场》入选农垦美术展览。同时对摄影及暗室技能也有了自己理解。在临近我高中毕业时，父亲把购置日立牌电视机的钱，托人在上海买了国产经典海鸥 DF-1 135 单反相机送给我。这是我拥有的第一架相机，在当时的同学圈里引起了不小的轰动。

1980 年初，由于我具备良好的美术功底，对摄影技术有了粗浅的了解，有幸被选中在团场从事宣传工作。作为宣传员，在搞好会场布置、会标制作、橱窗展览、海报绘制的基础上，我开始接触新闻摄影。

当时，正赶上中国农垦摄影鼎盛期的末班车，在兵团这个火热生活的大熔炉中，我受到不少摄影前辈的言传身教，并在单位的安排下外出学习。平日里，不论天寒地冻还是烈日酷暑，我常深入到田间地头去追逐光影，捕捉一个个生动的镜头。回到暗室后，全身心投入制作，经常一干就是一个通宵，废寝忘食、乐此不疲。通过学习和实践的磨练，我的新闻摄影和相片洗印制作技巧也日渐成熟。我制作的幻灯色盲片曾参加农垦系统的交流。

1980 年 9 月，改革开放初期，市面上各种现代化的商品让人眼花缭乱。

一天，我高中时期的一位同学将他亲戚从香港带来的一卷 135 彩色胶卷交给我，让我帮他拍摄全家福，出于职业习惯，我敏锐地感觉到这卷胶卷非同一般。此前，我一直用的是公元牌黑白胶卷和幻灯色盲片，这是我平生第一次见到彩色胶卷，还是进口的"柯达"彩色胶卷。为了慎重起见，我反复阅读说明书，仔细斟酌，筹划如何将彩色胶卷发挥到极致，构思 36 张每张都拍些什么、如何拍，这是我摄影"生涯"中第一次遇到使用胶卷的难题。

那时，我真把彩色胶卷当成宝贝了，拿在手里一直舍不得用，为了不和其他摄影采访活动产生冲突，根据同学的拍摄要求，我专门制定出拍摄全家福的计划，在一个多月的时间里，一次照不完，就把胶卷从相机里退出来，下次拍时再装上。

终于，一个多月后，同学的全家福拍完了，还剩余 2 张胶片，同学说由我处理，我如获至宝，筹划拍摄一张彩色新闻片。当时各地集邮文化活动很盛行，我选好主题，按下了作为新闻片的第一卷彩色胶卷的快门，拍摄了《集邮从娃娃抓起》的新闻片。

当时，国内还没有冲扩彩色照片的能力，我同学又将拍摄完的彩色胶卷交给他的亲戚，由他的亲戚带回香港的彩扩店冲洗。两个多月后，扩印的照片从香港寄来了，我看到自己拍摄的第一张彩色新闻图片，激动了好几天，由衷地感受到彩色照片带来的视觉震撼。遗憾的是底片没有寄回来，于是这张彩色新闻片留作了我"永恒"的纪念。

我作为一名新闻摄影爱好者，经历了黑白胶片时代、彩色胶片时代、数码时代。尤其是进入数码时代后，摄影不再是奢侈品，每个人都成了操作自如的摄影师，拍的彩色照片更是不计其数，利用各种软件制作出的照片，更是美轮美奂，令人眼花缭乱。

参加工作以来，虽然工作多次变动，但我对摄影艺术的追求始终没有放弃。利用业余时间搞创作，将手中的相机对准农垦，通过细心地观察、心灵的感悟去发掘时代、社会、生活本质并捕捉有艺术价值的光影瞬间。我的一张张反映二师铁门关市三十一团生态林的作品《胡杨·水·生命》入选中国第 15 届国际摄影展；反映二师铁门关市关注华山教师民生的作品《工地画卷》入围第 26 届中国摄影展，走进国家最高摄影艺术殿堂；组照《老军垦的"屯城戍边"梦》和《兵团摄影工作者，要立足兵团、担当的责任》在中国摄影家协会网刊发后产生了影响，见证和记录了兵团的不断进步和团场职工生活质量逐步提高，也记录下自己成长为中国摄影家协会、中国民间文艺家协会双会员的足印。

闲暇时，每当翻看自己拍摄的第一张彩色新闻图片时，都能勾起我对那段往事的回忆，那熟悉的环境和场景，一次次浮现在我的眼前。那看似不经意地拍摄，却让人割舍不断，永生难忘。也正是那些年扎实的摄影历练，为我今后的摄影创作打下坚实的基础。

每一个在兵团奉献过青春的摄影人，都不会忘记激情燃烧的岁月中那"第一张"或"第一次"，它们如同生命的一部分，深深镶嵌入摄影人的血脉。

第三章　难忘岁月

长在十八团渠边

陈耀民

十八团渠是引自孔雀河并流经库尔勒市区北部的一条人工修建的渠。

1950年9月15日，为使刚刚解放且百废待兴的新疆尽快转入经济建设中，在王震将军的亲自指挥下，中国人民解放军二军六师十八团的1300多名官兵，肩背钢枪，手拿坎土曼，在亘古荒原上摆开了兴修水利的战场。官兵们爬冰卧雪、风餐露宿、吃冻窝头、喝冰雪水，用短短8个月的时间建成了一条宽8米、深4米、长38公里的引水渠。

1951年5月15日，引水渠正式竣工通水。为纪念十八团官兵们的壮举，引水渠被命名为"十八团渠"。

那时候，我家就住在十八团渠边，出了院门一拐弯就到。20世纪六七十年代，十八团渠是从巴州四运司（当时叫"库运司"）、库尔勒公路管理局（当时叫"养路段"）家属区北侧流淌下来的，流经工模具厂（全称"新疆工具模具厂"）。

1965年，新疆工具模具厂建厂时，在十八团渠靠近厂家属区一侧的堤岸上种植了几排白杨树和沙枣树苗，还专门在渠边建了一座水泵房，定期往上抽水，用来浇灌林木。由于有专人管护，所以这片林木长势良好，在渠边形成了一条长约两公里、宽约30多米的绿化带，郁郁葱葱、生机盎然。

因为住在水渠边，自然离不开游泳。从五六岁开始，我便和一帮小伙伴跟着大人在渠里泡水玩，很快就无师自通地学会了游泳。

那时候，每年初夏，我们这些孩子就会背着大人偷偷下渠游泳。五月的渠水，依旧冰冷刺骨，我们被冻得直打哆嗦。盛夏的时候，我们几乎是每天必游，中午、下午放学后就不用说了，就连晚上也不放过。借着淡淡的月光，趁着四周无人，我们快速脱个精光，"噗通"一声跳下水，不慌不忙地游上好几个来回。直到身子都凉透了，这才回家睡觉，别提有多凉爽了。

记得有好几次，天空一边闪电、一边下着大雨，我们照游不误。在混合着雨水的渠里游得不亦乐乎，每次都是挨大人一顿臭骂了事。

那会儿，除游泳外，在十八团渠里钓鱼捞鱼也是我们最开心的事儿。那时的十八团渠沿渠边有许多凹进去的小水坑，形成一个回水区，时不时有一些小鱼在此歇脚，便成了临时的"鱼窝子"。经常有大人在这儿钓鱼，鱼很多，不一大会儿就钓上来一些巴掌大的小白条和小鲫鱼。那些被钓上来的、装在铁皮水桶里的鱼儿，引得我们一个个不由伸长了脖子，羡慕地围着看个没完。

一天中午，我偷偷从爸爸的渔具盒子里拿出了一只小鱼钩，从家里的竹扫把上拆下一根竹条，将一截约 2 米长的缝衣服线牢牢绑在鱼钩的尾柄上，系在竹条前端，然后在离鱼钩几厘米处的缝衣服线上拴一块小石子。就这样，一支没有鱼漂的"土鱼竿"就制作完成。

我兴冲冲地拎着"鱼竿"来到离家最近的一处小水坑旁，将黄豆大的白面粒儿挂在鱼钩上，迫不及待地抛到了"鱼窝子"里。"鱼竿"刚下到水里不一会儿，只见竹条的前端猛地往下一沉，一股拉力从水下传来，我急忙向上提竿，一条活蹦乱跳的小白条便被拉了上来。初次钓鱼就旗开得胜，我那个高兴的劲儿，简直无法形容。为了抓鱼，有时我还跟同学一道用铁质的纱窗做成渔网，在渠边的浅水区里捞鱼，幸运时还真能捞上几条小鲤鱼呢。

现在回想起来，我童年、少年、青年时期的快乐生涯，几乎与十八团渠分不开。

秋天，我们在渠边的沙枣树上摘沙枣吃，一个个兴致勃勃地爬到高高的白杨树杈上掏鸟窝。上学路上，我们常常在渠边的大堤上掏个洞，捡一堆干柴，把洞烧烫后，扔进去几个土豆（当时叫洋芋），然后几脚把洞口踩塌，再用土把土豆埋起来。等到放学回来后，再将已经焖烤焦黄、软烂的土豆扒出来，拍去灰土，顾不上烫嘴，两三口就下了肚，那味道，简直香死个人。

冬天，十八团渠就成了我们天然的滑冰场。我们在厚厚的冰层上面滑爬犁、滑冰刀、抽老牛（陀螺）、溜冰坡……一不小心就摔个四脚朝天，一个个还忍不住大呼小叫地，玩得热火朝天，开心极了。大冷天都能玩出一身汗来，根本不知道啥叫冷。

1984年，十八团渠改建为水泥板砌成的防渗渠后，渠壁光滑、水流湍急，人一旦下去就很难再爬上来。打那以后，我们就再也不敢到渠里游泳了。后来，我家搬到了离十八团渠十几公里外的新居，从此就很少再去玩了。

1991年5月，新疆生产建设兵团第二师在库尔勒市城区天山路、铁门关路交汇处的十八团渠的渠首处，建成了十八团渠暨军垦英雄纪念园，以此缅怀军垦战士特别能吃苦、特别能战斗的工作作风和精神。纪念园占地8834平方米，园中矗立着一座高18米的纪念碑，碑身两侧各镶有一幅铜铸浮雕，生动展现了当年军垦战士一手拿枪、一手拿镐，保卫边疆、建设边疆的风采。

在碑身正面的大理石基座上，镌刻着王震将军在十八团渠建成40周年时的题字："中国共产党领导的解放军战功和建设社会主义胜利万岁！"碑身另一面雕刻着王恩茂同志题写的十八团渠简介。从1994年起，纪念园移交库尔勒市管理，成为巴州、库尔勒市一处开放的爱国主义教育基地。2019年，第二师对纪念园进行了翻新修缮。

1950年，十八团渠最初的设计建设方案是灌溉农田10万亩，远期将增加到33万亩。建成通水以来，第二师先后对其进行了3次大规模的改扩建。目前，已经形成了68公里的主干渠，年引水量达3亿立方米，灌溉着第二师二十八团、二十九团、三０团及沿途的库尔勒市恰尔巴格乡、上户镇、兰干乡的50万亩良田。

73年时光荏苒，73年斗转星移，如今的十八团渠，一如既往造福着"屯垦戍边第一渠"两岸的人民。这条渠也真实见证着兵地亲如一家、融合发展、共同繁荣的光辉历程。

我的集邮梦

谭三强

关于我的集邮梦，还得追溯到 20 世纪 70 年代。

一个暑假的上午，阳光灿烂，我们几个初中生在焉耆县永红桥头附近居住的一位上海支边青年老师家里，第一次看到了一本集有花花绿绿、图案各异、大小不一邮票的集邮册。尤其听老师讲着那一枚枚邮票所承载的故事，对这么多的精美邮票产生了特殊的好感，有了向往。

那时，人们除了《毛泽东选集》《毛主席语录》和八个样板戏，极少能看到别的文化产品和书籍。就是在这样的情况下，突然目睹了这么多奇异的邮票的我，好像一下闯进了"大观园"，怎能不让人心中鼓荡起追梦的风帆？何况那正是一个充满梦想的年龄和季节。回想当时的心情，那么冲动和新奇，既对一切新邮充满期待，又对记载了远去历史的"纪"字头、"特"字头的邮票有一种强烈的怀想，这种感觉甚至不亚于人们对宇宙起源的求知。

时光飞逝，转眼就到了改革开放的年代，一股清新的风迅速从沿海刮向了内陆，那就是群众性集邮活动在校园里悄然兴起。那年我带了一个高中毕业班，临毕业前，有个同学把收藏的 100 余枚零散邮票连同集邮册送给了我，我也回赠了她一只带盒的钢笔。从此，我真的就开始了长达 20 年的集邮逐梦史。

这些不同年代的邮票，曾经一度丰富了我的精神世界。

当时，新邮票发行量很少，只有加入集邮协会的会员才能凭资格凭证购买。那就是一个一切凭证购物的年代。物以稀为贵，为了能及时购买到新的邮票，人们竞相创造各种条件加入协会。可是，当时新邮票的奇缺，还是使得许多兵团人一票难求。

一次偶然的工作机会，使我与巴州集邮协会的前辈们有了一点接触。可面对集邮收藏老师我还是一筹莫展，因为我认识人家，人家并不认识我！好在职业的使然，使我侥幸拿起了走进巴州集邮协会的"敲门砖"——经常给他们的《楼兰邮声》即后来的《巴州集邮》投稿，这才终于打动了他们。令我感到庆幸的是，最先认识的集邮老师就是当时的巴州党校书记、副校长、州集邮协会副会长孙兆华，州人大财经委主任、州集邮协会副会长金少卿，州邮票公司经理周广勤等。

对于集邮的热爱，一度让我上了瘾。

经多方努力，为加强精神文明建设，提高人们的文化修养和鉴赏水平，在师党委领导和州集邮协会的指导下，二师集邮协会终于成立了。据《巴州集邮》的记载查证，那一天是 1996 年 7 月 12 日。这是个令人欢欣鼓舞的日子，协会在师机关二楼召开了第一次代表会议，会议选举产生了第一届理事会，师原纪委副书记罗志华当选二师集邮协会第一任主席。有意思的是，可能当时自己工作还算积极又充满激情，加上集邮前辈也需要一个跑腿的，经前辈举荐，我也就有了一个秘书长的"官职"，这也可能是个人发展史上第一个带"长"的官，还有自封之嫌。

令人十分激动的是，巴州集邮协会的孙兆华、金少卿、周广勤代表巴州集邮协会到会祝贺并赠送了牌匾，副会长孙兆华同志致了贺词，二师党委常委、副政委黄奇龙在成立大会上讲了话。

协会成立后，当年秋天就举行了二师第一届"鸿雁杯"邮展，并在华山中学又成立了师集邮分会。1997 年 12 月 4 日至 6 日再次举行了第二届"鸿雁杯"邮展，这次又多了一些展品，有 30 部集、480 个贴片。

随着时代的发展，大量物资和商品的出现，让当今社会又多了许多时尚和潮流，不，甚至还没有来得及时尚流行，时尚就已经消失了。因为时尚尚且需要有一个时间段盛行，但当下时代飞速的变化和嬗变已经来不及让一个个时尚找到它的落脚点。如同我们面对一架失速的电影放映机，视觉还停留物像上，可大脑已经跟不上胶片运转的速度，一切都眼花缭乱了。无论怎样，集邮，就是一代人曾经走过的路。

父亲的战友陈老伯

张万平

父亲的战友陈老伯，性格耿直、刚烈，叫陈云，是 1910 年出生的，比父亲大 9 岁，是父亲一生中最好的一位朋友。他俩都是西北野战军二军六师十七团的战士，今天的二十一团人。

记得我很小时候，听陈老伯经常说，我这个陈云不能和中央的陈云相比，我只是个普通老百姓。

父亲和陈老伯在一起，就像亲兄弟一样，无话不说。陈老伯非常仗义，他所拥有的"义气"，不是今天社会上的人们在酒桌上谈论的哥们义气，而是一种在枪林弹雨中凝结成的可以生死相托的"义"气。

病房中的"义气"

记得 20 世纪 70 年代初的一个冬天，父亲生病住了院，那次病得很重。

当陈老伯知道父亲住院的消息后，立刻赶到医院看望父亲。当时的医院条件很差，病人要自己生炉子。父亲住院时正值冬末。病房里，院方供给的煤炭只剩下碎面了，因前期住院的病人早已把块状煤炭烧完了，剩下的碎面煤根本烧不着。病房里温度很低。陈老伯见状后，就让儿子把在锅炉房外面捡来的二炭送来，给父亲取暖。那时都是单位分煤，谁家都没有多余的煤。本来二炭是陈老伯让儿子捡来留给自家取暖用的。看到父亲，他毅然决定先给父亲用。待父亲的病稍好些时，陈老伯看父亲一个人在病房里寂寞，又把自家的台式收音机送到病房里来给父亲听。那时的收音机可是个稀罕物，并不是家家都有的。一台收音机就是家里的一个大物件，谁家要有一台收音机，一家人都很自豪。

记得父亲病好后很长一段时间才把收音机还给陈老伯家。他们那种情谊真正是有福同享、有难同当的战友情谊。

天山中的一顿午餐

陈老伯一生没有什么功名，但是有一件事情他经常讲给我们听。

大约在 1951 年春夏之际，陈老伯所在的部队进天山剿匪。当时为了追击乌斯曼一伙残余土匪，部队轻装追击，连炊事员都没带。到了中午，部队追击到了天山深处，四处渺无人烟，部队吃饭成了问题。战士们带的粮食没法做。陈老伯身上带了把十字镐，这时，他便对十字镐动起了脑筋。见天山上的岩石都是片状的石灰岩，他就立即找了块稍平展的岩面，试着用十字镐看能不能劈开。没想到一试还真行，他就劈开了一片稍大些的，用几个石头一架，在底下烧火，权当平底锅用了起来。接着他又劈开一片，当起面板，就着泉水和好面，开始烙饼，不一会儿，全班都吃上了在石板上烙熟的热乎乎的饼。这时正在发愁的营长也发现了，一看这办法好啊，于是让各班班长都到陈老伯这儿来学经验。最后全营都是用陈老伯的办法做了一顿午餐。

1994 年陈老伯去世了，1996 年父亲也去世了，但他们之间的战友情谊却成为我记忆中一段经常回放的珍贵的历史资料。

农场的镰刀

黄闻声

五月下旬，头茬儿苜蓿就可以开镰了。

苜蓿之前还掐嫩尖食用，这时候就是烧汤，因为粗糙也已经没有了鲜味儿，只能割了喂牲口。于是那些挂在墙上落了厚厚一层土，或是和旧坎土曼堆在一起已经有些生锈的镰刀，重新被主人找出来，用半晌的时间，打磨一新。

当地有些少数民族牧民喜欢使用的镰刀，和我们团场使用的镰刀不太一样。首先是镰刀开口大小、方向不同。我们使用的镰刀形状似初五以前的月亮，镰刀片窄且开口向内。而他们的似初十的月亮，镰刀片稍宽开口略向外。其次，他们的镰刀是那种长把子，人直立着便可使用，而我们使用的是短柄的，需弯下腰来用。

后来发现其实只是用途不同，在广袤的草原上，那种长柄的镰刀更能发挥其作用。那些挥舞镰刀的牧民像挥动长鞭一样自如，草原在牧歌声中变成了一片片收获过的庄稼地。

我的父辈们则用惯了短把子的镰刀，他们在田边地头、在沟渠上、在果园里，把头深埋于草丛，看不到他们怎样挥动着镰刀，只看到他们眼前的草一丛丛倒下。不仔细看，还以为是一只埋头吃草的羊或者毛驴。

由于镰刀离我们的身体很近，常常会有意想不到的事情发生。每年头一回使用镰刀，都会有那么一两次小意外。头一茬苜蓿开花时节，团场人刚换上短袖衣衫，如同刚迎来惊蛰的一棵树，还需要春天的一个炸雷唤醒。

满眼紫色的苜蓿花总是开在百花争艳之后，没有多少诱惑，却也别开生面。人还有些慵懒，僵硬的身体不那么灵活，手上似乎还没有轻重。于是，有时候镰刀更像一把来历不明的凶器，可能在四肢的任何部位留下刀口。一阵剧烈的疼痛令农场人身体真正走出了冬天的木讷。那疼不是尖锐的，是从皮肤瞬间直达心尖。通常不会太严重，用手帕裹住伤口，坐在田埂上歇会儿，算是对自己的一种抚恤。

忙碌一个春天，终于给了自己一个驻足的理由。

不远处，几只鹌鹑扑棱棱地从苜蓿地里飞起。有人忽然想到它们的巢穴，便拾起扔在地上的镰刀，朝着它们刚刚飞离的地方走去。也许只能找到几根羽毛，本来也就没有期望更多的发现，只是一下子就有了儿时的好奇心，甚至清晰记得曾经的一次巨大收获——一个藏着七八枚蛋的鸟窝。

那一刻的喜悦突然又回到身体里，所以尽管此时此刻一无所获，仍然有一种快意洋溢在身边。如果真的又是一次儿时那般的重大发现，当然不会将鸟窝全部端走，只是将鸟蛋打碎或煮熟了分而食之。或是蹲在鸟窝边上，小心翼翼地观察一番，然后用镰刀背拢一拢周围的苜蓿，将鸟窝尽可能隐蔽起来。重新坐在田埂上，心里依旧惦记着那窝鸟蛋，担心会有什么不测。待重新下地弯下腰来，左手攥住了一大把苜蓿，这才想起那鸟窝就要藏不住了。又直起腰来望一望那个方向，竟不知如何是好？

最后，那片举着倒茬的地里终究留下一片苜蓿，就一直那么长着，老的牲口闻闻就走开了，不愿啃食。

有时整片苜蓿地里（当然是首次播种的），还会留下几棵油葵或者麦苗，那通常是播种机在播过别的作物后残留下的。这些另类往往长势不会很好，因为它们要适应苜蓿的生长环境，苜蓿施肥浇水的时间显然和其他作物不同。于是割苜蓿的人对幸存下来的两三株油葵、小麦不由得手下留情，因为总觉得它们是一个奇迹。即便怀着一种好奇心把它们留下，心里还是想看看它们最后的结局，究竟能不能结出黄灿灿的葵花盘子，或者饱满的麦穗，甚至期望长成一个新物种。

锋利的镰刀绕开了它们之后，于是苜蓿地就另有一番景象。如同一幅原本空旷而没有看点的风物画，被赋予了生命的主题。天空、田野、大地都统统成为背景，为一窝鸟遮风挡雨已经开花的一撮老苜蓿，以及风中剧烈摇曳的麦穗，还有孤零零的葵花盘子，是那么的生动耀眼。

镰刀是父辈们常常不离手的一件重要工具，他们把镰刀夹在腋下，或是挂在肩的一侧，看上去很是危险。只见他们一边卷着莫合烟，一边哼着地方戏就下地了。这个场面可以是在早饭后，通往田野的小路上；也可以是在正午过后，烈日灼人的乡间公路上。

无论是麦地、苜蓿地，还是果园、沟渠上，最后都被镰刀一遍遍地刷过。

有了化学除草剂和割草机之后，镰刀被挂在工具房的墙上，或者某个犄角旮旯，最终成了历史。

机械作业与镰刀收割相比，根本无法区别苜蓿和其他植物，也无须区别得那么清楚，只见它们把混合在苜蓿里的小麦和油葵一起粉碎，在根本不知情的情况下，也将鸟巢轧毁。机器作业过的田野，只有长短一样的植物倒茬儿。轰鸣声后，它们把一切都收割，不光是种子，偶尔还有撒落田间并顽强生长的小麦、油葵，还有连同镰刀主人对鸟蛋的担心，还有每年头一次使用镰刀留在手上的伤口……

机械作业过的田野，更像工厂加工出的零件，千篇一律，劳动过程的程序化，也结束了在劳动中产生的爱情故事。比如当年父亲和母亲的爱情，就是从母亲为父亲包扎镰刀割破的伤口开始的。当然，爱情故事是不会因镰刀的消失而终止的，只不过少了许多有意思的开始。

一份"小半斤"

张靖

说起小半斤，大家都一头雾水，不知道"小半斤"是个啥东西。原来"小半斤"是当地的一种菜肴，准确地说就是：半斤羊肉炒粉条。

提起小半斤，这里就不得不说说渤海教导旅老兵孟庆生的婚姻故事。

1951年，国家号召八千湘女上天山，一群从湖南来的女兵分到了二军步兵六师十七团三营。在这里，孟庆生见到了美丽善良的姑娘潘亚良。虽然孟庆生也早已到了恋爱的年龄，可相比较那些三四十岁的老兵来说，孟庆生还只是一个小兵。年纪小，又是一名卫生员，并不符合谈恋爱条件，虽然两人彼此有好感，但却并没有建立恋爱关系。直到有一天，孟庆生从卫校学习回来，两个人才真正明确了恋爱关系。

1956年，孟庆生被调到二师乌什塔拉农场。作为他的女朋友，潘亚良也跟着调到了农场。这时，年满26岁的孟庆生和年满22岁的潘亚良，虽然已到了结婚的年龄，可两人并没有把此事放到议事日程上。此时的兵团建设正在如火如荼进行中，两个工作积极上进的人，根本没有时间考虑自己的终身大事，而是把所有的时间都投入到火热的团场建设中去了。

老这样下去怎么行？眼看农场一部分人就要被抽调到塔里木团场工作，而孟庆生这对小青年正是此时调动的人员之一，于是政委赵威武不得不主动出面撮合了。

政委赵威武是一位幽默诙谐的领导，当找到这两个小青年后，他直接开门见山地问："两个人恋爱这么久，咋还不结婚啊？"

"我们还想为团场建设多出把力！"两个愣头愣脑的人，还异口同声理直气壮地回答。

"这叫什么话，难道结了婚就不能再为团场建设出力了吗？"赵政委暗想，话不挑不明。

"我们还想再等等。"

"结吧，再不结婚都老了！"赵政委再也忍不住了，直截了当地说。

一番催促，说得两个人都不好意思起来，既然领导都发话了，再说两人一直都是情投意合的，正是结婚最好的时机。事不宜迟，既然已经决定结婚，而且也得到了领导的批准，那么结婚的事说办就办。

虽然团场成立已经有些日子，可团场并没有民政机构，这就意味着要想结婚，就必然要到乌什塔拉去办理。乌什塔拉虽说离团场很近，只有二十多公里，可这二十多公里根本没有路，不是草丛，就是沙包、沼泽，十分难走。再说20世纪50年代根本没有什么交通工具，最简单的就是11路——自己的两条腿。

这天是3月16日，这对于别人是个再普通不过的日子，而对于孟庆生和潘亚良来说，却是个极有纪念性的日子。

天刚蒙蒙亮，大地还笼罩在朦胧之中。一大早，两个心情激动的小青年便出发了。一想到两人恋爱了这么久，终于有了结果，两个人都觉得很开心，再远的路也不怕！二十多公里说长也不长，可两人还是走了整整一上午，走到地点时已经快中午了，幸好办事人员在，还没下班。

接待他们的是一名蒙古族干部，见两人走得满头大汗，听说他们从这么远的地方赶来，立即为他们办理了结婚手续。

拿到了结婚证，两人这才觉得又累又饿，谁都不想再继续往前走了，于是决定到街上吃顿饭，庆贺一下领证成果。

乌什塔拉并不大，从东走到西，就一条街。而且整条街只有一个饭馆，饭馆里只有一道菜，菜的名字叫作"小半斤"，意思是半斤羊肉炒粉条。还有一个叫"大半斤"，还是羊肉炒粉条，可里面的羊肉却多了一倍。"大半斤"自然吃不完，而且钱也多出一倍，于是两个人决定就吃上一个"小半斤"。

人逢喜事精神爽，这"小半斤"味道还真不错，再加几个油塔子，两人吃得有滋有味。吃饱了还不行，既然结婚了就得破费破费，于是两个人又买了两公斤糖、两条烟，这才离开了乌什塔拉。

事后，两人都觉得这个"小半斤"还真不错，似乎还没有吃过瘾，没吃过瘾就接着吃，没想到这个小半斤竟一吃便吃了65年。而且这个"小半斤"轻易不吃，而是每年只在结婚纪念日那天才能吃。

孟庆生是个不善言辞、沉默寡言的人，平时话极少，极少向外人表露自己深沉的情感世界。而这么一个讷口少言的人，却也有自己的小浪漫，他非常疼爱自己的妻子，平时把所有的爱都深藏在心里，只有到关键时刻才表达。每年3月16日结婚纪念日时，他一定会亲自下厨，给妻子炒一个"小半斤"，而且味道和在当年饭馆所吃的一模一样，然后俩人面对面地坐在那里，吃着"小半斤"，温习着当时领结婚证时的激动心情。

65年过去了，这个"小半斤"成了夫妻俩最温馨的记忆。无论世界如何变幻，外面怎样风吹雨打，每到结婚纪念日，夫妻俩一起吃"小半斤"这个规矩从未破过。然而，就在2021年3月16日，躺在床上的孟庆生却再也没法起身给妻子做"小半斤"了。当妻子贴着脸，问他要不要再吃一个"小半斤"时，他只能艰难地摇摇头。没过多久，孟庆生便带着不舍离开了人世。

执子之手，与子偕老。对于这个家庭来说，"小半斤"不再是一道普通的菜，而是60多年来，夫妻俩一直恩恩爱爱、风雨相守的见证，无论经历怎么样的风吹雨打，两人始终坚守如一。

十二天的风雪考验

王圣葆讲述　于飞整理

50年弹指一挥间。随着岁月的流逝，有的人已匆匆闪过，有的事已烟消云散，有的记忆已被磨成碎片，唯独这件事、这些人却深深埋在我心底，几十年难以忘怀。因为这些战友和我一起经历了一场整整十二天的生死考验。

见到王圣葆老人，他讲起了有关十二天风雪考验的故事，讲起了那段不为人知的往事。

奋战四天四夜把牧草送到灾区

那是1988年2月初，新疆连日普降大雪。我所在的第二师二十二团位于天山巴音布鲁克草原上的冬季牧场，也被50余厘米厚的积雪覆盖。天地间白雪皑皑、茫茫一片，那些被困的牦牛、马羊等牲畜几天都啃不上一口草，面临着死亡的威胁。

灾情就是命令。

2月4日，二十二团党委立即抽调16辆大型拖拉机装载了3.8万公斤草料，安排两辆大卡车分别装载上推土机和取暖煤炭，接着又安排团畜牧科、机运科、兽医站等部门分两批进山，共同抗灾保畜。

与此同时，在距离二十二团70公里外的二师师部（库尔勒）开会、时任副团长并分管二十二团畜牧工作的我，考虑到这次任务的艰难性，立即向二师会务组请假连夜返回二十二团团部，替换畜牧科周荣仁科长承担起救灾总指挥的责任，于2月5日凌晨带领第一支抗灾队伍启程奔赴

137

灾区。

时间就是生命，救灾就是战斗。

车队开了约三个小时后挺进到206省道"130公里"处的"猛进道班"。来到当地，只见前面公路完全被厚雪覆盖，车辆无法前进。

怎么办？救灾物资送不过去就意味着被困的牲畜面临死亡。

必须用推土机推雪开道，在"猛进道班"的帮助下，车队缓缓地前进了60公里终于到达"191公里"处的草场便道路口。然而要到山区畜牧二连队部驻地还有11公里路程，怎么办？此时夜幕降临，天色渐黑，积雪很厚，草原上的便道非常难走，车队由推土机开道缓慢行进了4公里才到了扎克斯台河边。

此时，夜晚气温降到了零下40多摄氏度，推土机也开不动了，一动不动地趴在了雪地里。而奋战了整整一天的21名救援人员也已筋疲力尽。

可时间紧急，灾情不允许我们有片刻的懈怠！

那时没有通信设备，我只能派人派车连夜赶回二十二团，请求再拉一辆推土机和8辆拖拉机立即进山。接着我又派比较熟悉山区情况的蔡伯君医生前往牧区畜牧二连队部，通报抗灾队伍被阻情况。谁知这区区7公里雪地竟然让他连滚带爬走了8小时，脚趾头也被冻坏了。

办法总比困难多。我们留下来的人连夜用铁牛机车头拱雪，用铁锹挖雪，凭着直觉一米、二米地向畜牧二连队部逐渐推进。此时，冰雪路非常滑，车一不小心就会掉入路旁的雪坑，如果掉进雪坑，只能用其他机车甚至二三个机头挂上钢丝绳把车拉出雪坑。就这样在这前不着村、后不靠店的雪地里，我们靠几把铁锹轮换挖雪艰难开路，靠着随身带的仅有的一点干粮苦战冰雪。

第三天，第二批8辆装载牧草的拖拉机和装载推土机的卡车终于到来了，一来就立刻投入了开路的战斗。

然而这台推土机根本经不住严寒，还没怎么使上劲就趴下了。没办法，我们只能继续用人工挖、车头拱。靠着这种原始的办法硬是在天寒地冻的高山草原雪地上拼搏了近四天四夜，终于走完了剩下的7公里，把14车牧草终于送到山区畜牧二连队部。

当大家在房子里围着火炉享受山区牧工递上的热腾腾的饭菜时，心中顿时涌起了战胜雪灾的胜利与喜悦，将这几天经历的艰难困苦都抛到了九霄云外，大家都露出久违的笑容。再回味那艰辛困苦、与生命极限奋力拼搏的惊心动魄的场景时，大家相互开着玩笑，甚至还有个小伙子说这样艰苦的差事希望一生只遇到这一回。

按计划，原本我们休整一天后，把陷在扎克斯台河边的那两车牧草和一车煤炭弄出来，拉回到目的地，大家就可以回团部过大年了，谁知这时又出了意外。

天有不测风云

让我们怎么也想不到的是暴风雪又一次袭来，而且来势更加凶猛。

苍茫的大地上，只见刺骨的寒风挟带了大片雪花狂啸怒号，发疯似的吹开整个雪堆，把它卷入空中，肆无忌惮地横扫眼前的一切……这场暴风雪在牧场整整肆虐了一天一夜，就连房门都被大雪封死，人只能从窗口爬进爬出，而我们辛辛苦苦开辟出来的雪道又被大雪全部填埋。面对老天的无情，大家都惊呆了，继而决心一切从头再来，依然用土办法重开雪道。就这样我们与暴风雪又抗争了一天一夜，再次开辟出 11 公里的草原雪道，并把两车牧草和一车煤炭用拖拉机、千斤顶拖出深坑后送到队部。

在大雪面前，我们又一次战胜了灾难，驱车离开草原来到省道"191公里"处。紧接着，我们的卡车载着推土机，十六辆拖拉机装着那群转移下山的绵羊，而我则乘北京吉普，带这队人马浩浩荡荡在返回团场的206省道公路上行驶，完成任务的喜悦不禁油然而生。

天有不测风云。

谁料当车队才行进了二十公里开到"171公里"胜利道班时，看到路上停了许多车辆，一打听才知道前方翻越察哈努尔大阪的路段因前天暴风雪低洼地被雪填埋，汽车根本无法通行，俗称"封山"。

怎么办？我的大脑激烈地转动着，若强行通过必须把公路上低洼处所有雪坑的雪逐个清理或碾实。救灾人员加上两位牧民和他们的小女儿共55

此生不忘的面糊糊

人，要想脱离险情，可以步行配合用大衣铺路爬过一个个雪坑。那就必须舍弃吉普车、16 辆拖拉机、两辆卡车和两辆推土机，舍弃我们救护出来的 500 只病弱的绵羊，这些可都是我团 4000 多名职工的心血和财富，显然这是万万行不通的。

不管再难，大家心里只有一个信念：人、物都必须全部保住。

冰达坂的天气变化无常，如果老天爷再翻脸那后果不堪设想，只要有一个人不能平安回去，我就无法向组织和战友们的亲人交代！实在不行就再挖一次雪开路，我的心里立即有了主意。于是我们继续组织人员清道，一步一步向察哈努尔达坂挺进。虽然大家都不知道还需要几天才能走出这只有二十多公里的路程，翻越海拔 3600 米的冰达坂，但是每一个人都明白这个季节如果继续待在冰达坂上，等待人们的就只有死亡。

与死神的挑战，哪怕只有一丝希望也都值得一试。

此时，被困的还有巩乃斯林场、新源县、巴音布鲁克等地的 30 多辆车、近 200 人，同样的处境把大家的心都紧紧地凝聚在了一起。当人工清雪开始时，他们中的一些青壮年也加入了我们挖雪开路的战斗中来。

经过一天一夜的奋战，开通了 5 公里的路段。由于过度饥饿、寒冷、加上极度疲劳，一部分同志浑身哆嗦发抖，整个骨头都快散架了，体力已无法支撑下去。当我回到汽车旁，小车驾驶员狄树国递给我一小块饼，饥饿的我立即不假思索地一口吃掉了。当我得知这是狄树国仅有的一个饼而专门给我留一块时，我内心的感动无以言表。可当知道其他人都没有吃到时，就好像自己偷吃了患难与共战友的食品似的，心里难受得简直无地自容。

此时此地，我们太需要水和食物，哪怕一口水、一块饼！

此生不忘的面糊糊

就在我们离达坂向东道班还有 12 公里时，大家几经商议决定派熟悉山区情况的兽医站站长谢玉春带上推土机驾驶员何天成、李作成前往向东道班求援，留下的人员依旧轮换着用仅有的几把铁铲继续不停地挖雪开路。

当谢站长在漫过膝盖的大雪中摸爬了6个小时后，意外地出现在向东道班门口时，道班留守值岗的小伙子顿时震惊了。经过谢站长的耐心求助，终于获得使用道班推土机的许可。接着谢玉春提着小马灯边走边喊，终于也把何天成、李作成迎上，帮助他们一同来到道班。

有了推土机推雪，效率大大提高了。在推土机的帮助下，我们又用了一天一夜的时间才来到向东道班。

留在道班的谢玉春，借了道班仅有的半口袋面粉，而蔡伯君等人在达坂严重缺氧的条件下，花了大半天的时间才做成两锅面少水多的面糊糊。大家都饥饿极了，于是我开始按序分配，当分到牧工李斯学四岁的小女孩时，她很快喝完后对着母亲小声说："妈妈我饿，我还要喝！"女孩细微的声音让我眼泪忍不住夺眶而出。

这些天，那些挖雪开路的兄弟们连水都没喝上一口。由于冰雪无法解渴，为了保证所有机车受冻熄火后能重新发动起来，我采纳了机运科长刘克亚的意见，强硬禁止使用喷灯去化雪解渴。此时我们每个人都已经嘴唇干裂、脸色发乌、严重脱水。但在此时每人都端过小碗喝了就无言地离开了，对于大家给予不相识的同路人同等待遇，没有一个人有意见。看到他们，我为我的战友们感到自豪，而这半袋面粉也点燃了大家生命的火焰。

接着又传来了好消息，道班小伙子告诉我们前面到冰达坂的路估计没有问题，基本畅通。

听说可以马上翻越达坂，大家立即兴奋起来，我们十多天吃那么多苦、受那么多累都值了，我那颗悬着的心终于落下了。虽然翻过达坂还有100多公里路程，但只要几小时就可以安全到家了。车队只有樊国良拖拉机有故障不能行驶，于是我告诉他："拖拉车留在这里修理比较安全，我们回到团部后会马上送配件给你们，如果你们不能在家过年，我一定返回陪你们。"

车队继续向前行驶，令大家没想到的是，当车队行进到察哈努尔达坂跟前时，一段100多米的路段坚冰竟然被前面的几辆汽车碾碎了，而后面拖拉机、汽车都无法在此上坡路段行驶通过。

此时，情况非常危急，我们被困在零下40多摄氏度的察哈努尔达坂上。

已经是2月15日傍晚，正是全家团聚欢庆春节的小年夜，而我们却被死死封闭在达坂顶上。达坂上没有一丝风，月亮清冷地挂在天上深沉地窥望着地面，星星好像随手可摘，而家就近在咫尺。

夜晚的寂静显露出死神的狰狞，仿佛手握利剑正悄然地向我们逼近。大家默默地坐在驾驶室内，只有驾驶员在一直守着方向盘，确保发动机不能熄火，死亡正一点点临近，生命仿佛到了尽头，每个人的心情都非常沮丧。

十几天来，几十名兵团战友为了完成抗灾保畜任务正面临着死亡的威胁，望着他们我心如刀绞。生命对我们每一个人来说只有一次，牺牲的问题虽然常常被提起，但对于我们这些人来说还是觉得遥不可及的。然而，当猝不及防的死亡突然降临时，所有的高谈阔论与豪言壮语顿时黯然失色。

怎么办？我站在冰冷的雪崖上，苦思冥想各种自救的办法，但又都被一一否定。无助与无奈困惑着我。我毅然决定：万不得已只有放弃车辆和财物，先保全大家生命再说！

民族兄弟冒险救助

就在这危难之际，突然从冰达坂上开下一辆还没有装推板的推土机，我心里顿时燃起了一丝希望，立即迎上前去。

车上的两位维吾尔族驾驶员告诉我，他们是为向东道班送年前给养的，随车还带着和静县委捐助我们的几袋面粉。听到这个消息令大家十分感动，这种雪中送炭的兵地情谊真是令人十分感动，让人难以忘怀！当这推土机从道班返回时，我恳求这两位维吾尔族兄弟把所有车子拖过这段冰道。他们非常为难，由于新推土机连后灯、推板都没有安装就上路了，另外县里在等待他们回去汇报情况。我告诉他们："如果现在不帮助我们通过这段冰道，200人在达坂上过夜非常危险，如果耽误时间领导责怪你们，

第三章　难忘岁月

我去替你们去解释，没有后灯由我在后面指挥和挂钢丝绳。"

在我的恳求下，两位维吾尔族兄弟经过商量终于答应了。我知道他们也将冒着生命危险救助我们。我不忍心把劳累了十来天正在驾驶室里小憩的同志叫醒，于是，在这段冰雪路上，我来回跟着推土机后面，将一辆辆汽车挂上钢丝绳，由推土机拉出冰道。

此时，天寒地冻，寒气层层包裹着我们，严重缺氧和过度劳累使我感到筋疲力尽。当轮到拖拉我团的车辆时，我强撑着身子费力地走到机车旁叫醒谢站长，随后便倒在吉普车里不省人事。几个同志见状立刻脱下皮大衣将我紧紧地裹住，大衣带着他们温暖的体温把我从死神手中拉回。

老天不负有心人，我们终于在这寒冬腊月翻越了令人毛骨悚然的察哈努尔冰达坂！更让人欣慰的是：樊国良的拖拉机居然也在他们的努力下被修复好也赶了上来。

刚翻过冰达坂顶，只见一群人在前面。原来团党委派来周荣仁科长、曹恒义营长等同志的慰问车就在达坂这边等着我们了。当他们讲到团里对老干部春节慰问时，不少老干部说：你们不要慰问我们，你们应该去慰问上山抗灾的那些同志！

听着这一席话，再看到送来的面包、矿泉水、啤酒、点心、油料等和一些家人的物品时，几乎所有的人都感动得跪到地上痛哭不止。那是感动，那是兴奋，那是庆幸和胜利的喜悦！

车队在公路上继续狂奔，仅仅用了两三个小时便迎来了春节来临的鞭炮声，在大年夜的傍晚，我们终于回到日思夜想的团部，我们终于可以在家过年了！

进山就生病发高烧的于庆功立即被送往医院治疗。他的家人陪伴他在医院度过了一个劫后余生、终生难忘的春节。

心情激动的还有那些家人们。据说在团里的救灾人员家属因十几天没有亲人的音信个个心急如焚，多次把团领导团团围住，强烈要求向马兰部队求援，派直升机前往山区救助。而团里多次派出的车辆也都一一被挡在察哈努尔冰达坂山外。

在这十二天的救灾工作中，我们竟然经历了四次如此千辛万苦、艰难

143

曲折、饥寒交迫、惊心动魄的搏斗！每个人都经受了生与死的考验，每个人都经历灵魂的洗礼，每个人都感受到亲情的力量，每个人都体会到民族团结的温暖，每个人都受到精神的升华。在这个团队中，个人的私欲完全被无私奉献精神所代替，人性中的真、善、美得到了充分的弘扬。

在这场抗争中，我也由于那整夜在达坂冰雪地上为推土机来回拉钢绳拖车劳累过度，导致身体严重虚脱、冻伤，嘴巴乌黑发肿什么都不想吃，还冻坏了脚，整个春节都卧在沙发上，每天只能喝些稀饭。然而只要一回想起人和车都能从如此困境中安全回来，自己还能由亲人陪伴躺在家中，并得到这么多同事与职工的看望和关爱，顿时感到无比欣慰和由衷幸福。

年后，团党委在听取了我的汇报后，又经过参战人员的无记名投票和民主评议，分别给救灾团体和个人颁了奖，二师和兵团报刊对二十二团这场救灾保畜进行了报道。面对如此出色的团队，我内心感到无比欣慰。在兵团的大熔炉里，灾难面前集体主义和英雄主义都一一得到了充分发扬，人人都可以成为英雄！

如今，我已回到上海二十多年了，每当春节来临，喜庆的鞭炮声迎来亲朋好友欢聚一堂的场面时，我的脑海里总会浮起那十二天可歌可泣的经历和生死磨难，令我心潮澎湃、感慨万分。

望着美好的夜空，我非常思念那些曾经一起冒着生命危险抗击雪灾的远方战友们，在遥远的上海，祝他们一生平安！

大型农机

黄闻声

在早年的记忆中，那些笨重的农机是一种大型玩具。

放学回家后，总要穿过一片停放农机具的空旷场地，而且总有一些农机停在那里。杂草丛生中的农具，有的甚至完全被已经枯萎的植物藤蔓、茎叶遮蔽了，有的像是被芦苇刺穿了。零部件间的缝隙成为植物向上生长的通道，而锈迹斑斑的农机具看上去更像是一堆废铁。

每当我们放学经过时，一定会在这里尽情发挥我们的想象，它们往往成为我们玩过所有的游戏中最生动、最牛的道具。我们那时最痴迷的游戏是扮演战争片中的敌我双方。有了这些道具做铺垫，我们当然要玩大规模的战争游戏。小播种机被指定为步兵战车，平地机被公认是装甲车，而带有驾驶棚的大型铧犁子自然是指挥车。

每次我们都会争先恐后地钻进指挥车的驾驶棚里，充当一场战争的发动者，哪怕游戏规则的制定者将自己假定为注定失败的敌方将领，也不愿意错过驾驭铧犁子的机会。我们常常疯狂地转动方向盘和所有能转动的轮子，把这些大家伙在田野里运转的场景，用有限的历史知识想象成一场战争的实况。每当这时，小伙伴们的嘴巴里总发出机器的轰鸣声、炮弹的尖啸爆炸声、我军冲锋时的呐喊和敌军逃跑时的号啕声，不绝于耳。

小时候，我们痴迷这种战争游戏，绝不亚于今天孩子们所沉迷的"侠盗猎魔""喋血街头"之类的电脑游戏。最大的不同是我们把现实虚拟化，而他们则常常把虚拟的世界当成现实。

为了让战斗场面更加真实，有一天，我们几个小伙伴终于不再满足于那些老待在原地不动弹的农机，而是把它们从原地挪开，摆成不同的阵型。我们一个个兴奋得小脸通红，而那个庞大的犁铧子竟然也被我们推到了一片硬化了的场地上。这样，"战车""装甲车"分别在它的两翼摆开，场面很是"宏大"。扮演敌军的小伙伴们，怀着对它的敬畏，不由逼真地纷纷倒地。

正当我们的激战玩得酣畅淋漓时，一位对农机场有管辖权的中年男人突然从天而降，只见他手无寸铁地将我们全部俘虏。那会儿，他的威风不亚于我们的"最高长官"。看着一地的农机，他不仅狠狠地教训了我们，而且还把我们赶出了他的势力范围。之后，农机场简陋的围栏被一一修缮，我们这些孩子们只能远远地看着昔日的战车，重新又被停放在一堆乱草之中。

当天气渐渐转暖时，那些农机重新被人捯饬得焕然一新，接着被各型的机车拖着去了田野。在田野里，这些农机俨然成了真正的战车，一阵震耳欲聋的机声之后，只见尘土飞扬。我和小伙伴们站在地头，看着那些在烟尘弥漫的机车上忙碌的人们，竟然感到十分羡慕。在我们的眼里，那些戴着风镜、头部包裹严实的人们更像是特种兵，他们仿佛不是从事某项田间劳动，而是在操控一台具有神秘攻击性的军事装备。

我们曾经琢磨过那些农机的用途，始终也没有搞明白。至于它们其实并不复杂的零部件能够发挥哪些作用更是无从知晓，这便让我们一直对它们充满了好奇。

从小学进入中学，再进入大学，农机场上那些铁家伙也不断地更换着新面孔，而我们却始终不了解它们真正的用途，不过可以断定的是它们是一些更为先进的机器。当我们的孩子——兵三代也到了上学年龄的时候，农机场上已经很少有露天摆放的农机了，由于它们价值不菲，都一一停放进了车库。

这些兵三代几乎见不到它们的模样，而且他们也完全不关心小麦、棉花到底是怎么变成粮食和衣服的，当然也就更不去想小麦、棉花是如何种下去的。所以一次次路过已经建起围墙的农机场，当看到一扇扇紧闭的大门，这些孩子并不知道它与我们的衣食有关。如今的时代，不认识小麦和棉花也再不会被嘲笑，相反，一个热爱劳动、成绩平平的孩子是不被看好的。

这时的孩子们，不能玩我们当年玩过的游戏了，他们也不屑于那些笨重的"玩具"。因为真正的游戏时代来了，那些充满各种神奇力量的游戏装备，被他们玩得得心应手，令我们这些成年人眼花缭乱，却一窍不通。只好在指责孩子们沉迷于电脑游戏的同时，又怀念起我们当年的"叱咤风云"。除了扔沙包、跳橡皮筋、推铁环外，当然还有那些发生在农机场上的故事。

如今的孩子们似乎对一切户外活动都失去了兴趣，他们整日在电脑游戏中把智力水平发挥到极致，并从中得到乐趣，他们甚至把我们当年那些笨拙的、无需大脑思考的游戏看成是野蛮行为。

除了少数穷困落后地区，现在的孩子们上学，不用背着沉重书包奔跑在乡间小道上了，也不用穿过一片庄稼地。他们或是乘坐安全快捷的现代交通工具，或者在长辈的监护下走进校门。教室的窗户外也再看不到田野，当然也就看不到农人的春种秋收，看不到播种机怎样将小麦、棉花的种子撒进土壤，即使能看到几棵风景树，也没有了鸟的欢唱。

随着兵团不断的发展，我们的孩子都在冬暖夏凉的教学楼里上课，固然比早年的平房舒适，可是早年那些平房窗户外面有大片的果园和麦田。春天，可以看见田野里被我们当作游戏道具的播种机，如何被农人摆布；秋天，打开窗户便可以闻到果实的香甜。这小小的不同，使我们两代人的童年，甚至整个人生色彩也完全不同。

告别平房的记忆

谭三强

1978年初夏，是我们上山下乡返城后的第二年。那还是乍暖还寒的年月。

1977年的冬天，我和那个时代的年轻人一样，参加了恢复高考后的第一次考试，并且也荣幸地成为本团文理科两个预选上的考生之一。可是，在录取中因为家庭出身缘故，我没被文科录取，心里不由得感到悲伤和惆怅。直到电影《迟到的春天》上映，影片中极其相似的人物经历，有同病相怜的人做伴，我这才有所释然。

不能去上大学，当时的我，既遗憾难过，又无可奈何。只好来到建筑工地，从事着繁重而不乏乐趣的建筑工作。不承想，我就在这个工地为土木结构平房写下了最后挽歌。

当时，我所在的工一团值班连来到机械厂施工，所谓的工程就是两排职工住宅。当时的职工住宅依然是军营布局，一排一排的，像积木一样非常整齐。不知什么原因，这次施工的建筑依然是苇席屋面的平房。其实当时的焉耆地区已经开始建砖混结构的房子了，所谓的建砖混结构就是红砖砌体，屋面为槽形板盖顶。这样的房屋比先前的土木结构的房屋可结实和耐久多了，这样的房子不仅解决了下雨时屋漏的心堵，也解决了土块房屋基础腐蚀的硬伤，还解决了不能加盖楼房的难题。在新疆建设房屋，从土木结构到砖混结构的转变，真是社会的一大进步。

提到建房，这使我想起了芦苇。就是这看似不起眼的植物，在那个时代，却是最了不起的建筑材料。

一般来讲，哪里有湖泊、有湿地，哪里就有芦苇。在焉耆地区，由于相邻着中国最大内陆淡水湖博斯腾湖，芦苇资源非常丰富。在树木稀少的新疆，芦苇更显得弥足珍贵——似乎什么都离不开它，就连鱼儿鸟儿也离不开它。在水域广阔、芦苇丛生的湖里，它既可以藏身，又可以给鸟儿做窝；人类生活似乎也离不开它，可以生火做饭，可以燃烧取暖；建筑建材更少不了它，可以捆扎立柱、可以弯弓为梁。可以说离了它，当时初到新疆的人们就很难建成自己的房屋。

我至今还清楚地记得，那时的芦苇品相非常好，高品质的芦苇就像一根根修竹，光亮耀眼，不像现在的芦苇长得细软而毛糙，一看就属于生长年份不足。

那时的女工多从事与芦苇加工有关的工作。有专门捆扎"苇把子"的场地，质量差一点的就捆扎成 10 米、8 米长不同规格的"苇把子"，码放成一堆一堆的，呈整齐的等边梯形和等腰三角形。也有专门用于剥去裹在外面苇叶、划开芦苇的场地，质量好一些的就碾压成苇篾子。一头小毛驴拉着几个石碾或铁碾子，一圈一圈地碾压，还要不断地洒着水，以使苇篾子柔软下来。那几排工房是女工们编织苇席的场所，一张张光洁可鉴的长方形的苇席，就在那里编织而成。这些芦苇产品都是建设土木结构平房的必备材料，箍窑洞、铺屋面都少不了它。

虽然工地环境很艰苦，可非常开心快乐。

我至今还清楚地记得当时建筑工地上的快乐与辛苦。无论是骄阳似火，还是风雨兼程，我都以苦为乐。虽说建筑工作有一定的劳动强度，但劳动的强度是张弛有度的、人际关系是简单轻松的，那时的人们淳朴善良，工地上不俗不雅的欢声笑语总是回荡在各个作业区。

那时的劳动工具也更加简单和便捷，为了省力，会做出一把把木掀，用于往一人多高的脚手架上甩土块。男女搭配，干活不累。为了合理调节，常常一男一女两人一组，一甩一接，十分默契，有时甚至还会甩出一些花样。谈笑间，便在大工的身后码齐了材料；到快竣工时，有人筛沙子、筛土用于粉抹墙面，有人拌和加石灰的草泥，用它来上屋顶可以经受雨水的冲刷。这是一项较为繁重的体力活，时隔 40 年，我还能清晰地记得，当时挑着盛满草泥的担子是怎样腿肚发软地沿着 20 厘米宽的木架板颤颤巍巍行走的情景。看来人就是要经受锻炼的，仅半年后，我们就可以8个人抬着槽形板在3层楼高只有20厘米宽的混凝土梁上谈笑自如地进行安装了。

　　说来也巧，40年前我参与建设了职业生涯最后一栋土木结构平房，20年前我又搬出了人生最后一栋土木结构平房，住进了楼房，见证了苇席时代的终结和水泥丛林的崛起。

团场的礼堂

黄闻声

20世纪六七十年代，团场人的记忆是装在礼堂里的，它在兵团人的心里几乎相当于北京人民大会堂。

因为只要北京一开会，团场和连队很快也要开会，领导人在北京说了哪些话，团场的大小领导原原本本地念给大家听。那时几乎每晚开会，开会成了团场主要的夜生活。有时候演出队、戏班子也在这里登台亮相。

劳累一天，匆匆忙忙吃了晚饭，还来不及收拾灶台。广播里就吆喝开了：开会时间到了，请同志们到礼堂开会了……文化教员或者政治指导员的声音，和大食堂的饭菜都一个味道，没有油水但又少不了它。喇叭才关上，就有人拎着小板凳走出了家门。路过别人房前屋后时，还会吼一嗓子：走喽。从院子里或是窗户里传来一声回应：来了来了。脚步和声音一样紧凑，后面还会隐约听到三两句其他的吆喝：赶紧写作业，看好弟妹啊！一定是嘱咐孩子的。

开会时大家都抢着往后面坐，一是好开小差，二是离那个刺耳的喇叭远些。会议内容一般没有多少新鲜的，先由领导谈谈当前的工作，批评表扬一通某排某班甚至某人；然后念念文件读读报纸。

台下大都是些没有多少文化的支边青年，大都已有了几个孩子。他们的文化知识大部分是在这个礼堂里听来的。每个晚上，风雨无阻，只要礼堂那个梅花状的漂亮顶灯不断电，主席台上的文化教员和政治指导员，就有念不完的文章，讲不完的新政策。那些频繁出现的词汇和领导人的名字像输液瓶里的液体，一点点渗进他们体内。在身心俱疲的状态下，不得不接受着。

重要的是他们对世界一无所知，到在聆听国家新闻和政策时，还可以向他们的最高领导者发出自己的声音，这是他们从前没有想到的，也是与他们世代农民家庭的区别所在之一。

礼堂还是文化中心，比如冬季观看电影便在礼堂。

一场电影是男女老少都期盼的精神食粮，人们在一部电影里寻找着不同的精神安抚与快慰。那些成为经典的大多数是黑白电影，多么了不起，要被接受多少内容。一个优秀的男主角要成为孩子们心目中的英雄，同时也成为男人们的楷模，更成为女人们暗恋的偶像；而一个出色的女主角，当然要在母性十足的同时，成为女人们羡慕嫉妒的对象，令男人们夜不能寐。

无论是故事片还是样板戏，上座率都超过100%。因为礼堂的窗台上坐满了孩子，大人的怀里抱着还在哺乳期的婴儿。

人们从不会指责导演和编剧，更不会对演员的演技大发议论。不仅如此，他们还会对看过许多遍，甚至已经背下台词的电影热情不减。

如今的明星大腕儿，无论如何也不可能有那时的人气了。现在电影城的小剧场里，为一两对情侣放一个专场也是常有的事儿。

除了放电影，演出也是礼堂里偶尔热闹非凡的日子。有时候是上面来的文艺演出团体，今天叫送戏下乡，那时没这一说。戏班子为主，偶尔也有歌舞表演的。主席台背景终于换了崭新的幕布，演员的表演没有声光和高级音响做掩饰。

台下和平时开会最大的不同，是人们尽可能地接近表演者。

最前排的人几乎被挤到台子上了，武生闪转腾挪时，戏袍的下摆常常从最前排的观众脸颊上扫过。无论是戏装还是生动鲜艳的脸谱，给色彩单调的现实生活增添了无数情趣。《西厢记》里张生和莺莺、《梁祝》里梁山伯和祝英台动人的爱情故事，更让被禁欲的男女唏嘘，并心向往之。当看到卸了妆走向台后的演员，不断想象着他们在现实中怎样生活，他们会不会也像台上那样。也许不会，因为台下的他们一脸麻木的表情毫无生机。那个穿过人群去厕所方便的男演员，趿拉着一双拖鞋，戏装外披着一件黄军大衣，一只手不断往嘴上送着烟，一只手里捏着一卷草纸，十分招摇，很像因为打架被抓进局子的"小四儿"。漂亮的女演员脸上完全没有了台上的甜甜笑意，冷冰冰地从人群中走过。如果此时有专注看戏的观众挡了她的路，她会很生气，用一只手轻轻掩住鼻口，侧身穿过人群夹缝，然后从性感的小嘴里丢出几个字：真要命。

成年男性会盯着她的背影看个没够，脸上表情各异。有欣赏，有遭到鄙视后的愤怒，有猥亵……还有人夸张地伸着鼻子，嗅着她留在空气中脂粉的香味。

无论传统剧目还是新编现代剧，台下看得有滋有味。有些人听戏，有些人看扮相，也有冲看戏的人来的。平日不怎么出门的女孩儿，这时鼓足了勇气由家人或是同伴陪着，挤在人堆儿里。暗恋已久的小伙子，就混迹在她身后不远处，大胆放肆地注视着她的一举一动。她被台上人物的情绪左右着，而他被她的一笑一颦牵动着。这一幕又多么像古装戏里的情形。

女孩子最终对他窥视的目光有所察觉，便不再喜形于色。如果对这个偷窥者心生厌恶，再好看的节目也断然不看了，和女同伴耳语一番，一脸愠怒地离开。若是对暗恋者也有好感，就会显得稍稍紧张和不安，台上的一切变得迷离惝恍，而视野边缘的一隅，却变得闪烁夺目。她不得不在某些时候，装作无意地四下环顾，这样她反倒将他的目光吓了回去。当然也有另一种可能，他把她的目光牢牢抓住，有去无回。她的眼神显然经过几番挣扎，最后蛰伏在他强大炙热的目光里。

以后他们不会错过每场电影或者演出，礼堂成为一个充满诗意的地方，一个生长爱情的地方。

礼堂屋顶中央的吊灯上，点缀着数十个五光十色的小彩灯。演出前，几乎所有的观众都抬头注视着它的神奇变幻。生活中太缺少色彩了，而它实在太丰富了，它符合此时人们关于生活、理想的一切美好想象。那些小彩灯和 LED 原理不同，没有更多绚丽的图案，却足以填满人们想象的空间。后来礼堂要么改造要么重建，里面十分的华丽，灯光炫目，只能是刺激人们的感官，绝对没有激发丰富的想象力。

现在礼堂的主要功能变成了农资仓库，化肥、地膜、种子都堆在里面。价格贵、数量少些的堆在主席台上，价钱便宜、数量大些的堆在礼堂的后半部分。尽管这么堆放是出于装卸方便的考虑，可还是让人联想起浮。偶尔也会开会用，难得把人召集齐了。平时要开就开支部会，在一个带有空调沙发的小会议室里。开全连职工大会怎么也装不下，不得不用礼堂。于是，便把撒了一地的化肥、种子颗粒、厚厚的灰尘清扫干净，洒些水，搬张旧桌子放前面，便可充当会场了。

现在，开会的职工也穿得时尚、光鲜亮丽，会场显得更加灰蒙蒙的。中央吊灯早坏了，也用不上了。彩灯上落了一层土，分不清颜色。

这里没有什么可以让人们共同关注的，更别谈什么美妙的想象。领导和文化教员不念报纸上的文章了，没人听。报纸上的新闻太陈旧了，电视早就滚动播出了，微信早就传开了。

电影和演出班子也不到礼堂演了，有专门放电影的影院，也有专门看戏的剧院。不过团场看的人少了，年轻人也只是偶尔光顾。

礼堂就这样装满团场人的记忆，在岁月里渐渐颓废。

难忘"旅行结婚"

尚新革

　　周末，小妹打来电话兴奋地说，大年初三从乌鲁木齐飞往武汉的机票已经订好了，到时候我们姊妹四家人可以一同去内地参加她女儿的婚礼啦。

　　放下电话，感叹现在便捷的交通之余，使我想起曾经与老公乘坐"绿皮车"那段曲折的"旅行结婚"之路。

　　1989 年 2 月，我与老公领取了结婚证。当时正时兴"旅行结婚"，于是开明的婆婆与我商议，去武汉、河南旅行结婚吧，一方面去内地转转，另一方面，婆婆许久也没回武汉和信阳了，正好去看看家人。

　　对于天生爱玩的我，还是头一次离开新疆前往内地，我当然举双手赞成。阳春三月，伴着鸟语花香我和老公及婆婆踏上了武汉之旅。一月之余，我们游览了汉口、武昌、黄陂、信阳，转眼间就该返程了。

　　当时正值四月，内地的农民工早已成群结队地前往新疆打工，于是买票就成了首要解决的难题。那个年代买火车票可是件大事，谁能搞到火车票，谁就是能人；要是有谁在铁路系统上班，简直就像金榜题名的状元，走到哪里都让人高看一眼。至于普通老百姓，买火车票就得去排队。头天夜里就去排队，等到第二天售票处开门售票，能够买到卧铺票，那是最幸运的，实在不行，有个硬座票就不错了，即便不靠窗，至少不用一路站着。

　　好在老公的表哥在武汉上班，很快排队帮我们买到三张汉口—西安的车票。坐上火车，我们依依不舍地与亲戚告别后，便踏上了返疆之旅。

　　第二天到达西安火车站，下了车到了站前广场我们顿时惊呆了。只见广场上人山人海，有背着行李、卷着铺盖卷儿的，还有挑着被子牵着孩子的，满眼都是拥挤不堪的人群。

老公安顿好我和婆婆后便排队去窗口询问，有没有去库尔勒或乌鲁木齐的车票。许久，老公拖着疲惫的身子回来说，乘务员说就连三天后到新疆的票都没了，甚至连无座票也被抢售一空。

听完老公的话，婆婆说先找个旅馆住下，再想办法。当我们一行三人拖着行李找了好几家旅馆才发现，旅馆也都住满了人。婆婆见状恼怒地说："反正也找不到地方住啦，干脆咱们晚上就在售票口轮流排队，我就不信买不上票！"

晚上，我们三人轮流值班在人群中排队，半夜婆婆见我实在困得不行，看旁边一位大姐带着个孩子睡在铺盖卷里，便与大姐商量让我和她们挤挤。第二天，当我睡眼蒙眬地醒来，只见售票处窗口一打开，老公便焦急地询问："有去新疆的火车票吗？"售票员不耐烦地说"没票了！没票了。"一夜的辛苦排队却换来这样的结局，令我们焦虑不已。

白天无事，我们在广场上晃荡，遇见一位穿着铁路制服的大叔，我壮着胆子上前问道，明天有没有去新疆的车票。大叔望着我说："票早卖完了。有的旅客在这里等了一周都没买上去新疆的票呢。"随后大叔问我："你来了几天了？"我说两天了。大叔说，你们咋不挤上车呢。我说没票咋进站呀。大叔乐了："那么多人，根本顾不上查票，你上了车补票就行。"

回来后我忙把这个办法告诉婆婆，没想到竟得到了老公的数落，回头一想也是，老妈都那么大岁数了，哪还能挤火车呀。

第三天一早，老公还是没能买上去新疆的火车票。倒是售票员好心提醒老公，有从西安到兰州的车，你们可以去兰州转车。

真是个好办法！那趟开往兰州的火车是傍晚发车，也许是人们在西安火车站待太久了，检票通道刚一打开，人群便如潮水般蜂拥而至。背着行李的老公不仅要牵着当时瘦小的我，还得顾着婆婆，只见他突然被什么绊了一下，脚底一滑半个身子扑倒在地，随之人们踏了上去。我努力喊叫着，用手扒开拥挤的人群，婆婆也边拽老公边哭喊道："别挤了，别挤了！再挤就出人命了！"随后，队伍中也有人跟着大喊："后面的人不要挤了，有人跌倒了！"

当奋力扶起老公后，这时的我早已是蓬头垢面。我们一家三口跌跌撞撞地上了火车，只见车厢里到处是人，座位底下躺着人，过道里站满了人，猛一抬头，就连行李架上也会冒出人来。整个车厢热浪滚滚，处处弥漫着一股难闻的酸臭味。

如同跋山涉水一般，大汗淋漓的我们仨总算挤到了一起，终于能坐下喘口气了。那时人们无论出行到哪，行李里面常常带着干粮，自家的煎饼馒头什么的，我们就这样吃着干粮在火车上度过。

那几日，在火车上不敢多喝水，因为人实在太多，根本就挤不到卫生间去，即使挤到卫生间，卫生间里也站满了人。

摇晃中，火车到了兰州，兰州—玉门，玉门—乌鲁木齐；乌鲁木齐—库尔勒，一路上，慢腾腾的火车如同蜗牛，载着我们一家三口回到库尔勒时，已是一周后了。

转眼间，我与老公旅行结婚已过去了近三十年。如今，我也常出差、学习，但再也不用熬夜排队，只需在手机上划拉一下，硬卧、软卧、硬座、软座，各种价位的车票任你选择。火车上，冬有暖气，夏有凉风，二十四小时供应开水。过道里再也没有拥挤的人群、满地乱滚的矿泉水瓶和易拉罐，也少了瓜子花生壳之类的垃圾，乘务员随时清扫过道卫生。就连最令人头疼的卫生间，也有了自来水随时冲洗。

而今，自助售票、人工代售、官网订票、手机买票，各种订票方式任你选购，并能订购一个月之后的车票。动车、普快、快车、特快、高铁等各种各样的出行方式任你选择。你随时都能"任性"地去往各地，这真的得益于海陆空中四通八达、方便快捷的交通网络。

绿皮火车，其实更多时候没有文艺青年们想象得那般美好，既不文艺也不能带给你舒适的环境。"绿皮车"大多为20世纪90年代之前制造的，车厢内服务设施不全，客车茶炉不及时烧水，旅客便喝不上开水，有的甚至连洗漱用水都难以保证。炎炎夏日，有的车厢因电扇配置不齐或不能用，成了名副其实的"闷罐"，"三九"严冬，车厢内感觉透风，车厢成了"冰箱"。

　　对很多人而言，以前坐火车出行是为了谋生，现在则是为了去看远方的风景。每个人都真真切切地感受着社会进步、铁路发展给自己带来的获得感、幸福感、安全感、满足感。

　　民谣诗人周云蓬说，绿皮车开往梦想……

矿车

尚新革

　　凛冽的冬日里，幸福的人们围炉喝茶，通红的火苗映照着脸庞，房间里有温暖如春的感觉。可是少有人想起煤的来由，更很少有人想起常年劳作于几百米深土层下的那一群人，那些带给我们温暖的人，其中还包括我的父母……

　　我 3 岁时便跟随父母生活在三〇团阳霞煤矿，我的童年和少年都是在那里度过的。记得在我上小学二年级时，矿里缺少男劳力，母亲便被分配到井下同男矿工一道在工作面采煤。母亲经常会聊在井下劳作时的场景。起初她下矿井时，凿岩机声、电机车声、风声等混合噪声会被她放大许多倍，就像火车过山洞轰隆隆地碾压着心脏，震得她耳朵根子生疼，令人烦乱不堪。奇怪的是，矿工们却神态自若，安稳从容。开凿岩机的，两手紧握着笨重的机器，突突地向岩层深处凿眼，身体随着机器的运转而不停地颤动，全身发麻却不罢手。井下放炮时，工友们聚在矿洞躲炮休息时，脸和手满是污浊，却个个有说有笑。他们干活时都很卖力气，休息时尽情欢愉。

　　母亲很快适应了井下工作，头戴安全帽、背着矿灯、穿着胶靴，在千变万化的井下穿梭自如。当大型机械上不去的时候全靠人拉肩扛，母亲便扛着器械或者拿着钢钎，不顾冒顶、瓦斯、涌水等各种可能出现的危害，和男矿工一样冲在工作第一线。再苦再累，母亲也从不偷奸要滑，班长常夸她干活胜过男人，殊不知母亲为此付出了多少汗水。

　　母亲在井下工作三年后调到了井上，主要负责将井口矿车运送到300米外煤场里，听起来好像很简单，实则艰辛不堪！一吨重的煤，还有一吨重的罐本身，沿着铁轨推到煤槽口，翻倒在高高的煤堆上，一天往返四五十趟。

井上工作虽然相对安全一些，却要忍受各种风吹日晒、寒雪冰霜，再热也不得休息，雨再大，雪再大，只要井下一直作业，矿工就得一直坚持着。夏天，矿车在骄阳的暴晒下热得烫手，一个班次推下来，母亲的工装就像从水里捞出来一样，一拧汗水就"哗哗"直淌。冬天遇到雨雪天气，推车的难度就更大了，只见母亲和矿工家属的手上，经常会磨出一些大大小小水泡、血泡。为了不让双手影响工作，她们常常用针刺破血泡，殷红的鲜血流了出来，然后用手绢或卫生纸随手将血擦掉，然后便继续干活了，看着令人心疼不已。

1986年，我高中毕业，在家等待工作分配期间，母亲见我闲着无事，便让我同她一起到井上去推矿车。第一次和母亲推矿车，见母亲推得轰隆隆如飞，以为很轻松，我出手就要试一下，结果任凭使出了吃奶的劲，脸憋得通红，那个罐就是纹丝不动。母亲在一旁笑着说："推动那么重的煤罐，得有技巧，你得来回动一点，然后矿车忽地一下就会像小火车一样跑起来。"

试了几次，自己单独推仍是推不动，便跟着母亲来回跑了几趟。矿车高，我个子矮，推着矿车走到煤槽口，我害怕矿车从高处落入煤槽中，惊叫着紧紧抓着矿斗不撒手。母亲则轻松自如地将矿车中的煤倒入煤槽，转过身来，将空矿车让我推到井口交给接应的井下工。空矿车推着倒不是很费劲，跟着母亲跑了几趟，脸上的滴滴汗水和着细微的粉尘，直顺着脖颈往下流，很快衬衣就被濡湿，累得我一颗心"砰砰"狂跳不止。

终于盼到了午休，母亲这才和矿工家属们坐下歇息，各自从布袋里掏出饭盒。大家的饭盒几乎一模一样，都是铝制的长方体饭盒，里面装着馍或者是白面饼子，菜有腌制的咸菜，也有红烧茄子、爆炒四季豆、青椒花菜等时令蔬菜。饭盒放在用石头垒砌的临时"炉灶"上加热时，母亲和工友们说说笑笑高声地聊着天，一会儿，冒着热气的饭菜香味飘荡在空中。

我在大山的背阴处乘凉，当母亲喊我吃饭时，我磨蹭着不愿靠近这帮没文化的家属工，但矿工家属们却热情地招呼着我，有的和母亲开玩笑说："苗嫂子，这么瘦弱的姑娘弄来推矿车，也只有你想得出，你这做母亲的也够心狠了！"还有人说："你家大学生被弄来推矿车，搞得一个女孩家黑黢黢的，小心姑娘嫁不出去！"说完，这些家属不管不顾地哈哈大笑起来。

母亲则毫不在意，大大咧咧地操着河南话说："不让她吃点苦锻炼锻炼，今后遇着困难了，那得多作难。现在多吃些苦，今后她才有多努力。"

那几日，跟着母亲出工，我的脸整天都被煤灰糊得乌漆麻黑，让我羞于见人。当见到矿工从井下工作面上来，看到那一群黑得只剩下闪亮着白牙齿的矿工，我有一种想流泪的感觉。

跟着母亲推矿车差不多五天，我接到了工作分配的通知，终于再也不用跟母亲下矿推矿车了。

有了这几日的推矿车经历，让我格外珍惜干净轻松的工作环境。在以后的日子里，我通过自学，逐渐从田间地头、工厂车间，坐进了机关办公室，从事着自己非常喜欢的文字工作。

随着团场的发展变化，工作环境越来越干净、越来越舒适，每当我再次想起与母亲共同推矿车的那段时光，心里却有了异样的感觉。年华里所有的经历都是值得珍藏的，宛若时间长河里开在枝头那朵最静美的花，悄然绽放，清香溢远！

那是一段让人想起不再抱怨而是感念的岁月，永远铭记于心！

居住变迁史

杨厚伟

"如今，新疆的发展突飞猛进，一天一个样。职工群众的生活日新月异，发生了翻天覆地的变化，今天能住上这么宽敞、明亮的楼房，我做梦都要笑醒了。"说起70年来的发展变化，新疆生产建设兵团第二师芦花社区88岁的退休干部杨忠奎心情久久不能平静，仿佛有一肚子的心里话要说。

难忘三年的"地下生活"

出生于1933年的杨忠奎，1950年就参加了中国人民解放军，1951年成为四川省南充市公安中队的一名公安人员。1955年1月，年仅22岁的杨忠奎连续向上级递交了6次申请，强烈要求到新疆生产建设兵团工作。1955年3月，杨忠奎被上级批准为首批进疆工作的公安人员。不久，杨忠奎带着53名人员从四川西充县出发，经过46天的颠簸，终于到达了目的地——新疆巴州巴尔格扎（现第二师二十二团）。

可就在下车后的那一瞬间，杨忠奎的心顿时凉了半截，眼前出现的是荒凉的茫茫戈壁荒滩，没有营房，没有树木，连个人影也见不到。

这时，一位前来接杨忠奎的同志指着前方说："那里，就是你们的住房。"

杨忠奎这才放下心来，心想终于可以在房子里歇歇脚了。他跟领路人走了约10分钟，才来到住处。可面前的一切还是令杨忠奎目瞪口呆，这哪是什么房子啊，想象中的军营原来是从没听说过的"地窝子"。所谓的"地窝子"，就是地上挖个坑，胡杨树当作梁，红柳枝盖个顶的"房子"。晚上睡觉时，杨忠奎躺在床上就能看见满天的星星。住在"地窝子"里可受罪了，遇到刮风天气，尘土直往下掉，人只好在头上蒙个面粉袋子继续睡觉。

住"地窝子"，最怕遇到下雨天气。一旦下雨，雨水直往里面灌，就不得不拿起水桶、脸盆往外舀房中的积水，否则"地窝子"会被水泡得坍塌。"地窝子"的顶几乎平行于地面，如果不是家家户户的"地窝子"上还立着一截土块烟囱，走在房顶上根本不知道下面还住着人。夜晚就曾发生过人不小心从房顶上掉下去的趣事。"地窝子"只有一个小小的天窗，白天里面几乎全是黑的。晚上，杨忠奎的妻子和许多女职工们一样，坐在煤油灯旁缝衣物、纳鞋底，房间里靠烧红柳棍、胡杨木取暖。一个夜晚下来，人的脸上被熏得黑漆漆的，鼻孔里的鼻涕也是黑的，可大家都习惯了这种生活，谁也不去笑话谁。

杨忠奎的两个儿子相继就在这样的"地窝子"里出生了，一家子挤在一间不足10平方米的"地窝子"里足足生活了3年时间。

三十年的土块房

杨忠奎从事过水利建设工作。

那些年，他带着家人辗转各种施工工地，过着居无定所的"吉普赛"似的流动生活。他和家人们先后住过"芦苇窑洞房"（把芦苇绑成苇把子，再把苇把子两头埋在地下挨个排列，最后将苇把子上抹上泥巴，形状呈拱形）。还住过"红柳梧桐枝房"（把红柳、梧桐枝条栽在地上，用树枝将它们捆扎起来，涂上草泥）。还有"干打垒房"（一半在地下，一半在地上。地上的房墙是用泥土填筑在模板中一层一层打出来的）。

直到1958年的春天，杨忠奎终于盼到了一个好消息，连队要修建土块房了。听到这个消息，杨忠奎和家人高兴得不得了，打土块、修建房子的干劲可大了。于是，每天杨忠奎天不亮就到了打土块场。为了避开蚊虫的叮咬，杨忠奎用纱布把头和脸全都蒙上，只露出两只眼睛。当太阳升有一竿子高的时候，杨忠奎已经完成了 500 块的打土块任务。看着土块场上的土块垛子一天天高大起来，离梦寐以求的土块房也越来越近，杨忠奎脸上不由露出了快乐的笑容。

打土块是个特别累的体力活，其中端着模具倒土块是最累的了。一块湿土块重达五六公斤，一个模具里可盛装好几块，模具重达 15 公斤以上，每天端着 40 多公斤的重量重复走 170 余次。苦和累并没有吓倒杨忠奎这样的老军垦，最要命的是吃不饱，没有力气。当时，每人每月口粮只有 25 斤，还有 100—200 克清油。平时顿顿吃高粱、苞谷面窝窝头，蔬菜平时只有咸菜、土豆、白菜等"老三样"，要想吃口肉只能等到过年了。

为了能填饱肚子，杨忠奎和爱人一收工就去野外捞鱼草、挖野麻根、采沙枣叶，然后将其晒干剁碎掺在苞谷面里吃。在那个饥荒困难的岁月，为了吃饱肚子老一辈军垦人想出了很多办法。听说有人在老鼠洞里挖出了 40 多斤的苞谷，一时间，连队里竟掀起了"挖老鼠洞找粮食"的热潮。从麦场、玉米场挖到麦地、玉米地，人们到处都在挖老鼠洞。据说最后统计下来，从鼠洞中夺回的粮食竟达几千斤呢。

除此之外，大家还因地制宜，就地取材，制作出人造食品。把玉米芯子磨碎掺和面粉里做成粗食饼子，这在当时还算是上乘食品。苞谷秆子也有了大用场，它含有淀粉，粉碎下锅用水煮半小时后捞净渣质，继续熬煮，直至把水煮干，剩下的就是淀粉了。食用前，要将淀粉掺上二分之一或三分之一的面粉，用来蒸馍、炕饼都很不错。那时，家家户户还把甜菜渣掺到玉米面里，蒸出的馍馍带点甜味，口感还不错呢。

在困难面前，老军垦处处表现出无私奉献的精神，力争上游、快马加鞭。就在那年秋天，6 栋土块房竟然建成了。土块房全由职工自己动手盖成，房子的墙里墙外抹的是草泥，房顶上铺的是苇草，无论是房子的外观、房墙的平整度，还是房子的高度、用料等，和后来盖的土块房几乎相差无几了，虽然还不能和后来的砖房比，可在当时已是件很了不起的事情了。毕竟"地窝子"变成了"土块房"，由"地下"转到了"地上"，在老军垦看来居住条件简直就是一次"质"的飞跃。

杨忠奎家也分到了一套只有 13 平方米的土块房，和"地窝子"比起来亮堂多了，也不潮湿，再也不用遭受"房外下大雨屋里下小雨""房外刮大风屋内灰呛鼻""进了地窝子没有白天和黑夜"的罪了。住上了土块房，居住环境有了明显的改变，但条件还是很差，房内别说家具了，就连睡觉的床板都没有。杨忠奎和妻子用红柳、胡杨枝条编个抬把，上面铺些麦草、褥子、被子就成了一张床；把麦草捆成两个小捆捆，用布包起来就是枕头。

八连的连长赵三哲，妻子是家属，孩子多、家里条件不好，一家子就睡在胡杨枝上铺草的床上。当时在连队流行着"农场好，住的洋房三尺高，下面立着四根棍，上面盖着芨芨草"的顺口溜。

土块房这一住，就陪伴着杨忠奎一家整整 30 年。

从红砖房到楼房梦想成真

1987 年，杨忠奎所在的单位修建博斯腾湖扬水站，一家人从塔里木搬迁到了库尔勒塔什店，这才真正告别了"地窝子""土块房"，全家七口如愿以偿地住进了红砖房。

虽说砖房才只有 38 平方米，没有自来水，上厕所还要到连队的公厕，但房子里通上了电，烧上了煤，附近还有到城里的班车，杨忠奎满意极了，心想：这下可比住土块房子强多了，这辈子能住上这样的房子真是心满意足啊！

随着时间不断推移，杨忠奎家的生活条件也越来越好。随着几个儿子相继长大、成家立业，杨忠奎也开始添置一些家具，老伴再也不用像从前那样天天计划着如何从牙缝里省吃俭用地过日子，也再不用穿"千层底"的袜子和补了又补的衣裤了。

1992 年，杨忠奎和老伴虽然每月只有 300 多元的退休金，但还是用多年的积蓄买了一台 12 英寸的黑白电视机。每天晚上，当孩子们骑着自行车回来看电视、一家人围坐在一起其乐融融时，杨忠奎和老伴甭提有多高兴了，心想这才是真正的好日子呢。

好日子才刚刚开了头。随着国家经济大发展，团场的变化一天一个样。杨忠奎和其他老一辈军垦职工们不仅从土块房搬进了红砖房，还吃上了自来水，想吃啥就买啥，春夏秋冬新鲜蔬菜、水果样样都有。

随着西部大开发，杨忠奎和千千万万的老职工一样，生活发生了翻天覆地的变化。2006 年，杨忠奎花了 6 万多元钱，在库尔勒购买了一套 54 平方米的楼房。楼房里电灯电话、电视电脑；窗明几净，还有阳台，看外面的风景一目了然；干净节能的天然气通到家，再也不用为生火、烧炉子而烦恼，想洗澡，一扭开关，热水直下；上厕所足不出户，实在是太方便了。

如今，年逾九旬的杨忠奎，身体还很硬朗，每个月有 5000 余元的退休金。住在现代化的城市里，出门就是宽阔的柏油路，坐着漂亮的私家车，闲暇时到休闲广场，读书看报有阅览室。白天杨忠奎和老友们出去散步、聊天，晚上在家看看电视，100 多个台，不用跑来跑去，手一摁遥控器老远就能换台，想怎么看就怎么看。

最令杨忠奎心里难受的还是跟随自己一起进疆的老伴。几十年来，老伴在新疆艰苦奋斗中、在屯垦戍边事业中，与他朝夕相伴、东奔西跑，不辞辛苦地养育子女，任劳任怨地勤俭持家，和千千万万的老军垦妻子一样，奉献了一辈子，把最美好的时光留在了西部荒凉大漠上，而她却离开杨忠奎先走一步了，没有好福气过上这样的好日子！

从"地窝子"到楼房，老军垦杨忠奎见证了几十年来新疆建设和兵团屯垦戍边事业的发展变化。几十年前，党和国家号召中所描绘的新疆美好生活，今天全都梦想成真了！

一生难忘那些"年"

王群讲述　杨铁军整理

"快！快给他烤一烤身子吧，再裹上一层被子。别把这小子给冻废了！"凛冽的北风中，只听得钻井班的班长"骆驼"急促地喊道。

"当时我只穿着一条短裤，被工友们从一口'井'里拉上来。零下 10 摄氏度的低温快把我冻僵了，我浑身就像筛糠，工友们就架着我直奔一个篝火旁……"就在一天前，家住二师二十一团开来社区的王群老人接受了我的采访。当我们说到过年时，老人的脸上流露出复杂的表情，他接着上面的话茬继续说下去。

记得那是 1969 年 1 月 25 日，已经是年关了。工二师工程支队领导给下属的十个连队下达了死命令："每个连选出 1 个人，组织突击小组，要不惜一切代价，在年前完成所有桥墩的打孔工作！否则，我拿你们是问！"

当时，我是工程支队工七连宣传班的职工，是个只会吹拉弹唱的北京支边青年，但却是"学习毛主席著作积极分子"，工作热情十分高涨。接到命令后，连队全面动员，而身材瘦弱的我主动报了名，并当场立下了"军令状"——完不成任务，坚决不回来。

就这样，一支由 10 人组成的突击小组出发了。由于工作地点在巴音郭楞蒙自治州尉犁县南部的戈壁荒漠地带，工作条件的艰苦程度和地理环境的复杂程度远远超出我的想象。当我们抵达预定的桥墩处开始施工作业的时候，已经是当天晚上了。正当我们使用苏联产的钻头钻到 4 米多深的时候，突然从地下传来沉闷的"咔咔"声，只见钻头不停地空转，而进度却毫无进展。

"我们不会挖到金子了吧？难道……"

　　"少扯淡！这破地方，连块砖也捡不到！哪来的金子？"

　　大伙正争论着，这时，绰号"骆驼"的高个子班长毅然决定，不管地下是啥，先把机器停下，拔出钻头来一探究竟。那钻头显然是有点损坏了。

　　大伙顺着手电筒往井里看时，一切都是黑黢黢的，什么也看不清。怎么办？大家你看我，我看你，一时不知所措。

　　接下来，我们做梦也想不到，"骆驼"会想出这么个主意！只见他冒着严寒，一件一件地开始脱着衣服，直至只剩下一条短裤，然后他顺着一根粗大的麻绳滑向井里。我们生怕他发生意外，其余的九个人都死死地拽住绳子。1分钟过去了，只听"通！"的一声，显然是"骆驼"掉进井下的水里。

　　"是一块大石头！直径大约有45厘米。现在，请给我递下一些蚂蟥钉（一种建筑材料，有两条腿的钉子）和铁丝，我潜到水下去，先把他钩住。然后大家再使劲往上拉！""骆驼"在井下喊道。

　　在狭窄的井下是严重缺氧的。再加上人潜到水下去挂蚂蟥钉，情形十分危险。所以，每当"骆驼"只在水下憋了一分钟，我们就必须把他拉上来——不然，他的性命很可能不保。就这样，我们十人小组轮番潜到井下，绞尽脑汁去捞那块可恶的石头。

　　我也下到了水中，当我穿着短裤被绳子送到了井下时，只觉得冰冷的井水仿佛就要刺入我的骨髓。于是我屏住呼吸，一颗颗地挂着蚂蟥钉和铁丝。寒冷中，我从水下朦胧感受到从井口射入的一束浑浊的灯光，但这一切，似乎又有些不妙。大约一分钟，我探出水面，因为缺氧我只能大口地喘气，每下水一次，便使我感受到一丝对死亡的恐惧。

　　"再过几天，就要过年了！"我一想到远在北京的父母和亲人，就拼命地拽着绳子，井上的人已经察觉到我的困境，不停地使劲往上拉着。我终于爬出井口时，一下瘫倒在地上。

　　我勉强用力说了几个字："报告班长……我拴住石头了……"

　　"骆驼"紧握着我的手："我的好兄弟，你真是好样的！"突然，他大声吼道："你们还愣着干什么！快，给他烤烤火，再把那该死的石头拉上来！"

经过4个多小时的努力，我们每个人都已精疲力尽。当石头终于被捞了上来时，我们立即更换上了新的钻头，继续干活。此刻，东方天空已经微微亮了。

1970年，为了表彰我们所做出的贡献，10人突击小组在全师受到了嘉奖，我们每人均获得"五好战士"的荣誉称号。

从工地回到工七连的第三天，已是农历的春节了。除夕，面对荒凉的大漠边缘，我们吃完了自己包的饺子，却听不到一声鞭炮的炸响。昏暗的煤油灯下，宣传班的工友决定搞一次"大联欢"。活动中，大家有说有笑，由我饰演《智取威虎山》中的栾平，杨志栋演杨子荣。我们一唱一和，动作夸张有趣，把工友们笑得个个前仰后合。

为了让我们过个快乐的春节，工七连里决定给我们放假三天，但我们每天必须要用半天的时间，沿着胡杨林去捡柴火。

然而，通往胡杨林的路人迹罕至，是异常艰难和危险的。比人还高的杂草遍地都是，稍不注意，就会找不到回去的路。草丛中常有野猪等动物出没，为了确保安全，全连280名职工保持一定的距离，手拿棍棒和铁钗随时进行防身。

同年，工七连成立了"毛泽东思想宣传队"。宣传班班长张殿其带着我们，从地处尉犁县南部的连队驻地往南走，沿途经过二师三十一团、三十二团、三十四团一线，为一个个团场的干部职工宣传毛泽东思想，唱样板戏，表演《夸养路》《四个老汉赶"巴扎"》等自创的文艺节目。由于没有像样的交通工具，宣传队往返一趟，要赶着马车走400多公里的路程。

1971年，由于经济建设的需要，工二师被解散。当时，二师各团场都按上级要求到工二师去招工人，二十一团团长钱志宇就把我们宣传班领走了。

1973年，我在二十一团结了婚，并被调到六连。我还清楚地记得那年春节，连队里给我们每人发了两棵白菜、大约500克肉。春节过后的第三天，我们就到处积肥去了。

　　岁月荏苒，几十年过去了。如今，我和老伴孙大娟每月的工资有 6000 多元，吃的、穿的、用的要啥有啥，日子过得比蜜还甜呢。然而，每当回想起那些过年的特殊经历，心里总是久久无法平静。正是那些艰难的岁月、艰苦的工作环境和经历，成为我留给子孙后代的一笔宝贵的精神财富！

我的路　我的家

李华生

相逢与期待

1953 年初春的一个晚上，时任二军步兵第六师十七团团长谢高忠派的通讯员小李来找我，说是团长叫我到干部科办公室去一趟。我问他去干什么，小李说："你去后就会知道。"

会有什么事呢？于是我想，大概又是抄写什么材料吧。因此我并不在意，走得十分轻快，并顺便整理一下军容，急忙敲门而入。

一走进办公室，我便惊讶地发现，迎面坐着的竟是他——当时任十七团一营副营长的杨和顺，全师有名的战斗英雄，身材魁梧的山东大汉。面对领导，我不好意思地说："你也在这里呀！对不起，可能我走错了门。"杨营长突然站起来说："没错。"又一语双关地说："你找对了，请坐下。"

坐下之后，我俩便聊开了家常，不知不觉中他很巧妙地转入了谈婚论嫁的问题。作为一名女同志，我很敏感地、直截了当地说："我不能答应你，一是我家成分是地主；二是我的组织问题还没解决，我俩之间太不相称了。"

这时，杨营长却打断了我的话，再三表示没有问题，并强调说："个人出身谁也不能选择，而个人前途是可以自由选择的。现在你离开了家，参了军，说明你这一步选对了。同时，据我所知，你现在工作、学习都表现得非常积极上进，组织上相信你是一个好同志。在你来之前团长和你们的指导员都向我介绍了你的情况，什么都不要说了，我从参加英雄大会以后就下定决心要找到你。我这个人凡是认定了的事情就不会轻易放下，一定会努力做到底的。"

尽管我一再摇头，他还是斩钉截铁地说："请相信我，我会等你！不管多长时间，哪怕等白了头，我也会等你！我相信你会成为自尊、自强，并能自立于社会的好同志、好女人的。"

当时，我并没有急于表态，也没有做出什么承诺，可是，他那诚恳、宽容的态度却深深地打动了我。"我等你"这三个字久久地在我耳边回响，融化在我的血液里。

万事开头难

自从那次交谈后，我一下子有了心事，一直在琢磨着"我等你"那三个字的含义，掂量着它的分量。

他的话深深激励着我，同时，我也按照他所说的，"要相信自己、要尊重自己、要看到自己的进步"鼓励自己积极工作不断进步。我开始对自己的一切进行反思，并暗下决心：既然路走对了，人也找对了，就该积极地面对，迎头赶上他。我下决心要在革命的熔炉中锤炼自己，炼成块有用的钢、永不生锈的螺丝钉。

在十七团那段开荒造田种水稻的日子里，我不怕苦、不怕累，整天在碱水中劳作的手脚泡得裂开了个大口子，鲜血直流，痛得撕心裂肺，我也从不吭声。这时心里只有一个念头：肉体虽然疼痛，但心灵是愉悦的，忍得一时苦，会换来心灵永远的安宁，一切会过去的。我常在日记中这样写着，并用来激励自己，报答他的鼓励。

由于工作努力，不久我便被调到营里当文书、见习文教，随后又第一个从女生队调到团场机关工作。

记得在配合司务长去拉面粉、蔬菜时，我自告奋勇地去赶毛驴车，司务长却说："你害怕毛驴，连毛驴都不敢骑，你还会赶毛驴车吗？这事你干不了的。"当时，我像受到了凌辱一样，心想你别从门缝里看人。

于是，我鼓足勇气说："我一定能行。"接着，我"啪"的一下爬上了毛驴背，毛驴也乖乖地上路了。谁知，在过水沟时毛驴一尥蹶子，把我摞在了水沟里，而它却跃过了水沟，弄得司务长也手忙脚乱，直说："我说你不行你还不相信，怎么样？不听老人言，吃亏在眼前吧！"他的话使我哭笑不得，但我却不信这个邪，忍着疼痛又爬上了驴背，我自言自语地说："连这点也学不会，还能干什么！"

经过多次骑驴、骑马，多次被摔下鞍来，我终于学会了骑马、赶牛车去工地送水，并独立地完成各项任务。从中我悟出一个道理来：人生道路并不是平坦的，要经过许多沟沟坎坎，关键在于你在摔下来后能不能重新爬起来。每当我摔了一跤后，总会想到学生时代的一首歌："跌倒算什么，我们不怕死，爬起来，再前进……"每当我受表扬时，我总会想起他那些语重心长的话："要相信自己、尊重自己。"

"我等你"这三个字时刻在耳边回响。我每次给他复信时总要告诉他："我会踏着英模的步子向前走的！"。

这一等就是两年，我俩终于有了共同语言，两年后，我俩结婚了。结婚的那天，我激动得满眼泪花。

在婚后的日子里，我俩相敬如宾，相濡以沫，共同牵手度过。

场与家

1958年初春，新疆生产建设兵团掀起了开发塔里木的生产运动，和顺同志作为英模人物首当其冲应征前往新开发区塔里木六场，我作为他的妻子也义不容辞地给予支持。

那时，正是我生第二个孩子的第七天，我们一家四口坐着拉货的大马车从焉耆出发，一路上摇摇晃晃，走的是一条凹凸不平、沟沟坎坎的搓板路，经过两天两夜的摇晃才到达塔六场的场部。

一听说到了场部，才两岁多的兵儿高兴地蹦了起来说："到啦！"可下车一看，这个新场部在一望无边的干沟里。我家唯一的家当就是一个大被包，床是先行者为我们提前用梧桐树枝干搭建而成的，还有一个用柳条编成的大摇篮。然而，就这些在当时的新农场里已算得上是"优待品"

了。睡在这样的摇篮里的儿子被草瘪子咬得哇哇直哭，只好跑到外面玩，可外面又一天到晚地刮风沙，刮得昏天黑地，但这一切都是预料中的事，来之前我便对塔里木的恶劣环境早有心理准备。我只好哄着孩子们说："这一切会好起来的。"

由于工作的需要，我生女儿才二十天，组织上就告诉我，工地正需要日常生活用品，商店要配一个财务人员前去主持工作，问我能否去上班。当时，我毫不犹豫地说："这还用问吗？"我便责无旁贷地答应了。

从此，每天午间和傍晚，我便开始跟营业员、保管员一道各自赶着毛驴车，装着百货，逐个给每个条田、每个地块送货。团场的路是崎岖坎坷的土路，一上路就碰上天昏地暗的风沙，毛驴又不听使唤，一不小心，不是人仰车翻，便是摔得鼻青脸肿。驴一遇到特殊情况就跑。好在我有过吆喝驴的经验，总算克服了困难，每天都按时按点完成了送货的任务。

可令人担心的事还是发生了。大孩子才两岁多，在家没人照料竟出了意外。

一天，孩子自己去找水喝，满瓶的开水把他烫得全身是伤，经多方医治才好。女儿才两个多月，由于无人照看，从床上滚到了床下，回来一看，她满脸是泪。感冒发高烧，这些都是常有的事，多亏好心的警卫张老头每天在我家门里门外照应着。而我作为领导干部的妻子，任何时候只能以工作为重，按时上班下地，我没有任何理由去好好照顾自己的孩子呀！

每当我想起这些无法解决的矛盾时，就只好偷偷地大哭一场。"做女人真难啊，做一个领导干部的妻子更难啊！"听到我发出这样的呼喊时，丈夫总是风趣而又痛心地说："好了，好了，条件会慢慢好起来的。"有时他还矫情地说："和我结婚后悔了吧！"

试验田的收获

塔六场的场部办公室是当时塔里木垦区最具特色的建筑，整个办公室呈正方形，四周是各股室的办公室，中间是一个可容一两千人开会、用砖铺设的广场，团场领导为了这所建筑付出了几年的心血。

在塔六场的几年里，这里发生了巨大的变化，团机关职工住宅也都开始搬出土窝子结构的房子。可是等房子刚盖好，作为团场领导的他还没有来得及搬进新房，又被调到新的开发区——和硕滩去组建新农场——解放五场（今为二十四团）。而我的命运也只有按古训来办，那就"嫁夫从夫"了。

他是先行官，带领六人乘一辆大马车去打先锋，而我因孩子生病，迟去了几天。为了跟随丈夫，我找了一个拉货的大卡车，独自一人带着两个幼小的孩子，抱一个、背上一个，匆匆上路。

来到丈夫指定的地址，车在公路旁停下来。我抬头一看，天啊！只见茫茫一大片野麻和茇茇草丛生的大碱滩，"可路在哪里？房子又在哪里呢？"气得我当时就坐在地上哭了。

当丈夫和通讯员闻讯赶到时，见我哭成这样，他笑着指着刚修复的羊圈说："那就是我们的新家，作为我的妻子，跟着我东征西战就受不了了吧？你可千万别打退堂鼓啊，别看现在这样，将来我们要在这里开十万亩地，干一番大事业呢！"接着他激动地抱着我转了一个圆圈后又说："请跟我来，往远处看！"看着他那豁达、乐观的笑容，我不由得破涕为笑，一下子心又变软了。我抹去眼泪大度地说："命里注定要跟你过一辈子的，没事，一切会过去的，一切会变好的。我会安顿好一切的。"

事情的发展果不出所料，就在野麻丛生的梧桐窝子里，我们开始了新的创业，掀开了这片荒原新的一页。

为了倡导科学种田，当时就在我们老羊圈的周围开出一大片水稻地，作为团部种水稻的试验田，规定团机关干部每人管理一亩水稻田，团首长也不例外。而每人一亩水稻田的管理任务就责无旁贷地都落在我的头上。因为作为战地指挥员的他，哪有时间去耕作，我一人默默地接受了两亩地的任务，并在地头上插上了"杨和顺和李华生共管的夫妻田"的牌子，上面还写上管理作业措施和单产指标。

从此，除了正常工作外，我便忙得手脚并用。从打埂、平地、播种到浇水、施肥，还要拔那些不净的野草、芦根，一直到秋收，样样都是人工作业。当时，我还肩负着团场总会计工作，月末还要下连队核发工资，因此，业务工作只好放在晚上加班加点。时间对我来说简直就是"一寸光阴一寸金"，总觉得不够用。

晚上回家时，和顺还一再暗示我："一定要争取高产，哪怕超产一斤也是好样的"。我心领神会，于是更加拼命地工作，每天起早贪黑，从不知道什么是午睡，什么是星期天，连家庭、小孩全部搭上了。

由于小儿子行动不便，不能单放在家里，我只好背着他一同下地。干活的时候，我只能把他放在用柳条编好的摇篮里，放在树荫下，回来时再将他背回来。有时孩子生病，就干脆背在背上一同耕作。当时，我家还有一个七十多岁三寸金莲的婆婆需要照顾，她老人家看到这种情景，几次悄悄地抹泪说："这跟农村的妇女有什么两样，还要一边干活，一边背着孩子，真叫你为难了。"我对她老人家说："谁叫儿子得这种病，我不背他怎么办？"

几分耕耘，几分收获，几分付出，几分回报。

从 1964 年到 1966 年，我俩的试验田终于获得了亩产 630 斤水稻的较好收成。在秋收算账的时候，和顺同志无不感慨地说："我终于等到这一天了，没想到你还真能吃苦、真能干！"解放五场在碱滩上大面积试种水稻和种植小麦获得了成功。令我感到非常高兴的是我的组织问题也解决了，经党委批准为中共正式党员。

试验田，不仅收获了水稻，更让我收获了真爱。

一张老照片

张靖

　　小时候，家里一张两寸黑白的老照片总会引起我无限的好奇。

　　照片里是个非常好看的女子，弯弯的刘海，柳眉杏眼，微翘的嘴角一抹迷人的妩媚。

　　"那是谁呀，这么好看？"我忍不住问母亲。

　　"她啊，是你庆昆叔的前妻。"母亲说着，眼里闪过一丝黯然的伤感。

　　庆昆叔是哥哥的叔叔，是个高大英俊的男人，单身的庆昆叔一直把哥哥当作自己的孩子。据说庆昆叔一直想要收养哥哥，这个念头令我实在难以接受。要知道，哥哥可是我从出生起唯一形影不离的玩伴。所以，每当庆昆叔带走哥哥的时候，我总是哭得死去活来的，最终的结果便和哥哥一起住在了庆昆叔家。

　　庆昆叔家离得并不算太远，只有6公里。尽管如此，可在那个交通工具匮乏的年代，其间不是沙包便是小河，足足让我们要走上大半天。虽然走得很疲惫，可一路上我们却开心地有说有笑。庆昆叔是个会讲故事的人，他的故事总能引得我和哥哥笑声不断。

　　庆昆叔是个极爱干净的人，虽然没有妻子，可爱干净的他却把房间收拾得一尘不染。庆昆叔还会做饭，看着我们嘴馋的样子，他总会变着花样给我们做各样可口的饭菜。庆昆叔是个温馨的男人，总把我和哥哥照顾得无微不至，让我们把他的家当成最快乐的天堂。

　　每当晚霞映红团场时，我和哥哥总会在房前的大柳树上爬上爬下，忙碌一天的庆昆叔则钻进旁边的杏园里为我俩摘杏子吃。即使再麻烦，庆昆叔也从未嫌弃过我们，我和哥哥常常一住就是几个月，直到父亲赶着毛驴车接我们回去。我们几乎快成了庆昆叔的孩子，尤其是哥哥，过不了多久，庆昆叔又会蹚过河水来接我们。

直到 8 岁那年，这样的生活才彻底结束。因为庆昆叔又结婚了，他这次婚结得非常草率，据说连女方的面都没见便答应了，真不知他到底在想些什么？

结婚的那天，大红的灯笼、大红的喜字，喝喜酒的人们喜气洋洋，唯有庆昆叔脸色阴沉，闷闷不乐。我偷偷躲在门缝里看新娘，只见五大三粗的她和高大英俊的庆昆叔站在一起极不协调，尤其粗犷洪亮的嗓门竟把我吓了一大跳。

正是这个粗壮的腰肢竟一口气为庆昆叔生了 5 个孩子。随着孩子不断增多，庆昆叔不再来接我们，他的日子也随着一群孩子的出生日渐拮据。

我总缠着母亲讲照片上那个女子的故事。母亲告诉我那个女子叫柳眉（化名），一听到名字，我的眼前便会跳起一个温软细腻的女子。

柳眉到底是个什么样的女人，为什么会离开庆昆叔？

1956 年，风华正茂的庆昆叔和父亲从河南一同踏上了新疆支边的火车，千里迢迢地来到荒无人烟的大西北，并在新疆生产建设兵团二师扎下了根。尽管当初这里是一片风沙荡荡的荒漠，条件非常艰苦，可激情燃烧的他们还是坚决地留在了这里。

幽默诙谐、风度翩翩的庆昆叔在男人中显得十分耀眼，很快他为自己赢得了一个人人都羡慕的好工作——广播员。然而，这个令人都羡慕的好工作，竟让庆昆叔在一次爱情中葬送。

1966 年，庆昆叔在回河南探亲中，结识了洛阳的城市姑娘柳眉。这个细眉淡眼、一头长发的姑娘，顿时让庆昆叔一见钟情。两人爱得死去活来，眼看归期已到，可庆昆叔依旧恋恋不舍，他怎么也舍不得离开。直到柳眉嫁给了庆昆叔，他这才带着新娘一同回到团场。然而，爱情的代价是由事业换来的，迟迟不归的他，广播员工作早已被人代替，由于庆昆叔严重违反团场纪律，他受到了处分。为了惩罚他自由散漫的行为，把他分配到离团偏远的单位去放羊。

庆昆叔毫不犹豫地赶着羊群就走，一上山就是几个月，团场艰苦的条件令大城市来的柳眉根本无所适从。天不亮，她便啃着冷凉的馒头早早下地，直到天黑透才回到房间。繁重的工作常常累得她浑身酸疼，最可怕的是她一个人住在偏远破旧的地窝子里，夜晚的风声令她惊恐万分。终于有一天，她再也忍无可忍。

两年后，她重新回到了那个养育她的繁花似锦大都市——河南洛阳。

柳眉走后，庆昆叔变得失魂落魄起来，他不断以各种借口跑回内地看望妻子，可柳眉最终还是在父母的逼迫下与庆昆叔离了婚，并按照父母的意愿匆匆嫁人。庆昆叔一直多年不娶，痴情的他每月除了零花钱外将剩下所有的钱月月寄给柳眉。据说，再婚后的柳眉过得并不好。

很小时，我便悄悄迷恋上了这个叫柳眉的女子，常常注视着那张两寸的照片，弯弯的柳眉，水汪汪的大眼睛，多美的女子啊！

可从没想到过有朝一日我会亲眼见到这个女子，见到柳眉是在二十年后的一个盛夏。

一天，我推开家门，只见一个清秀的女子端坐在小院里，我一眼便认出了她，是柳姨。

她还是那么娇小温婉，尽管她变化很大，可眉眼间依旧那么楚楚动人，她苍老了许多，眼角细细的皱纹与满头密集的白发写满了生活的愁苦。她过得不好！果然，一提起现在的生活她便哭了。再婚的柳姨没过上一天像样的日子，丈夫的拳打脚踢几乎成了家常便饭。终于等到儿子大了，却得了不治之症，男人如同轰小鸡般将她们母子轰出了家门。

她没脸再见庆昆叔。可下岗后没有任何收入的她，为医治孩子只能千里迢迢来寻找庆昆叔。

庆昆叔还没来，柳姨便一直痴痴呆呆如同祥林嫂似的重复着一句话：我那时怎么那么傻啊，怎么就回去了呢？

接到消息的庆昆叔很快来了，年过半百的他还是那样英俊好看，尽管脸上布满了皱纹，两道剑眉下的眼睛依然炯炯有神，高高的鼻梁依然挺拔。两人见面时彼此都愣了，最后还是庆昆叔拉着她的手竟问了句："你怎么都老了呢……"说完，两个人站在那里一动不动，接着两人都哭了。

　　两个人又见了几面，每次见面柳姨都哭得如同泪人一般，怕庆昆叔的家人知道，母亲只得劝柳姨快快回去。一切已无法挽回，再婚的庆昆叔已是 5 个孩子的父亲，日子过得红红火火。

　　临行前，庆昆叔来了，听说她要走，两个半百老人在我们面前毫无掩饰地又哭了，庆昆叔握着她的手塞给了她一笔钱，娶她给孩子治病，并告诉她找机会一定要见见孩子。

　　谁知，这一走竟是诀别，就在柳姨走后的第三天，庆昆叔因悲伤过度心脏病发作，突然去世。

那年那月的记忆

毛凤琴

如梦如烟的往事洋溢着欢笑，那门前可爱的小河流依然轻唱老歌；如梦如烟的往事散发着芬芳，那门前可爱的蝴蝶花依然一样盛开。小河流我愿待在你身旁，听你唱永恒的歌声，让我在回忆中寻找往日，那戴着蝴蝶花的小女孩……

歌曲悠悠，思绪远远，记忆深处的往事历历在目……

那年那月，那土块垒起来的家……

我出生在 20 世纪 70 年代的团场连队，应该说，我们是二师发展的见证者。那时候连队的房子都是土块垒的，随处可见一个提供泥土的大坑边上，男人们将和好的泥巴装进根据需要分类的模具里，用沙子隔离拍好拍实，再端到指定的地方将泥巴倒在沙地上晒干，最后将晒干的土块垛起来，腾出来的地方很快又被新的土块布满……

那时候的家非常简单，最初的记忆中，我家只有一间房子，两张床被一张桌子隔开，进门处是一个横着的火墙和冬天取暖用的炉子，夏天煮饭都是在门口。那时候每家门前都有一个苇把子（用芦苇扎成的）围成的厨房和土灶（我们叫它锅台）。屋后的柴火堆得满满当当，遇到高温大风的日子，总会担心哪家柴火会着火。

那时候家里的装修也非常简单，一桶石灰把墙壁刷白，家里一张八仙桌，两个水壶、一台收音机，墙上再贴有几张年画就美得不得了了。

进入 20 世纪 80 年代后，土块房逐渐被砖房代替，电视机开始普及，洗衣机也慢慢进入了每一个家庭，农场人的日子渐渐富裕起来……

那年那月，那难走的泥泞路……

　　小时候，最开心的就是跟着爸妈走亲戚了。从连队到团部，仿佛是从农村来到城市一样，因为团部有大的商店、有饭馆，还有新华书店……可是每次出门得先看天，如果遇到下雨，计划就得立即取消，任凭你哭得稀里哗啦也不顶用。

　　那时候的路，土厚得可以陷掉半个车轮，自行车骑在路上仿佛腾云驾雾一般，短短十公里路最少得走一个小时，出门前打扮得漂漂亮亮，到了目的地人已经变得面目全非，仿佛白头发奶奶和白须子爷爷一般。不过幸好当时大家都那样，洗洗脸拍拍土就行了，倒也不觉得狼狈不堪……

　　要说最难走的是雨天和雨后的路。雨天行走，与其说是推着自行车，不如说是抬着自行车走，因为车轮早被混合的各种杂草和厚厚的泥浆所灌满，根本推不动，于是只好找根树枝，一路走一路挑，恨不能扔了车子自己走。雨后晒干的路更难走，坑坑洼洼，沿着被车轮轧过留下的痕迹走，一不小心就会人仰马翻，甚至将人摔伤……

　　后来，为了便于出行，大家不得不运煤渣、戈壁来垫路，再后来一条条宽阔平坦的柏油马路纵横交错，人们才逐渐告别了行路难的日子。

　　那年那月，那些难忘的记忆……

　　也许因为女孩子的缘故，没有吃不饱的记忆，却有"偷"吃苹果的开心和快乐。

　　记得那时候家家都有"屯粮"的习惯，老爸老妈也不例外。每年秋天，他们总喜欢去附近的果园里买苹果。明媚的阳光下，那金黄色的果实散发着诱人的香甜。父母总喜欢把苹果放在三层箱子中最下面的大箱子里，大概估计到上面两个沉重的箱子不是瘦弱幼小的我们所能左右的，于是放心地没有上锁。可父母还是低估了我们这几个小馋猫的能力。见父母上班，禁不住诱惑的我们便开始了行动。老三放哨，我和二妹搬箱子，现在回想起来，那么重的箱子不知是怎样被两个弱小的小女孩挪动的，好在箱子边上是张床，我们把箱子一个一个推到床上，然后再打开最底层的大箱子，拿到苹果后，几个人美美地吃上一顿。光过了嘴瘾还不行，还得再把床上上面两层箱子里的东西倒出来，放一层东西垫在苹果里，等到春节，老妈发现箱子里的苹果全都不翼而飞了，这才把怀疑的目光落在了我们三个身上……

　　如今的我们再也不怕饿肚子了，不需要等到生病才能吃罐头，不需要等到过生日、过大年才能吃鸡蛋、吃肉、穿新衣，不需要凭着布票粮票买布买饭，兄弟姐妹的衣服也用不着大的穿小了小的接着穿……

　　团场发生了翻天覆地的巨变，日子也越来越好。往事渐行渐远，那一段烙在心灵深处的记忆却永远不会忘记，它依旧芬芳着生命的每一个春天。

煤油灯下

任银标讲述　杨铁军整理

我叫任银标，是二师三〇团园八连退休职工。不知始于何时，我总喜欢去美丽的人工湖边上走上一遭，去团博物馆看一看。

走进博物馆的展柜，一盏小小的煤油灯映入我的眼帘。"小张，我能拿在手上看吗？"

"可以！"管理员张羽把煤油灯递给我。

此刻，我扭动着煤油灯的旋钮，陷入沉思。别看它貌不惊人，当年，它却是我们重要的生活、生产和学习工具。把煤油灯捧在手心，我似乎看到它的灯芯在微微跃动，发出橘红色的光亮。

正是这微弱的灯光，伴我走过了多少个寒暑春秋。

生活工具

1966 年，我告别了家乡河南省长葛县石象乡李沙窝村，背上行囊，踏上了西去的列车，前往兵团二师孔雀第四农场（今第二师三〇团）八连参加支边建设。

当年，由于生活条件十分艰苦，孔雀四场根本没有照明电。一到晚上，连队里到处黑黢黢的，连谁是谁也分不清楚。一说起未来的生活，"楼上楼下，电灯电话"，便是全连职工的"终极梦想"。

作为照明工具，煤油灯是家庭必不可少的照明物品，每家每户至少有 2 盏。5 月下旬，团部的商店突然进了一批样式各异的煤油灯，尽管每盏灯的价格只有 2 元钱，但对每月只有 29.9 元工资的我来说，实在过于奢侈和"高大上"。

为了节省开支，我就自己动手，用一个废旧的罐头盒、铁皮、自行车的"气门嘴"和棉絮，制作成简易煤油灯——我用铁皮把一缕棉絮裹紧，再把它放在盛着柴油的罐头盒里，于是便大功告成了。

晚上，吸了油的棉絮在不断冒着黑烟，橘红色的火焰在黑暗中微微跃动，在我家低矮的地窝子里，照亮了整个房间，也照亮了我的人生。

生产工具

除了用小小的煤油灯照明以外，同时期的还有马灯，它可是全连农业生产的"重要物资装备"之一。

1967年，我担任园八连"浇水班"的班长，带领着25位职工，负责全连5000亩多耕地的灌溉任务。由于当时没有手电筒之类的"洋玩意"，在小麦地进水之前，"浇水班"成员总会集体到仓库里领取马灯（一种可以手提的、能防风雨的煤油灯，骑马夜行时能挂在马身上，因此而得名）。开始浇水时，全班成员在毛渠边上各插一根木棍，先把马灯绑在上面，然后在微弱的灯光下，用坎土曼开口子，堵口子，从冰凉的渠水里捞泥巴。放眼望去，整块条田里，25盏马灯交叉分布着，星星点点，不停地移动。

到了10月份，若是遇到了刮风下雨，我们身穿棉衣和雨衣，在马灯下进行"秋冬灌"；遇到大水冲垮农渠等紧急情况，"浇水班"成员便会把马灯高高举起，在空中晃来晃去，大家收到信号，便会赶来支援，及时修补农渠，确保渠道的畅通。

学习工具

1971年，除了坚持劳动，我们必做的一件事，就是"早请示，晚汇报"。这是提升职工政治思想素质的必修课。

结束了一天的劳动，连里晚上开会学习是少不了的。全连职工集中在会议室里，只见6盏马灯交相辉映。这时，连长把马灯的光调到最亮，开始带领全连 120 名职工学习毛主席著作、报纸，以及分析当前的最新形势。紧接着，连队干部开始点名，点到谁，谁就开始背诵毛主席语录和"老三篇"（《为人民服务》《纪念白求恩》《愚公移山》）。那时，几乎人人会背"老三篇"。

散会以后，我和妻子衡克清回到了地窝子里，在煤油灯下学习，各自背诵毛主席语录和"老三篇"，并且相互提问，以加深记忆。除此之外，妻子还要给三个孩子洗衣服，唱着家乡的童谣哄他们睡觉。

到了 20 世纪七八十年代，随着经济的发展，孔雀四场 8000 多名职工终于全部用上了照明电。随着时代的发展，电灯、台灯、手电筒、日光灯，繁纷杂乱的灯具丰富了人们的生活，而煤油灯也逐渐淡出人们的视线，后来被送进了团场的军垦博物馆。

几十年过去了。如今，我每晚漫步在团场的人工湖畔，望着七彩的路灯和闪烁的霓虹灯时，总会情不自禁地想起煤油灯。曾经，在一盏盏煤油灯下，坚韧顽强的兵团人一路走来，艰苦奋斗、默默奉献，他们乐观向上、积极进取，无怨无悔……

回首往事，煤油灯发出的是微弱的亮光，照亮的却是一个充满激情的时代。它提醒着现在的人们如今的幸福生活，是多么的来之不易。

难忘那年麦收时

范江讲述　尚新革整理

俗话说：黄金铺地，老少弯腰。

记得 1959 年我刚到团场时，收一季麦子要耗时好几个星期。想起那时收麦子的情景，至今还无法忘却，那时候真是辛苦啊！

我所在的二师孔雀四场（现三〇团）最主要的农作物就是麦子，也是每年开春后最早播种的庄稼。七月，正是麦子成熟的季节，大片大片的麦田连成一片，一望无垠，麦浪随风翻卷。

麦子成熟的季节，也是团场职工最忙碌的日子。

那时，由于缺少现代化机械设备，场里为了抢收作物，提出了"夏收任务不容缓、男女老少齐奋战、抢收抢运抢时间、力争半月收割完"的战斗口号。

于是，团场组织了 500 人以上的镰刀队，并于 7 月 1 日举行了开镰典礼。在这声势浩大的麦收中，人们情绪高涨，干劲十足。麦收开始，大家每天披星戴月，日夜苦战，成绩逐日上升，纪录一次次被打破。

炎热的阳光下，只见人们个个干得汗流浃背，中午也没人休息。即便在星光下，露宿的人们被蚊子咬得夜不能眠，第二天照样天不亮就爬起来。此时麦芒扎得人浑身痒疼，当饭和开水供应不及时，大家便忍饥挨饿，却没有挫伤大家的干劲，反而干得更欢了。工效日日上升，标兵层出不穷。

7 月 21 日，五队（现三〇团十连）的王平娃 4 人小组日平均工效达到 3.3 亩，二大组 8 个人平均完成 2.55 亩，周孟劳日割麦子 5.4 亩。

与此同时，"康拜因"队、马拉车队、运输队、安全保卫队、宣传队、巡回医疗队、产品验收队也同时启动。为此连队专门成立了临时托儿组，孩子们的生活、卫生全由责任心强的阿姨负责，让母亲们安心投入夏收中。人们往往把抢收抢种季节和找老婆联系在一起，大家都说：种不好庄稼一季子，找不好女人一辈子。可见抢收抢种的重要性。

机务组人员更是严阵以待，要求所有人员人不离机车，一旦机车上少了什么零件，机务组同志随时进行解决；修理组同志白天晚上都背着工具跟机车转，哪里有故障，哪里就有他们的身影。机关副主任王璋为了排除"康拜因"故障，陪同修理工两宿没合眼；林园队书记路松法，与职工一起奋斗在麦地，他一会儿给同志们送水送饭，一会儿又抽出时间投入到劳动中去，不断鼓舞大家的士气。

干活有激情，宣传也要跟得上。

为赶进度、创高效，工地上还出现了内容新颖的相声、小唱、广播、传单、漫画、标兵站、标语牌、擂台榜等，这些丰富多彩的宣传活动，极大地鼓舞了大家的积极性，同时涌现出一批优秀的标兵。芦保生首创割麦 7.5 亩、张兰珍（女）割麦 6.16 亩、刘赛英（家属）割麦 4.15 亩……每天宣传员站在机车上，及时公布收割成绩，传递各种消息，掀起了你追我赶、学先进、比干劲的热潮。

机关组也不甘落后，组成报喜队给大家送喜报、发奖品、传号外、送倡议书；团场政委亲临工地慰问大家，还与标兵一起合影留念，并给成绩突出的人员颁发背心、日记本等奖品，号召全员向标兵学习，向他们看齐。

各连队之间也争先恐后地开展劳动"大比武"。不管男女老少，为了争当先进，个个披星戴月，唯恐落后了。只要哪个小组落在后面，一整天都感觉脸上无光。

麦收进行到第 4 天，五队还搞了一次割麦能手大赛。每个班选出 2 名割麦选手，全连选出 30 名割麦高手，拉开了比赛的阵势。在一块条田前，只见指导员一声令下，大家顿时挥舞镰刀开始割麦。获得前 10 名的割麦能手，连队会给他们每人奖励一条毛巾、一顶草帽，其他参赛选手均奖励一顶草帽。不光有奖品，最重要的是荣耀，获得前几名的人员别提多开心了。

此时单位饲养的毛驴、黄牛也都统统被利用起来，投入到运输中去，还有手推车、扁担组也都纷纷加入运输的队伍中去。

随着唰唰的镰刀声，整整齐齐的麦子瞬间规规矩矩地倒在田间地头，等待着马车、牛车、毛驴车的拉运。为了及时把麦子运送到麦场，连长陆铨一马当先，带领全体职工晚上突击奋战。挑灯夜战是另一番景象，麦场上到处都是忙忙碌碌的人们，没有脱粒工具，就用木连枷、木棒敲打。只见地里的麦子不断运进来，场院的麦子垛得像一座座小山。

更有意思的是，连队收割完麦子后，团场中小学还组织学生、家属队收麦，人人掂着书包、化肥袋子到麦田捡麦穗，真正做到"颗粒归仓"。为此，我还被连里安排给拾麦穗的小学生送过绿豆汤呢！

20世纪70年代，随着农业科技的不断发展，团场"康拜因"逐渐增多，不再采用人工割麦。当冒着青烟的联合收割机轰轰隆隆地从田间掠过时，那一垄垄麦子霎时齐刷刷倒地，只见收割机漏斗出口处，那黄澄澄、金灿灿、珍珠般的麦粒像潮水一样倾泻而下。

时光飞逝，那收割的麦田里，留住的不仅仅是齐刷刷的麦茬，还有庄稼人的喜悦与回忆。

记忆深处的小板凳

尚新革

"别看个儿小，力气可真大。驮个胖娃娃，不喊哎呀呀。"儿时，这是一则关于小板凳的谜语。

说起小板凳，现在的年轻人不大理解。是过去团场孩子最常见的玩具，年长一些的人大多都对这个神通广大的玩具有着深刻的印象，因为那是永远也抹不去的记忆。

20世纪80年代以前，很多团场人还不知道沙发、席梦思为何物，更别说液晶电视、平板电脑这类东西了。那时候很多团场人家里的器具非常简单，小板凳就是其中之一。小板凳是我们生活的必需品。家家户户都离不开它，而且至少要人手一个。每到夏天吃饭时间，很多人会在自家门前放个小饭桌，四周摆放小板凳，一家人的饭局就这样开始了。记得上小学时，学校有时集合开大会，因为没有礼堂，会场便选在操场上，学校要求学生自带小板凳。

小板凳的材料简单，大多是从废木料中寻到的几块木板，结构简单，做工也不复杂，把一块木板刨平了，安上四条短腿就做成了一个小板凳，一般很少再刷油漆、装饰。

上小学时，我在三〇团煤矿学校就读。学校没有配备板凳，提供的所谓课桌，就是用一个长木板，两边分别钉上一块方木块，随后埋在教室的土地里，然后一排排的课桌就完成了。板凳只得自己从家里带来。那时，学校分座位不是按照个子高矮，而是按照板凳的高低排座位。

每天，我们这帮天真无邪的小孩，非常自豪、开心地背起母亲在煤油灯下用碎布头亲手缝制的花花绿绿的小书包，嘴里啃着玉米面的馍饼，抹着鼻涕一路蹦蹦跳跳地上学了。放学时，小伙伴们还得将板凳带回家。家里也基本与小板凳为伍，吃饭坐小板凳，做作业坐小板凳，乘凉也离不开小板凳。

"小板凳，四方方，站在地上稳当当，客来了，请坐上。"

"小板凳，不要歪，我让爷爷坐下来，我帮爷爷捶捶背，爷爷夸我好乖乖。""小板凳，四条腿，我是奶奶的好孙女。奶奶年纪大，我给奶奶拿板凳。"

唱着这样的歌谣，我们这些孩子们逐渐学会了尊敬长辈，学会了爱护每一件物品，学会了简单的家务劳动。

小板凳还是我们看电影时的好伙伴，那个年代放映电影很少，每次放电影矿上总是提前两天在大广播上通知。放映电影那天，我们赶紧吃完晚饭，搬出家中的小板凳，到操场去抢位置。那时候，放映员先把电影幕布拉好，然后就吃饭去了，我们把凳子放在幕布前，等待电影放映，此时的幕布前后都会出现不同人家的小板凳，每家每户都不一样。有时，有些胆大的孩子为了占一个有利地势看电影，趁小板凳的主人不在，悄悄挪动主人的小板凳，将自己的板凳插进空位，常常被小朋友发现后，免不了红脸争吵，甚至打架的都有。

最有趣的是，当电影放映员将放映机架在幕布前那一刻，总会有一点波动，因为幕布悬挂在操场中间，所以幕布前后都会有座位，而幕布前后都能看电影，只是一个是正面，一个是反面，声音都一样，只有影片上出现字幕时，背后看是反的。于是调皮的小孩便会躲在幕后看，"幕后的电影"也正是那个年代的一大特色。

随着时代的发展，现在的学校几乎都有漂亮的课桌，完备的实验室、气派的图书馆、一流的操场更令人感叹。走进教室，宽敞亮丽，水磨石地板、白漆墙面、风扇吊灯、先进的班班通……完善的硬件设施一应俱全。

而今，均衡教育也让农村落后的学校变得高大上，农村娃坐在窗明几净的教室里，沐浴着爱的教育，幸福得像花儿一样……

送女儿回上海

杨雷

大女儿已是近四十的人了，可她两岁多那年送她回上海的事儿，我至今还记得清清楚楚的。

那时，我们全家还生活在塔里木垦区一个偏远的农场。虽说生活很艰苦，但我们精神上还是很富足的。因为有了个可爱的女儿，夫妇俩干活再苦、再累，可回到家只要一看见女儿那活泼可爱的笑脸，听到她用那稚嫩的声音咿呀学语，一切劳累和烦恼都烟消云散了。

那时的塔里木垦区农场，太艰苦、太闭塞，医疗条件更差，根本不利于孩子的成长和发育。当时，有不少上海知青都把自己心爱的儿女送回了上海，企图凭借父母的亲情为孩子营造一个美好的童年。

"把孩子送到上海去，过几年再接回来吧！"深夜的"家庭会议"定了，于是我们立即行动。

在那个年代，偏僻的塔里木垦区农场，除了成片维系生存的盐碱地，就是大片的沙丘，还有成片的土坯房，一望无垠的地平线上是死一般的寂静。由于偏远，从我们所在的生产连队到团部步行需要一个多小时，离通往外界的公路还有十几公里路，距库尔勒有200多公里路，离能通往上海的铁路还有800多公里。这样的条件下，要带着一个刚两岁的小女孩上路确实是件苦差事。

为了送女儿回上海，当时已和正要回沪探亲的朋友赵广德谈妥，由我这个初为人父的父亲先把孩子护送上火车，然后再由他把孩子安全送到我家中，交我给父母。可怜的父母把我们抚养成人后，还要担起抚养孙辈的责任，现在想想还真有点愧对老人家。

女儿虽说只有两岁，却似乎知道我将把她带到哪儿去，路上并没有给我这个父亲添什么麻烦。只是当沿途看到老乡的马群时，她会忍不住惊叫起来"爸爸！怕！"

虽说她是在农场长大的，却还从未见过马，更没见过马群了。

后来，老乡的羊群把路给挡住了，我们的车只得停下，我下车帮着一起赶羊，她这回没有惊叫，还嚷着要下车和我们一起赶羊呢。

汽车颠簸了一天，夜晚就在库尔勒的一位朋友家住下。直到翌日清晨，我们才又搭上汽车，向着大河沿（吐鲁番）进发。

八月的戈壁滩，灼人的烈日把驾驶舱烤得发烫，人人口干舌燥、挥汗如雨。我那可怜的女儿小脸虽被灼得通红，却很安静，她瞪着两只大眼睛一直看着车窗外掠过的风景。

真庆幸，孩子并没给我带来什么麻烦，于是我下意识地抚摸着怀里女儿那稀疏而又显微黄的头发。一路颠簸，一路风尘，车沿着公路在一个叫库米什的食宿站停了下来，加水、吃饭、"唱歌"（不知是什么原因，人们把在戈壁滩上解手称作唱歌）。

我也趁机领着女儿到附近的小集市上逛逛。就在这时，女儿一下子被那黄灿灿的哈密瓜吸引住了："爸爸，瓜，要瓜。"她手指着一堆哈密瓜，拽着我的手，要我买瓜给她吃。这位维吾尔族老乡不太熟练地用普通话喊："五毛钱一公斤，甜得很！甜得很！"

其实，要是在我们农场，这样的瓜五毛钱可以买上十几公斤呢。

当时，我也根本顾不了那么多，女儿要吃，就是再贵也得买。我仔细挑了一只不很大的瓜，一称就是3公斤，我爽快地从兜里掏出一张10元钱递给老乡。不料，这位老乡却不要大票，他说他要毛票。我只得向朋友求助，总算凑齐一块五毛的毛票（记得当时还有些分币），这才把瓜买到手。

我问老乡这是为什么，他用那变了味的汉话说："小票子多，数起来有意思。"

拿到瓜，随身却没带刀具，只得用拳头砸瓜，掰开后给女儿吃。不料，女儿却一个劲儿地把瓜推向我，嘴里还说："爸爸吃，爸爸吃。"

此刻，我感到女儿突然长大了，眼泪再也止不住地掉在了那干涸的沙土地上。

我哽咽着说："蔚蔚吃，爸爸不想吃，蔚蔚听话！"尽管当时我也非常渴，可我却怎么也吃不下，我看着她一块一块地吃着，直到把她那小肚皮吃得胀鼓鼓的，我才尝了一小块，真甜啊。

在离吐鲁番不远的托克逊，小饭店里的人很多。我和朋友把刚买的馕先放在桌上，让女儿看着，然后我们再去排队买菜。可等我们把菜买好回到桌前，馕不见了，此刻女儿的神情显得非常紧张，不敢说话。顺着她的眼神，只见墙角边一个衣衫褴褛的脏汉正捧着一个馕在吃，其余的馕上都已被他吐上了唾沫堆在地上。我真是无奈极了，这回只得我在此"留守"，由赵广德去买馕了。

到吐鲁番时已是傍晚时分，离深夜十一点多的火车发车时间还有几个小时。可我们三人谁也不敢离开行李，只能安静地坐在候车室，饿了就啃口刚在托克逊买的馕，渴了就喝自带水壶里的水。

终于，开往上海的51次快车进站了。

此时我浑身热血沸腾，手拿肩扛，不仅一件行李也不能落下，还得搀着即将离我远去的女儿。我们跟跟跄跄挤在人群里朝站台涌去。等我把行李安顿好，发现此刻女儿脸上已经挂满了泪珠，默默地看着我，嘴角开始抽搐……

"蔚蔚听话，这位叔叔带你到上海爷爷家，以后你就可以天天和奶奶在一起了。别哭，外公外婆也都会非常喜欢你的，别哭。"

"呜哇——哇！"女儿决堤般的哭声猛烈地冲击着我的心扉，两行滚烫的泪水仿佛在提醒我不能这样，否则就无法收拾，如果此时女儿不愿走了可怎么办？我强忍着，双手不停地抚摸着女儿脸庞和她那微黄的头发，整个人都沉浸在悲痛之中。

"列车马上开出，送客的人下车了！"

这冷冰冰的逐客令，又把我从酸楚中推向了痛苦的高潮。我双手只得无奈而又缓慢地从女儿的脸上滑下，把女儿抱到朋友怀里。刚要挪开沉重的步子，准备与朋友握别，"爸爸，爸爸，爸爸！"女儿紧紧地拽着我的手，我也紧紧搂着女儿。最后还是在站台上几声急促铃声的催促下，我才无奈地与女儿痛别。刚下车，列车就开始徐徐移动了。我独自站在月台上，揉着眼睛、抹着泪水，只能泪眼模糊地望着渐渐远去的列车，直到那闪亮的列车尾灯在夜幕中完全消失，这才拖着沉重的脚步离开站台。

在这个月黑风高的深夜，我在车站外踽踽独行。

尽管是八月的吐鲁番，可我却觉得"透心凉"。不知是我的坏心情影响了上天，还是这儿的气候就这样无常。忽然间狂风大作、飞沙走石，倾盆暴雨劈头盖脸地向我袭来。我无处躲藏，不一会儿，浑身上下都湿透了，心情更坏，女儿的呼唤声一直还萦绕在耳边，久久无法散去。

伙房趣事

王荣荣

在塔二场（二师三十五团前身）工作了很多年，总有一些难忘的事，尤其在伙房工作的那段日子，让我终生难忘。

伙房新兵

1965年10月底，班长张连星突然通知我："队里决定，明天你去伙房工作。"

我听了后先是一愣，继而一喜。

那时候，大家对工作变动经常有个习惯用语：从农业大田调往好一点的工作岗位，叫作"上"，比如上机务、上果园、上菜地、上畜牧、上浇水班、上伙房……如果你表现得不能令领导满意，那就"下大田"。大田劳动是农场最辛苦的工作，干的活儿也是最累人，不但劳动时间最长，干一天只有两次小休息，最恼人的是没有自由，如果不抓紧时间干，根本完不成任务。

张班长有手绝活，他事先砍好一捆干苇草，然后一根一根插好，作为分工地的标记，一人一段，分开距离，相互之间还无法讲话。

我进新疆时才16岁多一点，稚气未退，玩心太重。

有一次，为了到沙包里玩，一天不吃饭，还旷了一天工。现在，领导调我"上伙房"，我能不高兴吗？

当天晚上，我背靠着被子倚在床上，望着窗外月光，听着摩挲的风声，难以入睡。

明天要上伙房了，太兴奋了！不仅可以脱离大田劳动了，更重要的是可以摆脱饥饿的折磨，因为那时凡是在伙房工作的人吃饭可以不定量。

第二天，起床钟声一响，我便兴冲冲地来到伙房报到。伙房的戴班长，50多岁，精瘦精瘦的，挺会说话。他让我先吃早饭，然后发给我一条围裙、一副袖套、一双手套，又问了些无关紧要的话。我就按照班长的吩咐去挑水了。

伙房的直接领导是司务长，姓简，河南人，三十来岁，文化程度不高，精明能干。因为姓简，老职工开玩笑地叫他"老监头"，不过我们可不敢叫。上士叫赵敏，负责采购用品、管理账目、发放粮油，他个子不高，身体壮实、能说会算，炒得一手好菜。因为他长得像一部电影里的会计王老四，大家在背后称他为"王老四"。

伙房里炊事员有7个人。负责面案的是贝师傅，绍兴人；负责菜案的是王师傅，河南人，爱说笑，模仿"抓壮丁"中的王保长有声有色，于是大家干脆就叫他"王保长"；还有上海知青郭麻子（因是麻子脸而得名），豹首燕颔，身体强壮，十分能干，进疆后一直在伙房干，人人都叫他"麻子"，他从不在意，时间长了，他的真名实姓反倒没人提起了；有一个姓林的湖北人，小小的个子力气挺大，眼睛深度近视又没有配戴眼镜，人称"林瞎子"，他常爱和妇女动手动脚开玩笑；还有烧大灶的副班长"张胖子"；山东大汉"陈瘪嘴"。农场职工为了消遣无聊，几乎人人都有绰号，并无恶意，倒增加了几分亲近，好似梁山上的好汉。

在伙房工作，要早起一两个小时，和面、发酵、洗菜、切菜、烧汤、打糊糊。到点了还要敲起床钟，打开伙房门，为职工提供热水洗脸。大灶上一排4口大锅里的水靠蒸馍、炒菜时烧大火的余温热水就烧好了。

半小时后开早饭，那时上海知青实行供给制，由每个小队派人来领。老职工都在窗口买饭。

每天早饭过后，在大田上班之前，我总要借口回宿舍，顺便悄悄地带两个馍回去，接济几个吃不饱的同室好友。不料，很快被人发现，于是伙房规定：今后大田上班之前，炊事员不得离开伙房。

我知道，这是针对我的，没有挑明已经是给我留足了面子。

过了几天，我在洗萝卜时，戴班长坐在我旁边抽烟，他趁吐烟之机长叹一口气说："那么多人吃不饱，谁能管得过来呀？"我懂了，他这是在开导我。后来戴班长因身体不好，调到机耕一队他女儿那里去了。后来我们再也没能见过面，可我心里一直惦记着这位忠厚的长者。

几天后，司务长安排我搬到伙房的集体宿舍去住。

我的工作是每天赶着毛驴车到大菜窖里拉大白菜，一个人下菜窖搬白菜、装白菜，爬上爬下得很多趟，又累又热。装车也要有技巧，车底白菜要码得平整，层层要压缝，拐角要压实，然后逐渐收好顶。渐渐地，我拉的白菜一天比一天多，半路上不再坍塌了。单位一位老职工夸赞我："这车白菜码得太漂亮了，这小伙子真棒！"我听了心里美滋滋地。

挑水是伙房里的集体活，早晨和晚上的洗脸水是必不可少的，每天两次全体出动。大家分工合作，齐心协力，挑的挑，提的提，挑水的大步走，井里提水的人们两臂上下飞舞，一派忙碌的景象。

两个月后，司务长便安排我到菜案上跟老王学炒菜。大伙房炒菜的不是锅铲，而是用大铁锹，这是个力气活。炒白菜水滑顺溜，炒洋芋特别费力，由于洋芋含淀粉，爱粘锅，动作慢一点就炒不动了，上面还没熟可下面已经粘锅了，一顿要炒几大锅，大冷天也会累出一身汗。

大会餐

临近元旦，队领导安排伙房要提前做好准备工作，元旦那天举行大会餐，并嘱咐再不能像去年过元旦那样了。

原来，去年过元旦，连队领导担心我们这些知青寂寞想家，想让我们节日过得热闹快活点，给每人发了一碗肉馅、一公斤白面，让知青们自己包饺子吃。可谁知，我们别说包饺子，就连吃过饺子的人也不多。于是，有的人做了一锅肉末面疙瘩，有的人和面摊成饼，用茶缸盖子扣出饺子皮，然后裹上肉馅，把边一捏还算有点饺子样。最后几个人合伙用钢精脸盆在铁炉子上烧水下饺子。

看到饺子浮上来了，于是大家齐声欢呼，说着、笑着，纷纷用筷子、勺子把饺子捞到碗里，倒点酱油就吃了起来。

"啊，太鲜了！"

"太好吃了！"

营房里两个大院子充满了欢笑声。有人吹起了口琴、笛子，有人拉起了二胡，也有人唱起了歌。闹够了、乐够了、吃饱了，大家才平静了下来。突然，十一小队的茹鑫林唱起沪剧："盼星星，盼月亮，左盼右盼盼亲娘……"委婉、凄凉的唱腔又勾起了大家的思乡之情，刚才还热闹非凡的场面顿时被泼了一盆凉水。

夜晚，麻烦事来了。有人急着上厕所，每间宿舍都有人轮番着去，厕所客满了，有的只好在厕所外面、宿舍后面的林带里就地解决。

第二天，好多人请病假，有的坚持到了工地，仍不停地要去大便，根本干不成活，下午全部停工了。晚上开大会时，孙队长对着伙房大发脾气，他还以为是因为伙房没有及时供应开水（那天伙房放假），大家吃肉馅饺子后喝了凉水才拉肚子的。其实，他不知道是因为大伙儿吃了没煮熟的饺子的缘故。

今年的元旦到了，伙房里热气腾腾的，司务长、上士同我们一起忙碌起来。上士赵敏亲自掌勺炒了几个拿手菜，到了下午，八菜一汤就做齐了，有红烧扣肉、白菜肉片、凉拌粉条、土豆丝、萝卜炖羊肉……伙房里飘溢着诱人的香味，充满了爽朗的笑声。我们这些炊事员个个忙得大汗淋淋，脸上却露出灿烂的笑容。

橙红色的太阳慢慢钻进西边的晚霞，收敛着它并无太大威力的光芒。营房边的杨树静静立在那里，在光秃秃的树梢上几只不愿归巢的乌鸦扑扇着翅膀"呱、呱、呱"地叫着，似乎在提醒我们："会餐啦，开始啦。"

餐厅就在俱乐部，俱乐部被打扫得干干净净，各小队手拿碗、勺、筷排着队进了餐厅，在指定位置蹲下。受条件限制，这里没有餐桌，没有凳子，只能将就了。

我们把八菜一汤摆放在中间，人围蹲成一个个圈。队长、指导员高兴地祝大家新年快乐，然后宣布："大会餐开始！没有酒，用不着干杯，就放开吃菜吧！"

　　一声令下，大家嘻嘻哈哈地飞快地舞动着筷子，还不时地互相开着玩笑。那红烧扣肉，肥肥的、大大的，本来是每人一块，但女生吃不下去，多出来的都"支援"给男生了。有个姓潘的"饿狼"据说吃了十来块。不多久，风卷残云，很快就盆光盘尽。不到一个小时，大会餐结束，天也渐渐暗下来了。大家心满意足地回宿舍休息了。

　　这时，队长、指导员才来到伙房，感谢我们为大家做了顿新年晚餐，并陪着我们一起吃饭。上士拿出自己买的酒，给大伙斟上。领导跟我们一一碰杯，预祝大家在新的一年里把伙房工作做得更好！

　　在伙房工作的日子，虽然每天又忙又累，但我感到特别开心。

垦荒先遣队

王弘予

1966年，是我们来到新疆的第四个冬天，在塔里木二场（二师三十五团前身）开垦了规划中的最后一片荒原——维满克。

维满克是个维吾尔语地名，没有人知道它的含义和由来。

这次开荒各个连队都有任务，由于要就地扎营，队长指名我和俞性惠等6人充当先遣队，为将要奔赴荒原的百来号人挖地窝子，还要外加一个伙房和一口井。

我被指派到远离连队的地方单独工作，在当时也算是领导对我的信任，表明他对我们还比较器重。领导为了勉励我们，还让司务长给每人发了一洗脸盆葵花籽。

几天之后，一辆牛车"吱吱呀呀"地载着我们6人，连同铺盖、坎土曼什么的拉到了蚕桑二队处。这里是离垦荒区最近的连队，我们主要的任务是去寻找和借住一间空着的破房子，也为了要在那里的伙房搭一段时间伙。

在以后的大约20天里，每天清晨，我们扛上坎土曼，带着水壶和干粮向维满克出发；黄昏，一身尘土满身疲倦地回到这间破屋里。

各连队地窝子的位置都是由场部划定的，围绕在大干沟的拐弯处，大干沟大约就是过去的塔里木河，这条河号称"脱缰的野马"，自然会在荒原上留下无数的沟沟壑壑。

场部将地窝子规划在大干沟的拐弯处是有道理的。首先，这里沟比较深。特别是拐角处有一个大水坑，这应该是当年河水汹涌的杰作。坑里的水是苦的，但至今都没有干，说明这里地下水丰富，它的水面便是地下水的深度。如果在水坑周边挖坑，很容易出水，而且可能挖出淡水。如果没有淡水，上千名的垦荒者根本无法在这里生存下去。其次，在水坑北面陡峭岸上，有三棵靠得很近而又非常高大的胡杨树，方圆几公里都能看见。由于垦荒地点离这里还有三公里多，其间遍布茂密的红柳和铃铛刺，不经常抬头看标志物，是很容易迷路的。接下来的日子，我们就要在大干沟岸边开始挖地窝子。

我们挖得很辛苦，因为地表沙土之下，有很厚一层干得发白的硬土。一坎土曼狠命地挖下去，常常胳膊震得生疼，才只能蹦下一些小小的碎块。有时连坎土曼都卷了，还没挖下去多少土。

我们的任务是要挖 12 个地窝子加 1 个伙房，时间必须赶在大队人马到来之前。由于进度受阻，大家就只能早出晚归，好在 6 个人都是精壮的小伙子，每天收工时虽然每个人都干得筋疲力尽，但一觉睡醒依然精神抖擞。再加上大家渐渐找着了窍门，硬土这一关总算闯过去了。其间，我觉得离开连队最大的好处倒不是那一脸盆葵花籽，而是不用再天天晚上开会学习了。不管再苦再累，擦擦身子倒头便睡，这在当时不是人人都有机会能享受上的。

很快，就快到了大队人马开进的日子。

在大部队到来之前，队长来工地查看，夸我们干得好，没耽误工期。见领导高兴，我们也乘机要求补助些口粮。队长却没敢答应。临走前，叮嘱我们最后一天一定要把灶台和井都挖出来。于是，6 个人商量了一下，决定由我和俞性惠挖井，其余 4 人为伙房两口大锅掏灶膛。这也是个费力的活，还得打通烟道，砌好烟囱，放上锅就可以生火做饭了。

从伙房下坡 20 多米就是水坑边，临近冬天。地下水位下降，水坑边出现了几米宽的水滩，这就是我们要挖井的位置。滩地上生长着稀稀落落的芦苇，地表全是黑黑的淤泥，一脚踩上去，就吱吱地直冒水泡。

我们所谓的挖井，其实就是挖个二三米直径、一米多深的圆坑，让积存下来的水必须够伙房做饭和一百多人洗脸、擦身使用。此时，大伙最最担心的是挖出来的水是盐碱水，如果那样就意味着我们前功尽弃。所以我们尽可能挖深一些。如果渗出的是苦水，就另选位置，免得多花冤枉力气；如果能渗出淡水，我们就将坑不断扩大。

我和俞性惠卷起裤腿，挽起衣袖，挥舞着坎土曼就干了起来。滩地上土倒是很软，但挖不多深便满是稀泥，一会儿就溅了一脸一身，整个人没干净地方。我们顾不上擦，也无法擦，因为越擦越脏。

挖到约一米深时，我忽然看见有一股水在"咕咕"地往上涌，心中不禁又喜又怕。喜的是终于见水了，怕的是这股出水的位置太靠近水坑，如果与盐碱水相连，那么我们使出的浑身力气就这样全都泡了汤。眼看着坑里的水不断往外冒，这时俞性惠建议我们一人先尝一口。说实在的，我们进疆三年来，喝不到开水是常有事，干活时我们渴了就趴在渠道上像牲口一样地捧口水喝是常有的事，喝渠水也几乎是人人都经历过的事儿。

在塔里木农场，腹泻几乎都算不上病。不信，你可以进厕所考察考察，没有几个不是稀汤寡水的，但拉稀的人照样得下地干活。我得过急性肠胃炎，面对这满淤泥的黑水，喝还是不喝，心里很犹豫。但犹像归犹像，最后还是要喝，"我们不下地狱谁下地狱"，这就是当时的心理。

既然挖出的水又脏又臭，那就少喝点吧。于是我先来，弯下腰双手捧水，闭上眼喝进嘴但没有咽下，心想如果现在就可以品出咸淡，我就将水吐了。谁知，除了觉得一嘴的臭气，根本没尝出这水究竟是苦还是不苦。莫非让这口臭水进肚子也是天意？我只好忍着恶心将臭水咽了下去。我咂咂滋味，好像不苦，因为苦的感觉是很明显的。

俞性惠见我不吭声，着急地说，"让我来"。他双手一捧，水就下肚了，然后，摇摇头看着我说，好像不苦么。

我大笑道，不是好像，是真的不苦！为保险起见，我们每人又各喝了一口。于是信心大增，跑到高处就地一躺，干了半天我们也该好好歇歇了，有了力气再把水坑向外扩大几倍。

我们6人终于完成了任务。

这年冬天，蚕桑一队有一百来人是在维满克度过的，零下20多摄氏度的温度，大家就住在这12个地窝子里，门口只挂着一条草帘子挡风保暖。这么多年过去了，每每想起那次挖地窝子，并没有感到太多的苦与累，心中更多的是挥之不去的留恋。

第四章　筑梦前行

心中的铁门关

冯忠文

忽然想起军垦新城第二师铁门关市，心中无限感慨，铁门关市是一座可以抚慰身体、放飞心灵的地方。

吸一口清新的空气，在喧嚣中找回内心深处的安静。

夜幕降临，华灯初上。微微细风，吹在脸上，伴随夜的思绪悄悄游走。徜徉于静谧安详的铁门关市街头，不由地来到流光溢彩的将军河景观带等公共休闲场所，千万盏灯光便是千丝万缕的人间烟火，包裹着整个夜色，一幅丰饶壮阔的画卷呈现在眼前。

感受铁门关市这座活力之城的温度，聆听远古边塞诗人柔婉低吟的韵律，随着将军河潺潺的流动，领悟到了现代时尚城市的文化底蕴，清新的城市瞬间渗透了全身的每个细胞。

关于铁门关，在库尔勒的北部还有一处铁门关。

这座铁门关曾是古丝绸之路的中道咽喉，中国古代 26 大名关之一，也是南北疆交通的天险要冲。"铁关天西涯，极目少行客。关门一小吏，终日对石壁。桥跨千仞危，路盘两崖窄。试登西楼望，一望头欲白。"这就是唐朝边塞诗人岑参为它题的诗。

而今天的铁门关市，则经过几代军垦人 70 年来的艰苦奋斗、勇于奉献，从不毛之地到绿树成荫。梦想伴随着汗水追逐，岁月里挟着沧海流逝，二师人创造出了荒原变绿洲的人间奇迹！铁门关市也成为兵团屯垦戍边的见证者。一座崛起的欣欣向荣的小城，一片朝气蓬勃的滚烫热土，让人们看到了凝聚力量的一代代干事创业的军垦人，他们牢记使命，担当实干，负重前行。

创业没有休止符，发展永远在路上。

这城、这河、这人，足以证明二师人扎根边疆、建设边疆、奉献边疆，以时不我待、只争朝夕的使命感，不断迈进新征程，奋进新时代，创造出一个个历史奇迹，用人生豪迈谱写出一曲曲感天动地的兵团建设的壮丽凯歌。

铁门关市城市不大，却很精致，很容易让来过的人陷入梦幻般的意境里，潜入到诗意的仙境中。白天，看钟灵毓秀的城市风光，流连忘返；夜晚，赏美轮美奂的城市之夜，令人意犹未尽……

站在高耸的标志性建筑"丝路雄关"城楼上远眺，只见蓝天白云下的城市碧波荡漾、枝繁叶茂、花红柳绿，真是城在林中、路在绿中、人在景中。街头的玉兰树仿佛一位温婉如水的古典女子，娇艳、妩媚、动人，朵朵玉兰花中，暗藏了玉的冰清玉洁、秀美无瑕。火炬树盘根错节，深扎厚土，近看像一簇簇火红的高粱穗，摇曳着、翻滚着，远看像一束束点燃的火炬，上下飞舞，预示着二师人的红色信仰。

铁门关市，宁静得似一泓湖水，凝结了人间的一份灵秀，一份优雅，使二师人在梦之外的荒原，编织着一份绿洲新城的梦想。

漫步于将军河景观带，鸟鸣林更幽，沉浸在花间绿丛，思绪如同跳跃的字符，驾驶着云雾弥漫的遐想去抒写最美的诗行。有河便会有桥。十里将军河，有九座人行桥，八座公路桥，五座岛屿桥。每座桥都有一个响亮的名字，胜利桥、军垦桥、三五九旅大桥、安定桥……它们名字厚重，意义深远。单看这些桥的名称，就足以知晓铁门关市是一座崛起的现代化军垦新城。桥大小不一，且各有姿态神韵。桥与绿化带中雅致的亭台水榭交相辉映，巧妙地打造了一个园林式休闲水系，各自成景，又浑然一体。桥与四通八达的城市道路衔接，一路一景、一楼一景、一桥一景，形成了一个多层次、立体化、有特色，体现现代文明气息的城市景观。

将军河不仅是一条有故事的河，更是一条英雄的河。

我到过被誉为人间天堂的苏州杭州，留给我的第一印象就是清新自然，身心愉悦的舒坦，尤其是小桥流水人家的古朴，令人难忘。然而那里太潮湿、太阴暗，乌云伴着寂寞的我游走于不同的陌生街巷，路灯在蒙蒙细雨中呜咽地轻语，石桥在忧伤中无精打采地守望……我只是一个过客，风不挽留我，雨未话别离，只有自己的足迹沿着回乡路。

我不想拿铁门关市与苏州、杭州相媲美，但这座传奇的西北小城，似乎超越了我意象中的苏杭，它虽没有它们的古朴典雅，却融合了各民族的深度交往，不同语种在这里尽情交流，南腔北调侃侃而谈的人群，构成了多元化的城市。

都说"上有天堂，下有苏杭"，可苏州杭州能有这样的城市特质吗？如果你感兴趣，不妨来铁门关市看看，你会感受到它的清新和雅致，它的不紧不慢的生活节奏，它的时尚温婉的矜持，还有它活力之外的低调。说实话，爱上一座城市并非容易的事情。最初，我是以游客的身份，"逛"在了这座城里，城市的安逸烙在了心中；现在，这座城已经"住"进了我的心里。不瞒你说，见到第一眼我就深深喜欢上了它；如今，我生活在了这座城市，就像爱上一个人，有时候不需要任何理由，没有前因，无关岁月，只是深情地眷恋。

行走在铁门关市，处处深陷鲜花绿丛，干净宽敞的街道，鳞次栉比的高楼，郁郁葱葱的绿化带，加上那条撼动人心的将军河，这就是目之所及的塞外江南铁门关市，一座让人呼吸舒畅、流连忘返的城市，静谧与柔和中勾勒出一幅恬静和安详的图画。安静中，身心不由感到惬意和温暖，像是城市的一个深情的热吻；安静中，内心在鸟语花香的世界里瑰丽多姿，自己潇洒地活成了城市的主角。

一条路的变迁

张万平

这条路，我走了许久，自蒙昧开始，一直走到了中年，走到了今天。不知不觉中，已到中年的我，忽然悟到：我已见证了她的变化，她也见证了我的人生。

一条路，能够伴随一个人的成长，也许并不鲜见。但是，这条路不仅见证了我的成长，同时，也见证了一群奉献者的足迹，见证了一个团体发展壮大的历史，见证了共和国的戍边人、拓荒者由青丝到白发的心路历程。她，就是地处焉耆盆地西缘、开都河南岸的二十一团，2004年完成小城镇建设后、在国庆节那天命名的"开来路"。

这条路并不长，也就2000多米（但主干道很早就已连上了218国道）。然而，这条路却与共和国同龄。那还是20世纪40年代末，国民党驻疆部队和平起义后，西北野战军二军六师十七团的官兵赶到焉耆盆地，接管焉耆城防。为了减轻地方政府的压力，不给老百姓增加负担，十七团除少量部队留守焉耆城防外，其余官兵沿开都河溯流而上，在南哈尔莫敦这片戈壁荒滩上开始了自给自足的大生产运动。时任十七团团长的谢高忠，认真考察了距焉耆28公里处这片芨芨草滩。这里不仅紧靠唐僧西天取经路过的通天河（即现今的开都河），而且距开都河不远处还并行着一条开烈渠，发展农业条件很好，于是谢高忠站在一人多高的芨芨草中，指了指眼前这片土地，用带着钢音的嗓门对十七团的全体官兵说，团部就建在这里！由此，共和国的版图上开始多了一片绿洲。部队拉开垦荒后，为了便于联系，从这里开拓出了一条路，这就是最早的开来路。

据父辈们说，当初这条路浮土有一尺多厚。后来团场有了拖拉机，就在路上垫上了石子，再后来又在路两边栽上了白杨树。20世纪70年代初，我开始在团场子弟学校接受启蒙教育，从此，这条路上又多了一群像我这样的军垦子弟。当时，这条路上经过老军垦垫过砂石后，没有了浮土，但遇到阴雨天还是泥泞难走。上学回家，遇到下雨，鞋底沾上泥巴走不成，只好提上鞋子光脚板走。

那时路上除了走拖拉机，就是自行车。几乎见不到别的机动车。由于自行车走的最多，路两边走出了80厘米左右的自行车道。我们为了节省鞋子，经常光脚丫子走在平平的自行车道上（因为路中间有石子，硌脚）。

走在这样的路上，看到汽车也是件稀奇的事情。

记得有一次，可能是一次较大规模的农业观摩，我们几个同学正巧走在去学校的路上，哇嘿，看到了一溜小汽车！我们高兴地停下来数汽车。数了足足有半个多小时，最后一算才十三辆（因为路不好走，每辆车拉开的距离很远），即使是这样，我们也算开了眼界哩。事情过去很久后，我们时不时地向没有看到那次小汽车的小朋友炫耀时，那些小朋友们羡慕地询三问四。

八十年代后，这条路上自行车开始多了起来。成群结队走路的人少了，骑自行车的人多了。到了八十年代末，这条路由砂石路变成了六米宽的柏油路。我们这些团场人才开始有了一点点自豪。到了2004年10月，这条路终于有了历史性的改观——普通柏油路变成了城市化的街道，路灯亮了，路面宽了，人行道和机动车道被分开了，人们脚上的皮鞋也不用天天打油了。到了傍晚，吃罢晚饭的人们开始学着城市人的样子到马路上散步了。

到了九十年代末，这条路上骑自行车的人又少了，骑摩托车的人多了。尤其是来来往往的汽车没有人看了。各种牌子的汽车似乎总有拉不完的东西。到了秋天，拉西红柿的、拉辣椒的汽车，比国道上还多哩。

现今，团场的路亮了起来，职工家富了起来，职工家买小汽车的也多了起来。路好了，车也好了，职工自用车不仅有桑塔纳，而且有奥迪。路宽了，路美了，职工家的日子也像"开来路"一样越发展越美了。

将军河流过的城市

冯忠文

行走在北方军垦新城二师铁门关市，一条穿城而过的河流，一条抚慰人心灵的憩园，它就是将军河。

单听这名字，就无不感受到一种震撼。而横跨河流的胜利桥、军垦桥、三五九旅大桥、安定桥等，又让人联想到它又是一条历经风霜、经过战斗洗礼的河，河中流淌的仿佛是革命者的血液，炙热而令人肃然起敬。

将军河是一条有故事的河，一条真正的英雄河。

20世纪50年代，第一代军垦人，他们来到这片荒原。从此他们生活在人烟稀少、杂草丛生的戈壁荒滩中，在恶劣的环境中，他们开荒种田、修渠引水、发展养殖，住的是地窝子、喝的是涝坝水、啃的是冰冷的窝窝头……在王震将军的亲自规划和带领下，十八团1300多名官兵，屯垦戍边，在亘古荒原上摆开了兴修水利的战场。为纪念十八团官兵们的壮举，大渠被命名为十八团渠。

十八团渠流经铁门关市的这段流域，被人们称为将军河。此时的将军河，流水潺潺，波光粼粼，在日月星辰中泛着独特耀眼的光芒。因为有了这条河，亮了城区、亮了道路、净了街巷、美了环境，赋予这座城市所独有的美感和现代文明气息。

将军河是一条优雅的河，如同一条丝带，把所有的锦绣缠绕在小城的腰肢上，尽显出铁门关城的绚烂、精致、浑朴。让这座城市既有北方的粗犷，又有南方的隽秀。当它跃然于眼前，我便惊诧于这里的美！只见将军河上横跨着一座座石桥，与绿化带中雅致的亭台水榭交相辉映，巧妙打造出一个园林式的休闲水系。这些石桥各自成景，又浑然一体。许多桥与四通八达的城市道路相衔接，真是一路一景、一楼一景、一桥一景，形成一个多层次、立体化、有特色，体现现代化气息的城市景观。

桥在景中，景在桥中。

将军河配上两岸的绿地草坪、木廊甬道、雕塑盆景、飞瀑喷泉，不仅富有时代感又不失古典韵味。只见河水轻轻拍打着岸边的石堤，瞬间绽放成朵朵浪花，洁白的浪花，每一朵都是浪漫、欢快、轻盈，让河熠熠生辉。它们随碧波逐流，翻阅着城市的新篇章。安详静谧的小城啊，远远望去更像一只迷你的巨大蜻蜓栖息在碧水边，哗哗啦啦的流水声让城市变得灵动和销魂。

将军河早已不是一条普通的河，而是铁门关市的名片。

这条河在流淌中同样也在见证铁门关市日新月异的发展。谁能料到，这是一座建于茫茫戈壁，大漠深处的城市呢？

坐在岸边的长椅上，托腮凝眸，静静面对在阳光照耀下闪闪发光的一河清水，仿佛看到了许多闪亮的钻石泼洒在水面上。在阳光的直射下，此时有蓝天白云、红花绿叶、亭台楼阁……两岸柳树枝条在微风中摇曳，而我的心瞬间也在天地间变得安详沉静。

此时此刻，我已经分不清到底是河流成就了城市的盛名，还是城市的发展让河流的存在更有意义。

无论如何，有了将军河，就增添了城市的魅力。它沧桑的气息，注定了城市的厚重、历史的悠久。在轻柔缓和的淙淙声响中，沁香的时光往事传递出军垦人的身影，随波逐流，赓续着一段段红色血脉的故事。这是一条从苍茫时间深处汹涌而来的河流，不仅带着诗与远方，同时还闪耀着广博宽厚的母爱之波，孕育着一代又一代二师人成长、开拓、奋斗不息。这是一条母亲的河，无论是天高地远，还是市井繁华，它都在远离喧嚣的一角，无怨无悔伴随着二师人和这座城市的发展、壮大、腾飞，源远流长。

将军河流到哪里，哪里就有生命，哪里就有活力。一条河，让世间多了一分和谐，增添了百姓安居乐业的人间烟火。

一条静静流淌的河流，始终为城市唱着一首情歌，不绝于耳。

此时，耳边不由得回响起了王洛宾那首脍炙人口的歌曲——《在那遥远的地方》，也有一位心仪的好姑娘，让我朝思暮想。那年、那月、那日，我们在梨花盛开的季节里，相爱在将军河流过的城市。因为她，我常来这座城市；因为它，爱上了铁门关市。

爱上一个人，就爱上了一座城。

理由很简单，不仅仅有让我眼前一亮的姑娘，有这座城留下的红色血脉和印记，有军垦新城所蕴含的铮铮铁骨和豪迈气魄，它们吸引着我，让我离不开。

水环绕着城，从此城市有了灵魂；依城傍水，提升了城市的品位。水凝结了一份灵秀，城市依水而建，新城市民逐水而居，这条浸透着城市的历史底蕴和厚重的军垦文化的河流，升华了一城人民的理想和未来。于铁门关市而言，将军河必是它诞生的摇篮。

一座城市，能让一条冠英雄之名的河流经过，该是怎样的一种荣耀呢？

美哉，开都河

杨铁军

通天河

第二师二十一团被一条河流环绕，它便是开都河。

开都河是《西游记》中传说的通天河。在人们眼里，通天河是一条美丽的河流。每年，当高耸的白杨刚生出嫩叶的时候，和暖的阳光便将悬在云端的天山积雪融化。积雪化作涓涓细流，在穿越了千沟万壑之后，自西向东一路而下，汇入了这条蜿蜒的河流。水，带去了来自天山深处小溪的问候，每天就这样不知疲倦地流淌着。

在河边野林遍布的堤岸旁，有一个小小的渡口，艄公每天都在不停地忙碌着，他伸展双臂，奋力地舞动双桨，把穿行于此的男女老幼一一送到了河对岸。艄公摆渡多年，练就一副好嗓子，每次在撑篙行舟时，总要兴致勃勃地引吭高歌一番。不料，对岸放牧的维吾尔族姑娘听了，竟然一边用鞭儿驱赶羊群，一边用维吾尔语尽情歌唱。二人的对唱，惹得两岸的人们齐声叫好，瞬间打破了通天河的寂静。

这里没有肆虐的沙尘，只有绿色和水。天山横亘在远处，挺直了铮铮脊梁，透过浮在山腰的云朵，依依目送着水的远去。当清晨的太阳还像一只红色的圆盘，白鹭就飞来了，一只只缓缓落下，有的立在了沙滩上，有的站在水里，惬意地鸣叫着。它们在此相聚，抑或要独享这天河之美吧。风和日丽的日子里，野鸭不知从何处游来，与孤傲的白鹭不同，它们三五成群，在水中追逐，尽情地嬉戏着。累了，河心的沙滩成了它们享受"日光浴"的好去处，好不潇洒自在。然而，可爱的它们并不知道，此刻，有人正端起相机，把它们的影像化为了永恒。

当芦苇在风中摇摆，夏日悄然来临，通天河水依旧静静流淌。过了一个陡弯处，有一片月牙状的湖泊，尽管这里与通天河相连，可湖水却是绿色的。连队的小伙子捕鱼归来，回到湖心的家中，吩咐妻子一展厨艺，自己忙着搬出一坛珍藏多年的陈酿，与远道而来的客人推杯叙旧，共享美味。稍后，奇香扑鼻而来，一条烹好的"五道黑"鱼横卧席间。朋友刚品了一口，蓦然怔住，慢悠悠地说道："能吃上通天河的鱼，三生有幸啊！"说完，二人相视开怀大笑。遥想当年，玄奘历尽艰辛，来到这通天河边时，饥肠辘辘，只能以馕饼充饥，喝一口通天河水。

一日清晨，晨曦初露。在河边生活多年的我，独自在河边的堤岸上漫步，登上凉亭，极目远眺。但见河水被朝霞染得通红，远处山色起伏，雾罩林梢，对岸的人家又升起了炊烟。在葱郁的绿色环抱之下，高耸的天山顶峰，被蒙上了厚厚的积雪。我感觉置身画中，贪婪地欣赏这绝妙的佳境。太阳缓缓升起，一下子，蓦然静得出奇。一会儿，"叮咚"作响的声响由远及近，那声音，如美玉破碎一般，清爽悦耳。我侧耳细听，决定循声探个究竟。

是水，在低吟。它在寂静中跳跃，和着那欢快的节奏。美丽的通天河，此刻，我在这不息的流水旁，又听到你欢快的歌声了。

"月牙湖"的故事

提及"月牙泉""鸣沙山"，几乎无人不晓，因为它与闻名天下的敦煌有关，再者，"月牙"一词，也给人以无尽的想象。

然而，或许你并不知道，在祖国的西北边疆，也有一处地方，名曰"月牙湖村"。"月牙湖村"其实不是村，而是新疆兵团第二师二十一团九连。此处坐落于开都河畔，北侧有一湖泊，状如新月，因名"月牙湖"。

"月牙湖村"距团部 4.4 公里，至今有 70 多年的历史。1953 年，也就是新疆和平解放后的第四个年头，中国人民解放军一兵团二军步兵第六师十七团的官兵们，在此引开都河水开荒造田，开垦出了这片绿洲。该连队的前身是二师焉耆垦区农科所，1962 年 8 月，划归农五团（今第二师二十一团）管理。1969 年 7 月 26 日，因技术人才大批外调，农五团以留场的技术人员为骨干组建良繁连，设立了试验站，进行农业科学试验与研究，解决了团场在良种繁育中遇到的难题，在农业科技上取得重大突破。

与良繁连遥遥相望的是高耸入云的天山雪峰。开都河从连队北面穿行而过。此处弯急坡陡，水流湍急，浪花拍岸，杨柳拂堤，引得垂钓爱好者纷至沓来。

说起这"月牙湖村"的来头，当地人总会想起 20 世纪 90 年代初频繁发生的洪灾。良繁连紧邻开都河，每逢夏季，汛期来临时，全团的职工群众都会忙于备战，随时准备抗洪抢险。汹涌的河水咆哮着，像一头怪兽，吞噬着一块块农田，常将人们的辛勤劳动毁于一旦。

"遇到天大的事，咱兵团人也从未低过头、认过怂！一定要把开都河治理好！"为了治理水患，二十一团人众志成城，誓与天斗、与地斗、与洪魔斗！当年，适逢开都河洪水泛滥，河床也发生偏移，全团干部职工抓住有利时机，背沙袋、打木桩，一鼓气封死了龙口，掐断了开都河月牙状的喉咙，自此永绝后患！

开都河由此改道，良繁连河段发生了重大变化，月牙形的河湾渐成湖泊。这里水草丰茂，珍禽栖息，鱼虾满塘，简直成了一处"小江南"。人们或泛舟其上，或在湖心的凉亭上小酌，好不惬意！

于是，有人曾欣然著词，赞曰：驾舟挥楫逐细浪，又赏水碧风清。莲花丛中戏蜻蜓。长空银鹭竞，沿渚野鸭鸣。远望天山悬九重，巍峨脊下云横。欲将此景入丹青。晚霞飞天外，柳林静无声。

与"鸣沙山""月牙泉"相比，月牙湖宛似娇羞可人的小家碧玉，虽无艳装重彩，但单纯可爱。她的美，如此简约，未经任何雕琢，却蕴含着几分厚重。

如果你正在从乌鲁木齐飞往库尔勒的航班上，一定能看到这片翡翠般的月牙形水域。她有着大自然的鬼斧神工，却又绮丽妖媚。

呵，月牙湖，你是军垦人的杰作，是兵团屯垦史上的精彩一笔，你随风荡漾的绿波，承载着多少军垦战士的记忆与梦想啊！

一户人的村落

仲夏。当每日晨曦散尽，阳光轻拂大地时，成群的鸟儿翔集在开都河畔的那片柳树林中，尽情地欢唱。

晶彻碧透的河水从天山深处涌来，一路向东流淌。此刻，一朵朵浪花如碎玉般，相互追逐着，跃动着。河岸边，那片葱郁的柳树林披着深绿色，头顶着闲散的云朵。一棵棵高大的柳树，随风摇曳，它的主干稍有弯曲，斜逸而修长的枝条交叉着，向四周延伸。

有人说，那林子深处，有一座"村子"，名曰"柳中村"。宁静中，"村"里的几座毡房错落有致，只是这儿只有一户人家。据传，老早之前，这家人就生活在数公里之外的连队，后来才搬过来的。

清晨，在"村"里，主人手牵着3岁大的孙子，悠闲地漫步。走过林间的草地，两只绵羊紧跟着他们后面"咩咩"叫着，开始迎来新的一天。

清风徐徐，人们步入"村"里曲折的小道，环望四周，享受着至纯之美——这里没有钢筋水泥的建筑，没有汽车排放的尾气，没有快节奏的赶路人，时光变得如此之慢。

直到有一天，一群陌生人，打破了"村"里的宁静。

他们远道而来，携家带口，或与朋友相约，在此安享着久违的宁静。好客的主人提茶倒水、笑迎看座，忙得不亦乐乎。日已过午，一架铁制的烤炉中，灼热的木炭泛着微红的光。主人将切好的羊肉用铁签串起，放在火上，撒上少许胡椒面和孜然粉，不一会儿，令人垂涎的香味儿便在空气中弥漫，悄然向客人们逼近。

金灿灿的烤肉熟了，主人把它端到用树根做成的餐桌上，客人们起身示谢，伸出双手。谈笑风生中，主人抱来多年的陈酿，双手奉客。他说："这酒，用土方酿成。原料是我自家种的玉米和高粱，还有这河中的水。平时，只招待远方的客人，我自家很少饮用。"

"村"口西侧，有一处百米见方的池塘，水平如镜，一尾尾鱼儿在水中漫游，清晰可见。饭后，客人在池塘边休闲垂钓，直至日落西山方止。当两行大雁排成"人"字消失在天际时，绯红色的晚霞，早已染红了山顶。客人们说，山的那一边，是他们家的方向。稍后，他们便相继离开了。

客人走后，主人坐在树墩上，慢悠悠地抽着烟。他叮嘱儿子和儿媳，在天黑之前，一定要把放出去的鸡全部关进笼子。他看着前方绿油油的草地，心里想着那两只绵羊，一定让它们乖乖地吃个饱。

远处，天山雪峰若隐若现，似"犹抱琵琶半遮面"的粉黛佳人，把暮霭扯作玉带，羞涩地绕在了腰间。而在柳树林中，主人一家彼此照应，燃起炊烟，静静等待黄昏的到来。

夜幕降临，在这片土地上，惬意的宁静，只属于这座一户人的"村落"。那数千里之外的江南水乡，纵然千般妩媚，似乎也稍逊于它。

"天地有大美而不言。"或许，是因为有了天山和开都河水的牵绊，有了晨曦与晚霞的交替相映，有了浣尽沉浮却从未消隐的淳朴，在这座"村子"里，人们才少了些尘世的烦扰，有了人世间最纯洁而又简单的梦。

团场的渠

陈青山

渠，水所居。水停积处，也指人工开凿的水道。团场人都很熟悉渠。排渠、斗渠、支渠、农渠、毛渠等，这些渠道几乎都与生产相关。一条十八团渠孕育了新疆生产建设兵团第二师三〇团。

我并非土生土长的团场人，来到团场是 20 世纪 90 年代初，尽管来的不早，但对渠的热爱一点也不少。20 世纪 90 年代初的渠大部分还是土渠，天山雪水在博斯腾湖汇聚，顺着十八团渠一路流淌到了三〇团，那时团场产的大米在巴州十分出名，也许正是因为这渠水的浇灌。

团场的孩子都喜欢渠水，尤其是夏季，无论是"60 后"、"70 后"、还是"80 后"。夏天的渠是欢快的，一路流淌，一路清凉。渠边上孩子们三五成群地在一起玩水，渠水缓且浅，刚没过 10 岁孩子腰际，会游泳不会游泳的孩子"扑扑通通"地往水里跳，其实后面下水的孩子并不舒服，因为是土渠，前面跳下去的将渠水搅浑了，即便如此也挡不住孩子对渠水的热爱。

渠还有一个吸引孩子们的原因，那就是在渠水里会有意想不到的惊喜。泥鳅、鲫鱼、五道黑，运气好还有青虾和螃蟹。在土渠中摸鱼是需要技巧的，通常是渠水较小时，将渠一节一节地用些树枝和泥土分隔开，水闸和涵洞是鱼儿们的聚集地，也是孩子们围追堵截的阵地。男孩们都是烤鱼的高手，将捉到的鱼儿简单地清洗，用渠边的红柳枝串起来，烤鱼用的柴火也是就地取材，即便没有调料，丝毫不影响烤鱼的滋味，此时再配上些地边的西瓜和烤玉米，一顿饱餐，定能成为整个夏季最美好的记忆。在没有手机、网络、电脑的日子里快乐便是这样纯粹。

20 世纪 90 年代后期，团场的土渠渐渐被混凝土制的 U 形渠所取代，这样的渠流速更快，可以节水还可以有效地避免溃渠和跑水现象，可对于孩子们来说，这渠并不比土渠好，因为比较硬，脚踩上去并不舒服，加上长期被水浸泡渠底部十分滑，较小的孩子便只能在渠边玩耍。也许就是从那时起渠水里的鱼儿少了，但水稻地里却十分丰富，可捉鱼的难度也大了。

2000 年以后，团场开始推广土地承包，一系列的种植新技术被推广应用，其中一项就是滴灌。这时的渠系也进行了升级，一块块预制板和防渗材料的使用让渠看上去大气且实用，节水效果和防渗效果更加明显。与此同时，一座座滴灌泵房，被布置在渠道上棉田边。此时的渠道似乎没有了乐趣，水依旧流淌，渠水里的鱼儿几乎不见踪影，渠边孩子的身影也少了很多。

其实大人们并不喜欢孩子们到渠边玩的，一方面是出于安全考虑，另一方面是怕孩子们因玩水而耽误了学习。顽皮的孩子们总是和大人们"打游击"，严厉的家长抓住孩子们后通常是一顿乱揍。对于孩子们来说，玩水并不一定会耽误学习，也不会有啥危险，直到长大后才体会到当时父母的爱和牵挂。正如同这渠水，无论是否在身边，一直默默在心中流淌。

在那个大水漫灌的年代，放水是一项艰巨的工作，水量不容易掌握，受地形影响常常发生旱涝不均的现象，甚至造成浪费，而且土渠更容易造成溃渠，后来出现的 U 形渠就很好地解决了这一问题，滴灌技术的使用让职工们尝到了科学技术的甜头，精准施控节约成本的同时也提高了棉花的产量。

不知从何时起，团场生活发生了变化，原来的稻田被棉田取代，土地承包后职工们的积极性高了，作物产量也有了巨大的提升，原来团场的万元户早已过时，职工们一年收入 10 万已不是什么新鲜事。小车、手机、电脑也越来越普及。2012 年以后，团场职工充分地感受到了城镇化的好处，连队职工集中到团部居住，小区街道焕然一新。

夏天傍晚时分，我常会带着女儿一起到渠边，她喜欢玩水。一次她问："爸爸，水里怎么没有鱼呢？"我认真地回答："因为现在实行滴灌技术了，渠水上游安装了一道道网子，这样可以避免鱼儿和杂物堵塞管道。"女儿听后眨着眼睛，我知道她听不懂。于是就改口说："天黑了，鱼都回家了。"女儿高兴地说："爸爸，我们也回家吧。明天早点来看它们……"

"人不能两次踏进同一条河流"。古希腊哲学家赫拉克利特说，渠水依旧流淌，今天之渠已非昨天之渠。正如，团场依然是团场，连队依然是连队，但今天的第二师已发生了翻天覆地的变化！

从庄稼汉到"老总"

杨铁军

"今天预订的干锅大虾还有 2 份,烤鱼只有 4 份了。疫情形势下,严禁堂食,要吃的朋友,只能提前约起哟!"

2023 年 3 月 4 日,在新疆生产建设兵团第二师三十七团的"电商快递"微信群里,一中年男子频频"晒图",不断推销店里的招牌菜。随后,便与下单的食客们私聊。

此人名叫苟兴兵,是三十七团二连职工,也是该团百胜小区商业街"鹏程川疆干锅店"的老板。

接单后,只见他戴上洁白的厨师帽,走进内堂开始掌勺。不多时,浓浓的鱼香味儿在小店内散发开来,令人垂涎欲滴。

在团场,人们不再对他直呼其名,而是称之为"苟总"。

早在 2021 年 12 月 5 日,得知团场新落成的商业街即将投入使用,苟兴兵就第一个选中了 100 平方米的店铺,开了这家干锅店。

店铺开张后,苟兴兵和妻子黄婕忙个不停。因厨艺精湛、价格适中,很快引来了八方"食客"。如今,他们每天的纯收入达 1200 多元。

对于夫妻俩来说,开餐馆做生意,这是他们人生角色的大转变。苟兴兵望了望身后的小区,指着脚下那片土地,感慨地说:"多年前,这里还是一片荒草滩,沙丘随处可见。隔壁乡里的各族牧民,天天在这儿放羊……"

1995 年,苟兴兵携家小远离四川省阆中县的一座小山村,来到塔克拉玛干沙漠南缘的且末工程支队(三十七团的前身),加入职工队伍。当年,支队条件艰苦,他和妻子住的是砖木房。这里干旱少雨,尤其是春秋两季,沙尘暴时常席卷而来,大风所到之处,遮天蔽日,天空昏暗,能见度不足 10 米。

此后，夫妻俩在二连承包枣园，种玉米、小麦和棉花，每天起早贪黑，忙个不停，烈日炎炎下，汗珠子摔八瓣儿。艰苦的环境中，他和妻子一直相濡以沫同舟并进，在支队深深扎下了根。

2012 年，兵团党委决定，将且末工程支队纳入农牧团场序列，列编为第二师三十七团。2015 年，团场在那片"放羊的地方"开工建设新城镇。从此，一座座保障性住房拔地而起……而苟兴兵一家也告别连队的砖木房，住进了漂亮整洁的楼房。

三十七团是二师最偏远的团场之一。因交通不便、基础设施不完善，在 2021 年之前，团部还没有一家餐馆。人们每逢节假日与亲朋相聚，都要跑到远在 23 公里之外的且末县去吃饭。在四川长大、能做 30 多道"川味"菜肴的苟兴兵看在眼里、急在心里，暗下决心：一定要开一家餐馆，为居民提供便利，解决大家的实际困难。

随着工地上"轰隆"机器声，苟兴兵的愿望也得到了实现。

一排商铺拔地而起，百胜小区商业街项目投资 1500 万元，有店铺 12 家。但提起开店做生意，不少有想法的职工还是持观望态度，大家生怕经营不善，"赔本赚吆喝"。

"其实，我也害怕，担心自己赚不到钱。但一想到人们生活不便，我就顾不了这么多了。毕竟事在人为，所以我就成了第一个敢吃'螃蟹'的人。"苟兴兵说。

一年过去了。苟兴兵做梦也想不到，自己从庄稼汉变成了"老总"，每日笑迎八方客。为了提高菜品的质量，夫妻俩从书本学、从抖音学，别看这招还真灵，不仅把握好每道菜的"色香味"，而且烹饪技艺日渐提升。每天，店里的顾客都络绎不绝。

"团里和开发商协调，为我们免租 1 年，让利 5 万元，我真是太开心了！"苟兴兵说，"这些年，团场变化特别大。铁路、高速公路通到家门口，且末玉都机场到团部只有 9 公里，交通十分便利。我相信，团场的明天一定会更好，我家的干锅店的生意一定会越来越好，今后的日子也更有奔头！"

"到时，我想再开一家鲜肉店，为职工群众提供更多便利。"看到小区门口又在建商铺，苟兴兵扳起指头，又打起了"算盘"……

住房变迁"五部曲"

李英

第二师二十四团从 1959 年建团到如今,经过 60 多年发展,发生了翻天覆地的变化,住房也经历了从地窝子到楼房的变迁,描绘出一幅别开生面的发展史。

地窝子

1960 年 3 月,二十四团第一位女拖拉机手吕兰芬驾驶一辆斯大林 80 号拖拉机来到二十四团,当时没看到房屋,她顺着依稀可辨的一条土路照直往前开。突然从地下钻出个人来,着实把她吓坏了,赶紧停车才知道,刚成立的二十四团,人们就住在地下的地窝子里。

二十四团的第一批建设者是江苏支边青年,都是单身,地窝子也像集体宿舍一样,大家一溜排开,来的时候每人发了一床棉被,就两个人搭伙,一床铺一床盖,没有床,只在地上铺些干草,地窝子上面几乎没东西盖,躺在里面可以满天数星斗。当年五月从江苏又来了一批人,拖家带口的,刚开始没地方住,就在戈壁滩上划出一个个方格子,一个格子一家人,晚上睡在露天,五月正是风多时节,一刮风漫天黄土把人都埋起来了。团里想办法搭了一些苇棚子,两家中间用薄薄的芦苇隔开,一家给另一家东西只需扒开芦苇就可以了。到了 10 月份就挖了些小地窝子,一家一个,上面用红柳枝搭上芦苇做顶,可以抵挡一下风雪。遇到下雨就没办法了,棉被护住孩子,青壮年就用开荒的柳条筐顶在头上,繁重的体力劳动使他们照样可以安然入睡。

窑洞

园一连退休人员李会玉至今仍记得，1964年从石河子调到二十四团来时的情景。当时他们被安排在现在的六连下面的一个新连队，窑洞是新拱的，还没糊泥巴外墙。在新窑洞里睡了一晚上，醒来发现屋里汪着一层水，鞋都打湿了，床脚也深深地陷入地下。第二天，连队派人给他们的窑洞糊上泥巴外墙，这样可以隔热防寒。先来的老职工教他们在窑洞里挖个坑，地下水汪在坑里，就不会打湿生活用品了，每天早晨将坑里的水舀出去，床脚也用木板垫起来，就不会下沉了。

窑洞一般都是3米长、2米宽，主体用粗大的苇把子做成拱形，苇把子与苇把子之间用红柳扦子固定在一起，外层糊上厚厚的泥巴，在后面修出一个小方洞做窗户，门是几根细苇把子用红柳扦子穿起来的，不和窑洞相连，进门往窑洞口一拦，出门往旁边一放，倒也方便。比起地窝子，窑洞遮风避雨的效果要好得多了。

土块房

早在1961年，二十四团有了少量的土块房，当时是给团领导住的。1965年开始建起了大批的土块房，全团打土块、拉木料、破木头人工拉戈壁，两人一辆拉拉车，步行8公里，每天天不亮出发，一天六趟。

建土块房先将地基挖好，垫一层戈壁人工夯实，6个人一个大石夯，一个人喊号子，其余的人跟着喊，劳动场面热火朝天。夯实一层再铺一层，直到地基打好，然后铺一层压扁的芦苇防潮，再砌五层砖，上面再砌土块，砌50厘米高放几根芦苇做拉筋，每层土块都是用泥砌，窗户过梁也是芦苇编的，也就有了像样的窗户，有条件的安玻璃，没条件的蒙塑料布。房梁是木头的，直接铺苇把子上房泥，土块房里外都糊上草泥，保温效果比窑洞要好很多，住进土块房就不怕刮风下雨沙尘暴了。

土块房的格局是两家三间房，中间一间隔成两小间，一家一间半，地坪是泥巴地，房里打上土块火墙，烧土块垒成的炉子，冬天就暖和多了，这样的土块房在二十四团使用了20多年。

砖房

随着团场经济的发展，二十四团建起了砖厂、石灰窑、滑石粉厂，有条件盖砖房了。50多万平米一户，几户甚至十多户连成一排，是典型的军营式建房。

1980年，石景义一家住进了十连的第一批砖房，只有五户，照顾连队干部和家庭人口多的职工优先居住，当时还是公房分配，连队安排谁家住就谁家住。砖房用灰沙浆砌，墙体也用灰沙浆抹平，木头房梁上铺了苇席再铺苇把子，公房分给职工后，房子内部交给职工自己处理，爱干净的人家用砖铺上地坪，墙体用石灰刷白，再打上白纸顶棚，整个房间就明亮干净了。在那时，住进砖房的人家都是令人羡慕的。

20世纪90年代初期，职工自建房开始大量兴起，后来国家又出台了危旧房改造政策，一些家庭困难的职工也住进了砖房，水管站的徐素芳就是危旧房改造政策的受益者，才有条件住进了砖房。也就是从那时起，土块房全部退出了二十四团住房史的舞台。

楼房

二十四团最早的民居楼房是1996年建成的农行家属楼，两层8户，农行员工也就成为二十四团最早的楼房居住者，冯建国家就是其中一户。

1998年，团商业街开始兴建商住两用楼，底层为商业房，上层为民居，这批商住两用楼为繁荣二十四团经济发挥了重要作用。这时全团房屋已全部私有化，楼房的发展也突飞猛进，2012年至2016年，二十四团加大城镇化建设，团场的楼房依次拔地而起，高楼林立，越来越多的职工群众搬进了楼房，使团场面貌发生了翻天覆地的变化，同时拉动了团场二、三产业的蓬勃发展，团场的居住环境得到了极大地改善，居民的幸福指数不断攀升，职工生活越来越甜蜜，日子一天比一天红火，职工群众幸福感、获得感和安全感稳步提升。

如今的二十四团，呈现在大家眼前的是一幅"城在林中、楼在树中、人在花中"的宜居宜业特色小镇。

"掘金"路上不歇脚

杨铁军

寒冬，在昆仑山下、塔克拉玛干沙漠南缘的新疆生产建设兵团二师三十七团，寒风阵阵，户外滴水成冰。然而，在该团二连职工左俊亭家的温室大棚里，却是绿意盎然、满目春色。

"你瞧，这边是草莓，已经挂果，过年就能上市。那个棚种的是无花果，也叫'糖包子'，明年7月采摘。那边是香菜和芹菜……"面对前来"取经"的地方村民，左俊亭介绍道。

俗话说："一亩园，十亩田。"11年来，左俊亭依靠自建的温室大棚，学科技、搞特色林果种植，纯收入逾190万元，成为三十七团家喻户晓的能人。

然而，早在11年前，他还是入不敷出。

2010年3月，左俊亭和妻子尚战英告别了老家河南，穿戈壁、过沙漠，辗转4000多公里，来到二师且末工程支队（三十七团的前身）安家落户，从此夫妻俩成为名副其实的兵团人。

当年，三十七团大面积种植了1.6万余亩红枣树，由于当时红枣在市场走俏，成为抢手货。因此，枣园成为职工们眼中的"香饽饽"。

看到别人都种红枣，左俊亭没有羡慕，反倒想"另起炉灶"——他思忖再三，看中了连里的一片荒地，决定在那里建造温室大棚。资金不够，他便四处求亲戚、找朋友，筹措了50多万元，用于前期投入。50万多元在团场人眼里可是一笔不小的数字，此事悄然传开，令全连职工震惊。

这时，各种风凉话也接踵而来："那块'地'，草都不好好长，能种大棚？让他折腾吧，3年之内，非穷得要饭不可。"

对于这些冷嘲热讽，左俊亭充耳不闻。筑墙、平地、捡草根、覆棚膜……接着，他和妻子起早贪黑地干起来，一个月之内，6座大棚平地而起。

接下来的活儿更多，种辣椒、茄子、黄瓜。几天后，一粒粒种子破土而出，左俊亭不由喜上眉梢。然而，当这些幼苗长大了，将要坐果时，却一棵棵萎蔫倒地，逐渐枯死了，原本绿油油的大棚里，仅剩下几片残叶。

原来，因为他的6座大棚地势低洼，盐碱大，后来又被地下渗出的碱水浸泡。这一年，他赔了40万元。看他处境实在艰难，团里提供了6万元的帮扶，让他继续维持生活。

"我的老天哪，这可咋活啊……"妻子尚战英蜷坐在大棚里哭天抹泪泣不成声，"你自己在这儿干吧，我要回老家！"

"哭有啥用？哭就能哭好啦？哪有一下子就成的？好了，我有好主意了，咱明年一定能挣钱！"

"啥？"妻子愣在了原地。左俊亭弯腰抓起一把黄土，回头笑了。

秋天，正是枣子收获的季节。人们透过枣园，看到一辆辆拖拉机在左俊亭家的大棚里穿梭。原来，他说的"好主意"，就是雇车从30公里外的车尔臣河拉来经水冲刷过的纯净的黄沙土。两个月之内，竟然把低洼的大棚垫高了1米多！一车一车的农家肥，被翻到了地下。就这样，棚内的土壤被成功改良，地下的碱水被成功阻断了。

天道酬勤，力耕不欺。在左俊亭的带领下，妻子也振作了起来。他们适时调整棚内湿度和温度，保持空气流通，加强水肥管理，科学防控病虫害，平均每天工作10个小时。

2011年秋天，6座温室大棚里绿油油的，一个个都长出了嫩绿的蔬菜苗。种植成功了，满棚的蔬菜清新可人。元旦前后，到了蔬菜采摘的季节，左俊亭购买了一辆二手面包车，每天把新鲜的蔬菜运到23公里外的且末县城，蹲点销售。年底时，他好好算了一笔账，除去生产资料和人工成本，能挣10万元。从10万元到25万元、30万元……在此之后的7年时间里，他的年收入实现了"撑竿跳"式的增长。

为了拓宽增收渠道，左俊亭并没有停下前进的脚步。

2020年起，左俊亭引进了1.7亩无花果和3.5亩草莓，并试种成功，销往且末县的3家超市，获得良好收益——草莓在1月开始采摘，每公斤80～100元，采摘期4～5个月；无花果在7月采摘，可以采摘2～3个月，每公斤50元。于是，在公路边上，他挂上了"小左采摘园"的牌子。

采摘园吸引了人们的眼球，每逢周末和节假日，团场和且末县的各族游客纷至沓来，亲身体验采摘和休闲的乐趣。"草莓和无花果成熟的时候，游客每天爆棚。每次我都让他们先尝后买。"左俊亭说。

经过苦心经营，左俊亭的"小左采摘园"日渐红火，如今，已形成集无花果采摘、销售、观光、旅游于一体的经营模式。

近日，左俊亭受连队党支部书记王成毅之邀，登上连队"科普讲堂"，为全连职工传授"致富经"，进行互动交流。

"今后，我想再建几个棚，扩大种植规模，对无花果进行深加工，提高产品附加值。愿意种大棚的，咱们一起增收致富。"讲台上，谈及未来的打算，左俊亭信心满满。

连队里的"博物馆"

孔宪辉

"快去看呀，十连建了个博物馆！这是团场的喜事，一定要去看看。"连队里造"博物馆"，这可真是个稀罕事，新疆生产建设兵团第二师二十四团十连的人们奔走相告着。

"博物馆"竟然是一个地窝子，只见迎面"军垦记忆"四个大字映入眼帘，人们纷纷涌向那里，而外围的"邻里暖心种植区"则在农忙季节里显得有些落寞。

"别急嘛，再往前走。"

"那可不是'窑洞'，是地窝子。"

"地窝子我听父母说过，从地下深挖坑，四面用土坯围成矮墙，顶上放几根椽子，再用芦苇、芨芨草和泥巴封顶。"

"会结实吗，狂风暴雨怎么办，真的是冬暖夏凉吗？"

听到这些问话，不知怎么的心如同被扎了一下。是啊，眼前的这一切是后辈们模仿而建，地面还算硬实，甚至铺了砖块，熟悉的老物件展现在眼前，曾经的往事仿佛就在眼前。

军大衣，那不是退伍军人留下来的吗？爸爸也穿过，还裹得严严实实的。记得他深夜里拿着手电筒，在农田间打埂子浇水；戴上羊皮帽，穿上毡毛靴，跺着脚，一路小跑到团部买些生活用品。我还记得他喜欢说的话："调皮的孩子半夜不着家，站在路边一顿胖揍，让你长长记性！"

又看见了铁质洗脸架，条件好的刷点白漆，斑斑驳驳的。当年这些洗脸的、洗脚的、洗屁股的盆子，做好标记依次摆放。毛巾被胰子搓洗得泛白，直至丝丝缕缕的还不舍得扔掉，又回到桌面作为抹布继续使用。

农具可得单独摆放，这不，大姐被锁在家里，一头滚落到坎土曼上，61 年过去了，疤痕依稀可见，那是怎样得生疼？

往事一幕幕，却怎么也挥之不去。

那时候的军绿色书包，上面有着闪闪的五角星和"为人民服务"五个大字，我穿上大哥大姐的衣服，背上它在同学间穿梭，晃晃荡荡的，一路小跑，不停地向小伙伴们显摆着。在学校，由于离家太远不能回家，中午便带上 200 克的大馒头放在火炉上烤，只见四面焦黄，再配上自家腌制的咸菜，真香！一个个吃得津津有味。那时候怎么一点也不觉得苦呢，仿佛生活本来就是这样。

每天放学回家写作业那是必不可少的，几个孩子，小小方桌，头碰头，有些拥挤。煤油灯燃着燃着灯芯短了，取开灯罩，搓一搓、捻一捻，重新安上。都说煤油略有臭味，可记忆中怎么不是这样？分明带着些难以形容的混合香味！不能忘却的是父母用两毛、一角凑齐的学杂费，分明渗透着父母的血汗。当考试的成绩"红灯高照"时，回到家中免不了褪下裤子横趴在条凳上，被父亲拿起皮带，一顿狠抽。

那时候几块钱可以管住一学期，一根油条、两个鸡蛋、桃子罐头、铁质盒的"午餐肉"都是最好的招待。

你以为休闲度假现在才有吗，才不是呢！那时也有野外春游，在老师的带领下，大家一起背上行军壶，灌上冰凉的井水兑点醋，丝丝凉气随着一声响亮的打嗝声排出，有些肆无忌惮；调皮的男同学落在后面，躲闪老师的观望，在骆驼刺下到处寻找蛐蛐，逗逗蚂蚱，拿起一条四脚蛇扔向女生。听着尖叫，看着四处逃窜的女孩，对他们来说训斥算什么，因为小男子汉的英雄气概显然更加重要。

现在会打算盘的孩子不多了，就连我也只会简单地算加减。可当年哥哥姐姐们却是天天背着算盘进入课堂的！算工分、查余粮、算毛票，可是派上用场了。听说那时连里记分员、出纳、会计还要进行比赛呢。身披大红花，有时还能奖励一块五花肉。当宣布结果时，会场顿时一片欢呼，到处是羡慕的表情。

博物馆里还有一台收音机。

一看到收音机，我眼睛顿时一亮，抚摸着它无限感慨。那时候收音机叫作"戏匣子"。我平时最喜欢听《卷席筒》，里面的唱词我到现在还记得：姚氏真狠毒，张仓代嫂受斩，曹宝山澄清冤案，惩办赃官。黄梅戏真好听，玉帝怎能如此狠心，活生生拆散了董永和七仙女，顾不得哭肿的眼睛，第二天还要见人。还有《林海雪原》，里面的唱词已经有些淡忘了，杨子荣智取威虎山，听着就过瘾。坐山雕，听名字就不是好人……阿庆嫂怎样做到舍己救人不慌张的……

此时我看到几个陶罐斜倚在角落，那时候这些陶罐可用来盛水、装粮、储存馍酱，尤其那个豆豉，在雨天用来改善生活，清油比平时要多放些，现在想起来嘴里还有那种无法炮制的香味。如今，想要啥有啥，还有那么多挑挑拣拣，是岁月娇宠了我们，还是我们的味蕾退化了呢？望着这些简陋的器物，我能想象出当年老军垦是如何上演人定胜天的一幕，硬是把一个漫地黄沙的荒凉大漠变成今天的万亩良田的。

慢慢走出老辈们曾经生活过的房屋，有些刺眼，左手遮蔽阳光，回望茅草棚下的青石路，这就是当年老军垦们休憩的地方吧，喝喝水，抽根烟，说说谁家娶了亲，哪家的娃孝顺，谁家的媳妇爷们打作一团……浪漫的革命乐观主义不就是这场景吗？

"戈壁明珠"我的家

赵鹏

我的家就在第二师二十九团，记得我五六岁时，爸爸妈妈就在二十九团工作，是新疆生产建设兵团第二代建设者。

在我印象中，父母每天工作都很忙碌，他们都在生产第一线，父亲每天骑着摩托车穿梭于连队，母亲骑着自行车到离家3公里的果园劳作，农忙时节，为了方便工作，全家人都搬去果园居住。我家承包的是香梨园，每年秋季，刚采摘的库尔勒香梨清香怡人、皮薄肉厚、甘甜味美，由于缺乏信息和储藏知识，香梨销售渠道少，在香梨销售完的情况下，不但不挣钱还亏损。

母亲送我上学那年，告诉我一定要好好学习，将来长本事了把家乡种植的香梨卖个好价钱。看着父母每天含辛茹苦、起早贪黑地在梨园里劳作，到了年底没能有个好收成时，我便暗暗下定决心：一定要好好学习，走到外面的世界去，把家乡特有的产品销售到新疆内外，销售到全国各地，甚至走出国门。

知识改变命运，我竟然真的上了大学。在读大学时，我利用寒假把二十九团的香梨带到了学校，没想到老师、同学们品尝后个个赞不绝口，他们齐声说："从来没有吃过这么好吃的香梨。"库尔勒香梨给大学的老师同学们留下了刻骨铭心的印象。从此，无论是老师，还是同学们，他们都积极地帮助我联系当地的客商，我家承包的20亩香梨再也不用发愁卖不出去了。

此后，我的家也慢慢地富裕起来，从二十九团老团部搬进了小城镇的楼房。随着兵团城镇化的发展，二十九团人在团场优惠政策的鼓舞下，陆续买上了保障性楼房，团场新建设的医院、学校、机关等一幢幢拔地而起，条条道路铺上了柏油，既干净又平整，五彩斑斓的鲜花在阳光的照耀下格外美丽，团场的天变得更蓝更清澈了。

我家虽然住上了楼房，生活质量也有了很大的提高，但父亲、母亲节俭的作风依旧没有改变，剩菜剩饭从来不舍得扔掉，还经常教育我不能忘了过去的苦日子和来之不易的生活，想当年他们兄弟姊妹五个，经常饿着肚子上学，即便坐在课堂里满脑子想的也是到哪能找到填饱肚子的吃的，只有逢年过节才能吃顿肉食。

如今，二十九团家家户户的餐桌上荤素搭配应有尽有，日子天天像过年一样，琳琅满目的商品和丰盛的副食品摆满了各大超市和菜市场，想买啥、想用啥完全根据各自的需求随意购买，生活水平、生活质量如同芝麻开花节节高，团场人的生活在党的富民政策下越过越红火。

团场人不仅生活好了，工作也越来越轻松。

20 世纪六七十年代，团场大面积种植棉花、水稻，由于机械化水平低，依然要靠大批的劳动力来完成各项农业工作，棉花采收还是依赖于内地招收拾花工来解决，不仅承包户挣不上钱，还给团场、连队增加了许多安全隐患。

记得上初中时，学校组织学生参加课外实践劳动，最常见的课外实践劳动就是捡棉花。拾棉花是很辛苦的，每日露水、汗水打湿面颊，太阳晒得小脸个个红彤彤，小小的腰杆弯了又直，于是忍不住问老师："啥时候采棉机能到咱团场来。"也许是安慰，也许是欣慰，老师说："过不了几年，团场就会有大量的采棉机来采收棉花的。"

果然，随着科技的发展，农业机械在团场大显身手。团场成立了农机总站，全团的大马力机车全部安装了 GPS 棉花播种导航设备，从播种到田管再到棉花采收，整个过程全部使用了机械化作业，既节省劳动力又加快了采收进度，还提高了产量，职工收入一年比一年高。到 2015 年，全团已经大面积开始使用机采棉了，承包职工们再也不为拾棉花发愁了。

我家也发生了巨大的变化，再次搬进了新楼房，购买了四十时的液晶电视，开通了网络电视，休息时我和父亲母亲惬意地躺在沙发上边聊边看网络大片。一提起从前，母亲便说现在的日子多好啊，我都没想过自己还能过上现在这么轻松、安稳、幸福的好日子，真的要感谢党中央，感谢共产党，给我们老百姓带来的幸福生活。你们这一代人一定要扎根团场，把二十九团建设得更富更美更强。

如今的二十九团，处处高楼林立、绿树成荫、鸟语花香，各类车辆川流不息，家家户户都换了新车买了新房，手机、电脑、各类消费品涌入人们的家庭生活。每到傍晚，华灯初上，只见广场上灯火通明，五颜六色的夜景更是美不胜收，远处传来麦西来甫欢快的音乐，人们在欢声笑语中唱歌跳舞，把整个镇子装扮得华美靓丽，这一切都是我们几代兵团人辛勤奋斗出来的结果！

网上"播"开幸福花

杨铁军

"这是我们团的灰枣，枣核小、肉厚，甘甜可口，是用昆仑山的雪水灌溉而成的。使用的是沼液，是绿色的生物肥，无公害。"

"对，我们连队的四周，就是世界第二大沙漠——塔克拉玛干沙漠。这儿光热资源充足，环境独特，所以能生长出这样的红枣……"

2023 年 3 月 6 日，第二师三十七团二连职工韦立志和妻子李苗打开电脑，在淘宝网"直播带货"，向全国各地的客户出售红枣，忙得不亦乐乎。

"今天有 1000 人点击，200 多人关注。"韦立志乐说。

自 2018 年起，韦立志夫妇就在淘宝网上"直播带货"，诚信经营，生意日渐红火，累计销售红枣 25 吨，纯收入 32 万元。从此，韦立志夫妇就成了职工眼中的"明星级"人物，在三十七团家喻户晓。不少人来向韦立志夫妇拜师"取经"。谁曾想十年前，他家在全连穷得出了名，种地连农资都买不起，一度欠债达 13 万元。

早在 2008 年，25 岁的韦立志就告别老家河南商丘，来到三十七团，成为职工队伍中的一员。那时，他家连一辆自行车也没有。为了管理好承包的 53 亩枣园，他和妻子每天步行 5 公里，中午在地里啃馍馍、吃咸菜、喝凉水。由于他们承包的是新开垦的土地，沙性大、盐碱重，枣树死了大半，连续种枣多年收入仍不足 1 万元，夫妻俩每天人均收入才 28 元。终于有一天，妻子李苗再也忍不住，哭着闹着非要回河南老家不可。但韦立志萌生出的一个大胆的想法，使李苗打消了这个念头。

俗话说："穷则思变。"2011 年 11 月，懂得计算机技术的韦立志开了一家网店，经营红枣和一些特色农产品，迈开了摆脱贫穷的第一步。但是，由于缺乏经验，连续 3 年，在"摸着石头过河"中，他的网店却一直不见起色，时不时传来的风凉话让他怀疑起自己的选择是否正确。

然而，正当韦立志绝望时，2015 年，三十七团出台"双创"政策，鼓励扶持职工做电商，实现多元增收。团、连领导给他撑腰打气，为他争取到"双创"资金 6 万元，并无偿提供场地进行扶持。从此，在一间 60 平方米的房子里，红枣、枸杞、大芸、玫瑰花茶等当地特产，陆续被摆上了货架。开张一个月，韦立志收到了来自浙江的订单，虽然对方只买 2.5 公斤，价值 150 元，但他还是欣喜不已，"这第一步，总算是迈开了……"

转眼到了 2018 年，团场综合配套改革的春风吹遍了连队，韦立志夫妇自主生产经营的积极性被激发出来，他们注册的"疆南果缘零食铺子"，生意一天天好起来。

11 月上旬，正值红枣采收的旺季。韦立志身兼"导演"和"摄像师"，和李苗在自家枣园里直播，让客户体验到红枣采摘的现场感。"人们常说'人无信，则不立'。尽管红枣上粘着泥土，样子不好看，但咱们一定要卖真货，绝不能欺骗顾客。"韦立志对妻子说。

仅仅一个月，夫妻俩接到的订单从 10 余个暴增至 500 多个，累计销售红枣 10 吨，纯收入 11 万元。为了扩大网上销售，他们根据客户的需求，把红枣分为 4 个等级，价格在每公斤 10 元至 50 元不等。这让职工们羡慕不已。"我种的红枣，每年都是等老板上门收货，价格也就 5.5 元左右。立志网上卖的红枣，价格比我的高出近 10 倍！看来，我的思路要变一变了……"三连职工王宏伟感慨地说。

2019 年 12 月 12 日，韦立志夫妇赶上双"十二"，小两口直播了六七个小时，当天销售红枣 2 吨。他们把收购的红枣堆在自家小院里，一大早就做直播。望着红枣堆上盖着一层厚厚的霜，一颗颗红枣惹人喜爱，客户们纷纷留言。这场直播，累计有 1.1 万多人观看，200 余人关注并下单。

韦立志夫妇"直播带货"卖红枣，实现了脱贫致富，在团场和地方群众中传开了。2019 年 4 月 10 日，且末县做干果生意的奥斯曼江·买买提登门求助。韦立志应邀前往且末县城，在淘宝网直播，帮助奥斯曼江·买买提卖干果。半个月之内，帮他销售了 18 万元的干果。

韦立志每天做直播，在连队引发轰动。职工纷纷向他拜师"取经"。韦立志毫不保留地当面授课。

谈及未来的打算，韦立志说："感谢党的好政策，让我们家脱贫致富，今后我要扩大店面，用好电商平台，打造自己的红枣品牌，带动更多的职工致富。"

修理工也能梦想成真

胡慧君

"小郭，快！快过来看看我的车怎么老是熄火。"从路边停着的大卡车旁走过来的一名中年男子，急呼呼地说着。

小郭全名郭军强，但似乎大多数人都不知道他的全名，所以提起郭军强没几个人知道，可是只要说起小郭就无人不知、无人不晓，尤其是他的修车技术，在三十四团那更是名扬四方。

郭军强 2004 年中专毕业后，背着简单的行囊，赤手空拳来到了新疆生产建设兵团第二师三十四团来闯荡了。刚到三十四团的他在一家不太起眼的小超市打工，一个月下来挣的钱只够自己生活。就在这样的情况下，他省吃俭用，一年下来也积攒了 2000 元。

第二年开春，他毅然决然辞去了超市的工作，用自己积攒的 2000 元购置了简单的修理工具支起了路边摊，当时超市的大姐劝他，身边的老乡劝他，家里的父母劝他，怕他年纪小，吃不了这份苦。但个性倔强的他硬是靠着自己心里的一个梦想在路边支摊长达两年之久。

那两年，小郭凭着自己当初在技校所学和平时的自学，研究出了一套自己的修车方案，无论什么疑难杂症，只要到了小郭手里，他总会有办法解决，渐渐地小郭在三十四团的固定客户越来越多。

2009 年，二手摩托车在三十四团非常畅销，他立即瞅准机会，低价收购了一批旧摩托车。经过他的精心加工处理，二手摩托车无论在性能还是外貌上都和新的没区别，让他狠狠地赚了一笔。有了这笔可观的收入，家人催他早点回老家娶妻生子，而他一点都不着急，竟然用这笔钱盘下了一间店铺，注册了修理店。

　　从此，小郭把修理店当作一项事业来经营。

　　自从修理店注册后，小郭更是一心一意扑在各种车辆的修理上，把父母让他回老家娶妻生子的事早就忘到了九霄云外。直到有一天，一位姑娘推着一辆自行车来补轮胎。他当时也没多想，只是觉得姑娘应该是一名学生，于是补完轮胎，钱也没收就把姑娘打发了。

　　没想到过了两天姑娘又来了，她这次来不是为了补轮胎，而是和他简单聊了几句。但是由于当时客人太多，小郭也没说什么，这件事过后小郭根本没在意。

　　一个多月后，有一天小郭遇到了超市的大姐，大姐问："小郭，女朋友谈得怎么样啊！啥时候能喝上你的喜酒啊！"听了大姐的话，小郭一头雾水半天也没搞明白，大姐看他不明白，就把她给小郭介绍对象的事说了出来。原来，一个月前来的姑娘便是大姐给他介绍的女朋友，人家是以补自行车轮胎为由来专门现场考察他的。

　　小郭一听，这才不好意思地笑了。

　　在大姐的牵线搭桥下，两人情投意合。2010年，小郭和姑娘喜结连理。

　　随着人们生活水平的不断提高，团场职工大多都开上了小轿车，小三轮车、摩托车、电动车更是家家户户都有，而且都是消耗品，于是小郭和新婚妻子商量再注册一个机动车零售店，实现配件销售、修理一条龙服务，就这样小郭机动车零售店正式开业了，小郭也越来越忙了。

　　从2004年离开家时的毛头小伙子，到成家立业的小郭，直到2017年春节才决定回家看望多年未见的父母。事业有成的他，开着自己的小轿车带着老婆孩子回到了阔别多年的家乡。离家数载，成就而归，父母明显老了，但是家乡依旧贫穷落后，几乎没有多大变化，父母、弟弟一家人要想花钱置办什么，还和以前一样要精打细算。和父母细细谈心后，小郭这才得知自从他离家闯荡后，家里的经济也没多大起色，还和从前差不多。

　　看着父母、弟弟的生活条件很差，小郭有了带着弟弟一同出去致富的想法，恰好弟弟有在内地大城市汽修公司打工的经验，这更坚定了他的决心。他把自己的想法告诉父母和弟弟后，本以为还要做一番工作的，谁料他们竟然都同意。2017 年春节后，小郭带着弟弟一家来到了三十四团，和弟弟一起念起了机动车辆维修"经"。有了弟弟做帮手，小郭如虎添翼。现在弟弟主要负责修理大型车辆，收入相当可观。

发展无止境，引领新业态。

于是，小郭注资 300 万元和几名老乡合伙办起了合作社。谈起今后的发展计划，小郭高兴地说："我的梦想就是要开一家汽车修理专业美容店，统一营销和服务，为客人提供更高的品质和更优秀的服务，让每一位爱车族都满意。同时，我还要办一家集农产品销售、加工、运输、贮藏以及与农业生产经营有关的技术、信息等服务为一体的农业服务专业合作社，为团场职工提供最专业的服务。"

如今的小郭固定资产高达 500 万元，年均收入达 50 万元，凭着不懈努力成为团场首屈一指的大老板。

我的轿车梦

张道军讲述　张远维整理

拉开窗帘,阳光透过窗户斜射到宽敞明亮的客厅上,窗外的花香随风挤了进来。坐在摇椅上的我,正刷着微信,看看朋友圈又有什么新鲜事。

这时,孙女突然撒欢地跑了过来,欢快地为鱼缸里的小鱼投食,妻子正在厨房做我爱吃的拉条子,看着眼前幸福的一幕,我的思绪又回到了1995年……

1995年,为响应支援新疆建设,我和妻子带着一个3岁、一个5岁的孩子来到新疆生产建设兵团第二师二十八团。从河南来到这里的我们,一家人除去火车票身无分文,家中仅有一床被套。来到这里后,住进了连队分配的土坯房,看着家徒四壁,　一向坚强的妻子抱着两个孩子忍不住哭了。手足无措的我赶紧说:"新疆雨水少不会漏雨,就凭这点也比老家强!"妻子也被我的话逗笑了,止住了眼泪。于是我暗暗下定决心,一定要带着妻子、孩子过上好日子,实现我的致富梦。

在连队参加工作后,我与妻子从头学习农作物种植技术。为了多挣钱,我和妻子总是第一个下地,最后一个从地里回来。为了填饱两个孩子的肚子,我与妻子只吃一份饭,剩下的带回家留给孩子们吃。衣服也是缝缝补补,日子在艰难中度过。

在我记忆中,连队距离团部有十几公里,当时的交通工具只有自行车,好一点的也就摩托车,买东西十分不便。也就是在这种艰苦的条件下,让我突然看到这个商机,于是我一口气向邻居借来2000块钱,在连队领导的支持和帮助下,将一间房子改造成小卖部。我负责进货,妻子负责卖货,油盐酱醋、小零食、卤肉等,只要职工日常所需的,我都进回来。

小卖部刚开张时，因为资金少，每次进货，我都控制好数量。每周星期三天微微亮，我便骑着我的自行车到距离 30 余公里的库尔勒市进货，为了节省钱，我从来不在市里吃一顿饭，把省下的饭钱给孩子买两个包子，这便能让他们高兴半天。手头有了钱，就能干自己想干的事。

次年，我终于买了辆摩托车。为了扩大销售量，我在周边团场、连队销售酱油和醋，每天早上我便将摩托车两边一边绑一个大桶，卖起了酱油和醋。为了增大销量，每天要跑 200 多公里路程，回到家时，常常已是半夜，还没来得及洗漱，眼皮便睁不开了，倒在床上便呼呼大睡。

随着团场经济的快速发展，二十八团进行了改革，将土地分到了个人头上。自己种自己的地，这也打开了职工们通往增收致富之路，这时我和妻子更有干劲了。都说庄稼不会骗人，你如何经营它，它就会如何回馈你，我和妻子铆足了劲干，无论种植棉花还是西瓜，舍得上肥下力。由于细致入微地管理，我们承包的土地作物产量一年比一年高，全家生活也得到了很大改善。

2002 年，我在连队盖起了第一座砖混房屋，并将地面铺上了瓷砖，4 个卧室，有单独的厨房和客厅，买了沙发和彩电，成为人人羡慕的富裕户。住进新房的我和妻子，干劲越来越大。

2008 年，我购买了大马力拖拉机，靠着开拖拉机作业的丰富经验，我开始为连队职工及承包大户犁地、平地。由于我吃苦耐劳、认真负责，得到了大家的一致认可，越来越多的人找我干活，一天工作近 20 个小时，我的收入也得到了很大提升。

2009 年，我买了人生中的第一辆小轿车，当我从乌鲁木齐把车开回连队时，妻子再次激动得哭了，我知道这次是幸福的眼泪。

房子和车子都有了，孩子的成家立业，便成了我们当时考虑的问题。随着信息的发展，农作物的种植种类在不断增加，种植技术也在不断提升，我学会了西瓜嫁接南瓜技术，这项技术能使西瓜产量得到很大提升。

人的精力实在有限，在小卖部与种植西瓜的权衡下，我关掉了小卖部，种了 10 余亩地的西瓜，每年仅西瓜收入就有 6 万余元。2012 年，我在库尔勒市购买了一套楼房作为二儿子的婚房。2013 年，又在库尔勒市购买了一套楼房，作为大儿子的婚房。2014 年，我的两个孙子、孙女相继出生。

抱着出生的孙子，老婆又一次流泪了。在过去几十年，一路走来，尝遍酸甜苦辣，这一次的流泪不仅是因为愿望实现了，也是对今天幸福美满生活的感动。

还记得当初，一家的奋斗目标就是能存够 2 万块钱，作为孩子的彩礼钱。没想到随着时间的推移，我不仅实现了当初的小愿望，随着孩子成家立业了，自己还住进了楼房，买了小车，甚至自己还使用上了智能手机、电脑，这是那时的我从来都不敢想的事。

每年农忙季节，我都会再次回到连队。如今的连队，和刚来时完全不同，只见红砖白墙、绿树成荫，直通市区的柏油路。傍晚连队的广场上，老人们在欢快地舞蹈。如今连队面貌发生了翻天覆地的变化，兵团改革开放，不仅让我们的物质生活富裕了，同时也让我们的精神世界更加丰富和充实。

逐梦在兵团

叶小芳

总有人间一两风，填我十万八千梦。

1986 年 5 月，我出生于陕西秦岭山深处一个偏僻的小山村。从小家里一贫如洗，父亲嗜酒，母亲虽聪慧能干，但家里几亩薄田，靠天吃饭，动辄天旱天涝，收成无几。家里兄妹三人读书全靠母亲养猪养鸡、上山挖药材变卖，才凑点学费。能读完高中，对我来说，简直是上天格外的恩赐。2006 年高考结束填报志愿时，想着哥哥大学尚未毕业，弟弟还在读初中，我犯了难。在一沓厚厚的报纸上选来选去。最终石河子大学深深地吸引了我，因为一年学费 3000 元，几乎是大学里最低的收费标准。我义无反顾地上了石河子大学。学费是助学贷款，然后课余时间，带家教、发传单，国庆节期间拾棉花、摘辣椒、摘西红柿勤工俭学。

每每在地里干活的时候，一排排整齐的条田，真让人震撼，感觉兵团人太伟大了，用青春和热血在亘古荒原构建起生命的绿洲，用智慧和汗水在茫茫戈壁创造出人间奇迹，孕育和丰富了"热爱祖国、无私奉献、艰苦创业、开拓进取"的兵团精神，我的内心暗自发誓，要扎根兵团，建设兵团。

毕业之后，认识了我的爱人。他来自山东济阳，早我一年毕业于石河子大学，当时在二师教育局工作。因为我大学的专业是国际经济与贸易，对口的工作不太好找。几经辗转，我于 2013 年考入一师阿拉尔市商务局，负责对外贸易工作。后来组织上考虑到我们长期分居的状况，就将我调入二师铁门关市工作。在这个兵团的小城，我们才算真正的安了家。

也是在工作中，我们相约一起进步，我爱人考取了石河子大学公共管理硕士，我考取了塔里木大学新闻与传播学硕士。经过几年的努力学习，都顺利毕业了。我的内心对兵团这片热土有着特别的感情。在兵团的城市完成了大学、研究生的学习，在兵团的城市有了稳定的工作，在兵团的城市成了家，在兵团的城市有了自己的房子、可爱的孩子。对于从农村走出来的我们，是一步一个脚印，与兵团共同成长进步。

如果有人问我为什么来兵团，我会毫不犹豫地回答："安身立命，相互成就。"小时候在山里常常下地干活，除草、割麦子、打猪草喂猪、放羊、砍柴。最难的是帮助父母烧炭，要在山上筑起泥窑，把粗粗的树砍断，截成短木，放进泥窑里烧上几天几夜，再封闭窑门，等火熄灭了再挖出来，背回家卖掉。有一次我背着烧好的木炭，路上经山风一吹，竟然又燃烧了起来，把背篓烧冒烟了我竟浑然不知，若不是弟弟走在我背后，后果不堪设想……

人生就是一场修行，在经历中成长，在困境中坚强。小时候最大的梦想就是想让自己和家人生活得好一些。经过多年的努力，我扎根在兵团的城市，有了稳定的工作和幸福的家庭。虽然也会惦记起小时候伴我成长的大山，但我更明显地偏爱滋养我的兵团的大地。现在住的是楼房，干干净净，宽敞明亮，做饭用的是天然气，冬天房子里也暖暖和和，孩子在家门口就能完成幼儿园至高中乃至大学的教育，医院离家十分钟，出行开着小汽车……再也不用像小时候那样，顿顿做饭要烧火，每天放学要削土豆，手和脚都冻得龟裂，每周来回步行20公里上学……

在兵团，都是来自五湖四海的朋友，大家都奔着改变生活、实现梦想、传承兵团事业、守卫边疆，相聚在这里；或成为连队职工，默默耕耘着这里的土里地；或成为一名普通工作者，在普通的工作岗位上兢兢业业。大家都不遗余力，干劲满满，深深热爱着这里的土地。

我深爱着兵团。在兵团的土地上已经整整走过17个春秋。17年，人生越来越充盈。兵团养育了我，我会一直坚守在这里。在未来的工作生活中，我会继续努力，保持开拓进取的精神状态，努力啃下"硬骨头"、踢开"绊脚石"，实现新突破、取得新成绩，做一名奋进的新时代兵团人。

一个人可能走得快，但一群人才能走得远。希望更多的人关注兵团、来到兵团、爱上兵团，让我们一起在兵团的大地上继续逐梦。